MILHAS DE DISTÂNCIA

Hoo Editora Ltda.
Rua do Bosque, 1589 – Bloco 2 – Conj. 605
Barra Funda – Cep: 01136-001 – São Paulo/SP
Telefone/Fax: (11) 3392-3336
www.hooeditora.com.br
E-mail: contato@hooeditora.com.br
Siga-nos no Twitter: @hooeditora

MILHAS DE DISTÂNCIA

A. B. RUTLEDGE

Miles Away From You

Copyright © 2018 by A. B. Rutledge
© 2018 by Hoo Editora
Todos os direitos reservados e protegidos pela Lei 9.610 de 19/02/1998.

Nenhuma parte deste livro, sem autorização prévia por escrito da editora, poderá ser reproduzida ou transmitida, sejam quais forem os meios empregados: eletrônicos, mecânicos, fotográficos, gravação ou quaisquer outros.

Diretor editorial
Luis Matos

Coordenadora Editorial
Rayanna Pereira

Tradução
Cristina Lasaitis

Preparação
Camila Fernandes

Revisão
Jadson Gomes

Capa
photograph © 2017 by
Getty Images /Neidiele Tosta
design by **Sharismar Rodriguez**

Adaptação de Capa
Rebecca Barboza

Diagramação
Renato Klisman

Dados Internacionais de Catalogação na Publicação (CIP)
Angélica Ilacqua CRB-8/7057

R941m

Rutledge, A. B.
Milhas de distância / A. B. Rutledge.
— São Paulo: Hoo Editora, 2018.
272 p.

ISBN: 978-85-93911-16-3
Título original: Miles away from you

1. Ficção norte-americana 2. Amor - Ficção
3. Bissexualidade - Ficção 4. Pessoas transgênero - Ficção
I. Título II. Lasaitis, Cristina

18-0398

CDD 813.6

Dedicado a K.

CAPÍTULO 01

Do distante Miles para a garota Vivian
25 de abril de 2015, 20:49
Esta será minha última mensagem para você. Não sei bem por que ainda estou fazendo isso, já que, de certa forma, estou apenas falando sozinho. Acho que tenho necessidade de entender a minha história. Preciso desabafar tudo isso, para que amanhã consiga articular exatamente por que estou desistindo do processo.

E isso, porque, bem... é óbvio que não vamos vencer. Não sou seu marido. Só namoramos por um ano e meio, não tenho direitos legais sobre você.

E eu sei, é claro, que tudo isso vai muito além de ganhar ou perder. Sei que é uma forma de afirmação. Estou fazendo algo pelos seus direitos e pelos direitos de muitas outras pessoas. Mas, droga, Vivian! Tenho meus direitos também e NÃO POSSO MAIS FAZER ISSO.

Esta noite não estou sendo articulado, só estou com raiva. Preciso me afastar.

Do distante Miles para a garota Vivian
25 de abril de 2015, 20:53
Gata, por que diabos você tomou todos aqueles comprimidos?

Do distante Miles para a garota Vivian

25 de abril de 2015, 21:03

Foi tão egoísta! Pronto. Falei.

Do distante Miles para a garota Vivian

25 de abril de 2015, 21:13

Terminei. Não tenho mais nada a dizer pra você.

Do distante Miles para a garota Vivian

29 de abril de 2015, 00:14

Certo, eu disse que havia terminado, mas estou escrevendo para você de novo, porque, de alguma forma — apesar do coma —, você me despertou. Meu celular tocou à meia-noite para me lembrar que hoje é aniversário da nossa primeira conversa *on-line*. Deve ter sido você quem programou o alarme muito tempo atrás. Troquei de celular no verão passado, mas a porcaria da nuvem deve ter transferido a programação.

Meu coração está acelerado. Eu nem imaginava que você ainda era capaz de fazer isso comigo. Cinco anos, Vivian. Faz mesmo todo esse tempo?

Lembro de como fiquei feliz quando você me encontrou no DevianArt e perguntou se poderia usar meus desenhos que explicavam as diferentes identidades de gênero na sua revista *on-line*. Eu tinha treze anos e fiquei convencido de que tinha sido "descoberto" como artista. Mesmo depois de saber que você era só dois anos mais velha que eu e que à revista *Mixtape* não era grande coisa (bem, pelo menos não naquela época), ainda senti que isso era algo GRANDE e IMPOR-TANTE. E eu estava certo. Não consigo acreditar como a *Mixtape* cresceu ao longo dos anos.

Sinto-me horrível a respeito disto: o seu site desapareceu. Inteirinho. Primeiro tentei mantê-lo no ar, mas havia sido você quem organizara tudo. Nada está no meu nome. Há quase um ano, seus pais me enviaram uma notificação judicial mandando interromper as atividades. E é claro que eles nem se importaram em renovar a assinatura do domínio, então agora está tudo perdido. Ou vai estar, em breve. Entrei em contato com o host e soube que há um período de carência de 45 dias, mas não há como o processo ser julgado a tempo. E qual é a finalidade disso tudo? Não posso salvar você nem a *Mixtape*.

Desculpe.

Estou fora dessa.

Do distante Miles para a garota Vivian

1 de maio de 2015, 6:15

Esses têm sido uns dias de merda, sem alívio à vista. Especialmente depois do que acabo de fazer. Liguei para meu advogado e disse para ele ir em frente e enviar *e-mails* para os seus pais e minhas mães, avisando-os de que eu estou cansado dessa porcaria de processo. Eles podem continuar brigando se quiserem, mas eu não aguento mais. Pensei a respeito disso a noite inteira. Não dormi. Caminhei até a casa do Brian, tipo, umas quatro horas da manhã, mas não consegui acordá-lo, então fiquei sentado na carroceria da caminhonete dele. Acabo de ver o sol nascer.

Há um minuto, passou um avião. Um pequeno avião agrícola cor de limão, vindo do aeroporto para espalhar pesticidas no campo. Por um instante, pensei que fosse um daqueles jatinhos que escrevem no céu. Imaginei-o dar piruetas e estampar em nuvens alvas e fofas o meu segredo mais íntimo e obscuro.

Quero que minha namorada morra.

Sou ateu, pacifista, vegetariano e pansexual convicto. Um desejo de morte era algo que eu nunca havia experimentado até um ano atrás. Sou o tipo de pessoa que espanta os insetos de casa colocando-os em cima de algum jornal velho e levando-os ao quintal pela porta da frente.

Uma vez, eu até salvei uma lesma da desidratação.

E, apesar disso, aqui estou. Desejando com todas as minhas forças que você, um ser humano de verdade, simplesmente pare de viver. Agora sou eu o egoísta. Mas é que estou tão cansado. Seus pais querem fingir que a pessoa que você realmente é nunca existiu, e minhas mães parecem achar que eu devo tomar as rédeas de tudo. Completei dezoito anos no mês passado, sabe o que ganhei? Minhas mães me levaram até o tribunal e me fizeram abrir um processo. Elas chamaram isso de Declaração de Guerra. E para quê? Para me dar o poder de fazer o que sua família jamais fará: desligar os aparelhos.

Passei o último ano e meio às voltas com minha raiva. Um ódio direcionado aos seus pais, que, a despeito de todas as evidências científicas e argumentos éticos, escolheram manter você respirando por aparelhos.

Normalmente, fico espumando. Pensando em como sua família ainda chama você pelo nome de nascimento. E em como, quando você ficou vulnerável, eles retiraram os seus hormônios e cortaram seus lindos cabelos.

E, debaixo de tudo isso, normalmente, há a comiseração. Pela garota que amo, que odiava tanto o próprio corpo que não faço ideia de como ela se sentia naquele dia. Queria que tivesse deixado uma carta. Tudo o que sei é que você engoliu um frasco de comprimidos e uma garrafa de vodca e depois todas as melhores partes de você se apagaram.

Você odiava tanto o seu corpo e agora ele é tudo o que resta.

Tenho estado aqui, esperando que esse ciclo de negatividade termine. Convidei a Raiva, a Comiseração, a Ebulição e a Fúria para a minha festa solitária, mas parece que a Apatia é a única que vai comparecer.

Em breve, seus pais vão verificar o *e-mail* e comemorar, tendo oficialmente debelado o inimigo antes mesmo que a batalha começasse. E minhas mães vão checar o *e-mail* e descobrir a tremenda decepção que sou.

E, a duas horas de distância daqui, em um hospital perto de Saint Louis, uma máquina continuará mantendo você viva — agora, indefinidamente — enquanto uma enfermeira corta as unhas de seus pés.

Do distante Miles para a garota Vivian

1 de maio de 2015, 9:54

Bem, meu telefone não para de tocar. Tem um monte de gente me fazendo perguntas e eu não sei o que responder. Acho que vou desligá-lo e pegar o caminho mais longo para casa. Deixar minhas mães e todos os advogados e repórteres ouvirem minha mensagem de voz por enquanto. Até mais, Vi.

Do distante Miles para a garota Vivian

7 de maio de 2015, 5:23

Sabe quem estou odiando neste momento? Sua irmã. Ela tinha me mandado uma mensagem outro dia perguntando quando seus pais poderiam vir para recolher as suas coisas, e ela se referiu a você como sua "familiar". Como se estivesse tentando não dizer irmão nem irmã, usar gênero neutro e ser politicamente correta. Tarde demais, sua tonta. Tarde. Demais.

Então, eles vieram na noite passada. Sua mãe e seu pai apareceram com uma van e umas pessoas da igreja deles. Eu estava sentado do lado de fora, na cerca, debaixo da placa de boas-vindas do Camping, esperando que eles chegassem. Eles permaneceram dentro da van até que um carro da polícia surgisse. Depois vieram todos na minha direção, com a polícia a reboque.

O guarda entoou meu nome completo como uma pergunta, eu disse "sim" e os levei até a sua cabana. O oficial Lewis disse que eu podia supervisioná-los, para garantir que não levassem nada que não fosse seu. Mergulhei no sofá, dizendo:

— Eles podem levar o que quiserem.

E foi exatamente o que quis dizer. Eu deveria ter deixado tudo empacotado para eles, mas a esta altura é impossível saber o que é meu e o que é seu. Desde que você se foi, tenho passado muito tempo no Camping. Dormido ali, inclusive. Dá até para dizer que me mudei para lá.

O policial sentou ao meu lado no sofá e ficou brincando com o telefone dele.

— Miles? — sua mãe me chamou em seu quarto no sótão.

Seus pais olharam o quarto principal e fizeram aquilo que sempre fazem: sua mãe fingiu ser uma pessoa gentil e seu pai cruzou os braços sobre o peito e disparou pensamentos de danação eterna para atear chamas infernais à minha alma.

— Você viu a… a Bíblia?

Deeeeooos. Havia tantas, tantas malditas respostas para essa pergunta. *Sim, Sra. Loftis, eu já vi a Bíblia. Sim, sei que NÃO ERA Adão e Sebastião.*

Bíblia? Ah, não sobrou nada daquele traste velho. Sabe, é que, todo sábado, eu e sua filha arrancávamos uma folha dela, queimávamos, depois cometíamos atos demoníacos fornicando sobre as cinzas ardentes.

Seja civilizado, Mamushka sempre me dizia. Não responda à provocação.

— Hum-hum — falei, pegando a sua Bíblia da estante e jogando-a em uma das caixas de papelão que eles haviam trazido.

— Obrigada — ela disse.

— Arrã.

Eles não levaram muita coisa. Só... não sei, coisas de criança. Coisas da pessoa que você já foi. Coisas da era pré-Vivian. Álbuns de fotos, bugigangas e outras tralhas. Eles levaram embora a sua infância, Vi. Não levaram nenhuma das suas roupas de verdade, claro. Mas acho que aqueles idiotas pegaram algumas das minhas, como aquele suéter listrado que você me deu. Acho que, para eles, isso parecia algo que qualquer um de nós usaria.

Sua irmã esteve aqui com eles; ficou só chorando. Senti como se tivesse tomado um soco no estômago. Quando eles estão por perto, sempre me sinto assim, como se tivesse levado um soco. Quanto mais de você eles acreditam que podem arrancar de mim?

Do distante Miles para a garota Vivian

9 de maio, 22:46

Acabo de assistir a uma temporada inteira de *Orange is the New Black* e me loguei aqui para contar a você. Isso não parece saudável. Acho que poderia ser pior. Eu poderia ser uma daquelas pessoas que dão festas de aniversário para o gato de estimação.

Eu me sinto bem. Não muito bem. Entorpecido. O que é melhor do que ter dor constante. Entorpecido é o novo "Tudo Bem". Tanta coisa andou acontecendo ultimamente que não vou ficar aqui falando de uma série de TV. Eu deveria atualizar você sobre o que está acontecendo na minha vida. A vida que continuo vivendo porque ainda não experimentei aquela mistura de álcool com paracetamol que funcionou tão bem para você.

Estão todos tão furiosos agora. Mesmo os estranhos. Minha caixa de entrada está lotada de mensagens de ódio vindas de todos os lugares; gente me dizendo que sou vacilão por não continuar a lutar por você. Como se qualquer pessoa aleatória lá na Nova Zelândia tivesse algum direito de decidir o que deve acontecer com o seu corpo.

Minhas mães continuam dizendo que não estão bravas comigo. Continuam ligando para me lembrar de que ainda me amam. Queria que elas simplesmente admitissem que estão furiosas. Mamushka nunca vai dizer isso, é claro. A cada quinze minutos, ela verifica se estou bem, como quem está realmente preocupada que eu vá tentar me matar.

Ela deve ter esquecido que estou na lista de *e-mails* do Camping. Acabo de receber um *e-mail* enorme sobre como "nós, que somos pais" devemos tornar a prevenção de suicídios uma prioridade. Sabia, Vivian, que o suicídio é a segunda causa mais frequente de mortes entre jovens de 10 a 24 anos? E sabia que espantosos 41% dos jovens transgêneros já tentaram tirar a própria vida? E *ah-meu-Deus-você-consegue-imaginar* como estou 100% de saco cheio dessa merda toda?

Do distante Miles para a garota Vivian

11 de maio de 2015, 20:52

Sou um péssimo melhor amigo. Faz meses que não converso com o Brian. Fui até a casa dele hoje para ver se podia me ajudar a transportar o restante das suas coisas, antes que o Camping abrisse, mas me sentia muito mal por ter ignorado as ligações dele durante todo esse tempo. Acabei apenas pedindo a caminhonete dele emprestada. Ele me deu as chaves e fiz toda a mudança por minha conta. Talvez tenha sido melhor assim.

Detesto a ideia de voltar a morar na casa das minhas mães. Porém, não consigo mais viver ali. Não naquela cabaninha, onde eu e você passávamos todo o tempo juntos. Nem parece mais o mesmo lugar agora que todas as suas coisas foram embora. Adorava quando estávamos cuidando de nossa própria vida. Eu me sentia adulto. Pelo menos na maior parte do tempo. Às vezes, eu sabia que estávamos apenas brincando de casinha.

Quando apareci na casa delas, Mamãe estava no trabalho, mas Mamushka estava em casa. Estava trabalhando em uma colcha, e havia retalhos de tricô espalhados por toda a sala de estar. Ela se ergueu por cima da bagunça e veio me encontrar na entrada.

— Não quero conversar sobre isso agora — falei —, mas posso voltar pra cá?

— E por que acha que precisa pedir? — Ela me envolveu nos braços, apertando a orelha no meu peito. Lembro que você uma vez disse que eu e ela éramos iguais, que demonstrávamos tudo o que sentíamos. Você provavelmente estava certa. Eu sabia, apenas sentindo a atmosfera, o quanto ela estava feliz por me ver de volta em casa.

Quando saí, não foi por estar com raiva. Nem porque tivemos alguma briga. Eu só queria um pouco de autonomia. Um pouco de espaço. E agora todo esse espaço me dá a sensação de uma cabeça de fósforo recém-apagada encostada na minha pele: enxofre, calor e dor sem sinal das chamas.

Mamãe chegou em casa com uma embalagem de comida chinesa, e pude perceber, pelo modo como ela estava agindo, que já tinha recebido uma mensagem da esposa dizendo "ele está aqui, não o perturbe". Ela deixou de lado as chaves do carro e a embalagem de comida e passou um braço ao redor das minhas costas.

— Amamos você, filho. Não estamos bravas, tá bem? — Ela disse. Pela milésima vez.

Assenti com a cabeça. Queria acreditar nela, mas sabia que estava furiosa. Foi ela quem decidiu lutar por você por procuração. Foi ela quem me convenceu. Quem me levou ao processo. E quem decidiu continuar, apesar de eu ter desistido. As ações dela transformaram a sua situação em um espetáculo midiático. Ela atendia aos telefonemas dos repórteres e até deixou que eles a levassem de avião até Nova York para debater ao vivo com jornalistas conservadores na TV a cabo. Ela vive para esse tipo de coisa.

E eu estou tentando, de verdade, não ficar mais furioso com ela. Não sei se tudo isto é uma oportunidade que ela encontrou para militar pelos direitos LGBTQ, ou talvez seja o jeito que ela achou de consertar o erro de ter perdido uma paciente transformada em membro da família. Seja o que for, tudo o que sei é que isso não é comigo.

— Quero ir para Amsterdã — contei a elas durante o jantar. Apenas para quebrar o silêncio. Conversar sobre outras coisas.

— Amsterdã? — Mamushka perguntou. — Você só vai arrumar problemas.

— Não, olha, é essa a questão. Eu não vou arrumar problemas, porque tudo o que eu poderia querer fazer já foi legalizado lá. — Duvido que eu fosse mesmo querer me drogar ou pagar para fazer sexo com uma pessoa completamente desconhecida, mas talvez eu quisesse ter essas escolhas.

Mamushka abriu a boca, mas não disse nada. Do outro lado da mesa, Mamãe ergueu as sobrancelhas. Trabalho sexual é uma das questões em que minhas mães lésbicas super liberais discordam. Mamãe acha que as pessoas devem ter o direito de fazer o que bem entendem com seu corpo e Mamushka diz que seres humanos não existem para serem comprados ou vendidos.

Acho que talvez eu quisesse vê-las brigar. Contudo, no fundo, eu sabia que queria outra coisa.

— Na verdade, nem ligo se vai ser em Amsterdã ou no *Putaquiparistão*. Só não quero estar aqui em junho, tudo bem?

Não queria estar no Camping. Sei que não consigo lidar com isso. Especialmente depois que elas decidiram rebatizá-lo. Foi ideia da Mamushka, claro. Camping Vivian. Nos meus pensamentos, já considerava este lugar o Camping Vivian, porque foi aqui que me apaixonei por você.

Quero dizer, o Camping é tudo pra mim. E é bem legal que minhas mães tenham investido seus interesses individuais, suas habilidades em artesanato e aconselhamento, em algo — além de mim — que ambas adoram. Só não consigo lidar com os campistas neste momento. Você adorava aqueles garotos, e eles idolatravam você. Como é que eu poderia me tornar uma referência para duas dúzias de adolescentes LGBTQs? Deveria agir como se o mundo inteiro fosse ser bacana com eles quando crescerem? Como deveria olhar para eles, quando sabem que eu não consegui lutar por você?

No verão passado, fechamos as portas porque nenhum de nós conseguia tocar o Camping adiante na sua ausência. Entretanto, neste ano, todos estão prontos para voltar. Quero dizer, todos, exceto eu.

Preciso muito dar o fora daqui, Vi.

CAPÍTULO 02

Do distante Miles para a garota Vivian
14 de maio de 2015, 19:30

Voltei para a cabana. Ainda precisava encaixotar as coisas que não consegui transportar, quando peguei emprestada a caminhonete do Brian, e fazer uma faxina no lugar. Não havia muito o que empacotar. Livros e cestos de papéis estampados e todos os seus materiais de arte. Levei tudo para o salão de artes e ofícios. Acredito que você não ligaria.

Precisei raspar a cera dos milhões de velas votivas que você derreteu em um canto da pia.

Retirar toda a poesia magnética que você havia grudado na porta da minigeladeira.

Apagar os seus beijos do espelho do quarto, onde você depositava o excesso do batom.

E ainda havia toda a arte pendurada nas paredes.

Você poderia ter achado que eu ficaria apegado a essas coisas, mas a essa altura estava esgotado e irritado. Estava em um desses dias em que ficava raivoso em vez de muito triste.

Então, fiz algo terrível. Não era o que eu queria fazer. Foi um lapso do meu juízo. Um descontrole.

Eu destruí totalmente o *Abraço Alado*.

Você sabe que eu AMAVA aquela pintura. Lembro da primeira vez em que você me mostrou o rascunho no seu caderno de desenho. Você, uma versão adulta, de pele escura e cabelo afro das meninas com asas de borboleta de Henry Darger[1] — uma Blengin?[2] É assim que se chama? No seu desenho, o garoto que abraçava você era só um cara genérico. Não sou eu, porque, quando você o desenhou da primeira vez, ainda não me conhecia. Lembro-me de deslizar os dedos sobre os chifres de carneiro do rapaz, sentindo as indentações onde você havia aplicado pressão ao pintá-los de preto. Eu queria estar no lugar daquele garoto. Apenas não sabia, naquela época, que a coroa de chifres que você me daria seria tão negra e pesada.

Mais tarde, quando você transformou aquele rascunho em uma enorme pintura, passei a ser o garoto com você nos meus braços. Bem, era eu ali, mas também não era. Cabelos escuros rebeldes, pele cor de oliva, sim, mas eu não era tão mais alto do que você e jamais ficaria tão bem sem camisa. No entanto, aprecio a sua intenção. De verdade.

Então, hoje a pintura estava ali, no quarto vazio. E eu não conseguia entender como fui capaz de dormir sozinho debaixo dela por tantos e tantos meses. Era grande demais para caber no meu carro e eu não queria amolar o Brian de novo com a caminhonete. Eu a tirei da parede e QUERIA apenas soltá-la da moldura, mas acho que em vez disso tive um surto de fúria.

Envolveu também um canivete, raiva, retalhos de tela, fragmentos de instantâneos, meu braço, sua perna. Mosaicos de asas de borboletas.

---

1 - O nome da personagem Vivian é uma referência a *The story of the vivian girls*, conto do escritor e ilustrador Henry Darger.

2 - Blengin é uma criatura alada retratada nas obras de Henry Darger.

Eu me arrependi no mesmo instante.

Mais tarde, depois que me tornei o Patrono das Artes Destruídas do Camping Vivian, fui até o quarto e comecei a empacotar todos os seus vestidos.

Encontrei aquele suéter listrado. Acho que eles não o levaram embora, no fim das contas.

Também encontrei a porcaria de UMA CAIXA CHEIA DE DINHEIRO, VIVIAN.

Caramba, Vi. Ainda bem que seus pais não cavaram muito fundo dentro dos armários, hein? (Talvez estivessem com medo de encontrar mais alguma ★surpresa★ da sua cria.) Mas, caramba, é um monte de dinheiro. Não é o suficiente para as suas cirurgias, mas, mesmo assim, é muito.

Por que diabos você escondeu isso de mim?

Do distante Miles para a garota Vivian

15 de maio de 2015, 17:45

Seu avô é incrível. Sério. Me dá esperanças. Acho que está na hora de admitir que eu espionava vocês às vezes. Uma vez, ouvi você ao telefone com ele; você pedia dinheiro para ajudar com o aluguel. Obviamente, era mentira, pois minhas mães deixavam você ocupar uma cabana vazia de graça, mas imaginei que você só quisesse comprar umas roupas novas ou algo assim. Até encontrar aquela caixa de sapatos, eu não fazia ideia de que, com um pouco de manha, você tinha conseguido dele treze mil dólares. Meu Deus. Mas imaginei que essa havia sido a origem do dinheiro. Então, hoje fui à casa dele para tentar devolvê-lo. E ele não aceitou. Disse que não queria que o hospital ficasse com o dinheiro, nem seus pais. Disse também que eu deveria doá-lo ao Camping, porque "aquelas crianças merecem ser amadas". Eu não me controlei, Vi. Chorei feito um condenado. Não chorava assim fazia muito tempo.

Do distante Miles para a garota Vivian

17 de maio de 2015, 19:53

O advogado da Mamãe disse para eu não arriscar nada com o dinheiro que encontrei em seu guarda-roupa. Então, apesar do pedido do seu avô, revesti a caixa de fita adesiva e enviei aos seus pais. Feito. Tenho certeza de que isso vai ajudá-los a manter você entubada por mais tempo. Droga.

Mas então Jon — o advogado — contou à Mamãe sobre o dinheiro. Ontem, ela me acordou durante uma das minhas maratonas de sono. Tenho dormido muito ultimamente, pois o que mais posso fazer agora que minha vida se tornou assunto das manchetes dos tabloides e cinebiografias? Fazer um curso supletivo? Procurar emprego? Ser atormentado pela imprensa?

— Miles, são três horas da tarde.

Você pensaria que, se a Mamãe aprendeu alguma coisa com a chegada da puberdade, foi a bater na porta antes de entrar. Por sorte, eu não andava com vontade de fazer nada indecente. Mas, mesmo assim, o olhar que ela me deu fez com que eu me sentisse pego em flagrante.

Após minha decisão de não seguir com o processo judicial, também havia decidido não seguir com os rituais básicos de higiene humana. Mamãe se deteve no vão da porta a observar a bagunça. Caixas de livros meio desempacotadas, pilhas de roupas, pratos sujos. No meio disso tudo, o traste tatuado e embrulhado em lençóis incrustados de lágrimas e sêmen que ela chamava de seu filho.

— É. — Quis dizer algo sarcástico, mas percebi que quanto menos eu falasse, melhor. Não precisava da Dra. Mamãe analisando cada palavra que eu dissesse. Ela não pode fazer nada por mim, e nós dois sabemos disso.

— Preciso que me ajude com uma das cabanas, por favor.

Eu sabia que essa era apenas uma desculpa para ela me dar um sermão, mas o que eu podia fazer? Sempre acabo fazendo o trabalho braçal, já que sou o único homem da casa. Porém, Mamãe e eu conseguimos passar cerca de 45 minutos sem falarmos um com o outro. Quero dizer, além de coisas do tipo "me passe o martelo".

Mas o silêncio não durou para sempre.

— Você está me matando, filho. — Estávamos no telhado consertando telhas quando ela começou a se preocupar que poderíamos ficar com queimaduras de sol. Ela pegou o frasco de bloqueador solar enfiado no fundo da sua caixa de ferramentas e começamos a nos lambuzar com ele.

— O que foi que fiz? — Olhei as telhas ao redor, tentando entender se havia colocado alguma delas na posição errada.

— O telhado está bom. É que… você precisa conversar comigo, tudo bem? Por que não disse que discordava do processo? Ou, se você não quisesse conversar comigo sobre isso, podia ter contado à Mamushka.

— Ah.

— O quê?

— Nada. — Voltei a brandir o martelo, embora não estivesse muito certo de que havia algum prego envolvido. Eu só queria bater em alguma coisa. O telhado provavelmente estava bom, mas Mamushka, a sutil Mamushka, achava que, uma vez que seus cuidados maternais não estavam surtindo efeito, talvez Mamãe conseguisse extrair algo de mim ao seu modo intimidador.

— Pare de fazer bobagem, Miles. — Mamãe arrancou o martelo de mim, e ele escorregou de suas mãos lambuzadas de protetor solar, voando na direção da cabana vizinha. Uma vidraça se espatifou lindamente. E, claro, Mamãe ficou

Mamãeníaca, de cenho fechado e enérgica. Eu me levantei, pronto para fugir sob o pretexto de ter uma bagunça para arrumar. Mas ela agarrou a manga da minha camiseta dos Modern Lovers e me puxou de volta para o seu lado.

— Vocês teriam feito isso de qualquer maneira. — Em vez de olhar para ela, fitei as telhas à minha frente. Esfreguei a ponta do dedo nas bordas ásperas, onde o marrom-avermelhado das telhas se tornava preto. Sujas pela primeira vez em muito tempo, minhas mãos pareciam estranhas a mim. Preferia que fosse tinta.

— Talvez — ela disse. — Talvez, no começo. Mas não fazíamos ideia de que isso estava aborrecendo você. Quero dizer, você parecia pronto. E até mesmo certo disso. Todos os dias vestindo seu terno e indo cuidar dos preparativos do processo e de toda aquela papelada. Em nenhum momento, você disse que não achava que essa era a coisa certa a fazer.

— Porque é a coisa certa a fazer. Eu só não consegui ir adiante, no fim das contas.

— Não é a coisa certa se está magoando você. — Ela disse. — Juro, é como se você tivesse herdado o melhor de nós duas, mas do pior jeito. Você tem meu senso de dever e o coração enorme da sua Mamushka. É um menino bom demais.

— Não terminei o ensino médio. — Senso de dever? Rá!

— Você seguiu um sonho — ela falou. — Não ficou só fumando maconha no sofá nem nada assim.

É engraçado tudo isso ter acontecido antes que Mamãe pudesse admitir que sair da escola, para desenhar histórias em quadrinhos e livros de colorir, e ajudar minha namorada celebridade da internet com seu website realmente fosse uma boa decisão. Tive sorte. Quero dizer, com que frequência alguém de dezesseis anos consegue se tornar diretor de arte de uma revista *on-line*? Na época, minha intenção era terminar a escola e fazer minha arte ao mesmo tempo. Mas era trabalho demais. Precisei escolher e, no final, escolhi você. Pensei que tudo ficaria bem.

— É bom saber que minha escolha profissional é um pouco melhor do que usar drogas.

É claro, estive evitando essa "escolha profissional" ao longo do último ano e meio. Ultimamente, eu ajudava no consultório da Mamãe, preenchendo formulários e coisas assim. Sinceramente, não vejo mais as coisas do modo como via antes e nada tem me dado inspiração para fazer histórias em quadrinhos e páginas de colorir. O mundo não é mais um lugar engraçado e exuberante sem você ao meu lado.

— Sei a dor que está sentindo. Mas você não está processando. Está desligando.

— Dá pra não falar comigo sobre "processar"? Você NÃO É minha psicóloga, sabia? — E mesmo se fosse, poderia me ajudar? Não. Ela não ajudou você, e não sei se consigo perdoá-la por isso.

— Não, sou sua mãe. E posso ver melhor do que ninguém que você está desmoronando.

— Não estou desmoronando. — Imagino o que ela diria se soubesse que tenho mandado mensagens para você esse tempo todo.

— Vou encerrar o processo.

Sabe, faz um tempo que eu andava querendo ouvir essas palavras, mas elas não fizeram com que me sentisse melhor. O idiota do meu coração apenas afundou mais entre as costelas. Até a paladina implacável da minha mãe desistiu de ter esperanças.

— Certo. Tanto faz. Faça o que achar melhor.

— E você tem que me prometer que vai se esforçar para começar a se divertir um pouco, está bem? — Ela continuou como se eu não tivesse dito nada. — Saia com seus amigos. Aposto que logo deve ter alguma festa.

Claro, como se eu fosse bem-vindo nas festas de formatura daqueles babacas do ensino médio. Talvez, eu devesse ter dito isso a ela, mas, em vez disso, preferi continuar sendo pentelho.

— Então, eu deveria ficar chapado e estuprar alguém como todos aqueles caras que sabem ser rebeldes?

— Isso não tem graça. Olhe, o que estou querendo dizer é que você está em um momento de instabilidade. Você pode continuar despencando ladeira abaixo ou pode encontrar o caminho para sair dessa situação.

— Em outras palavras, "segura essa barra, filho"?

— Não, Miles. Não estou dizendo para você segurar a barra. Estou dizendo que você não tem de segurar nada.

Então, é algo a se pensar. Acho.

Dos distante Miles para a garota Vivian

20 de maio de 2015, 9:32

Afinal de contas, não sou o único nesta casa sofrendo com longas noites insones. Mais cedo, às quatro horas da manhã, fui lá para fora e encontrei Mamushka na varanda. Estamos em maio e o clima já está quente e úmido, fica melado mesmo no meio da noite.

— Ei, meu menininho.

— O que está fazendo aí? — Sentei ao lado dela no balanço da varanda.

— Você sabe bastante sobre a Islândia?

— Hum. A Islândia é verde e a Groenlândia é gelada, certo? — É, eu estava cansado e abobalhado. — Isso é alguma parte das suas palavras-cruzadas?

— Não, olhe. — Ela estava resolvendo algum jogo de palavras no *tablet*, mas o encerrou e abriu a galeria de imagens, passando por algumas fotografias. Mostravam aglomerados de casas com telhados coloridos, campos de flores roxas, cavernas de gelo. — Veja que bonito.

Bonito não é a palavra que eu usaria para descrever as fotos, mas entendi o que ela quis dizer. As imagens que ela havia escolhido eram impressionantes e complexas. Cheias de padrões e formatos. Eram exatamente o tipo de imagem que eu e você teríamos usado para ilustrar a *Mixtape*.

— A Islândia é verde. E no verão fica claro durante quase 24 horas. Deve ser bom para tirar fotos.

Mamushka se inclinou para mim, descansando a cabeça no meu ombro.

— Você não vai ser feliz a menos que volte a trabalhar, querido. Faça algo por ela. E por você.

Não é que eu não queira fazer alguma coisa. Quero. Sinto isso quase como uma pressão insuportável. Sinto na minha espinha, nos meus braços, nas minhas mãos ansiosas e crispadas. Está por trás dos meus olhos, em meu cérebro. É o que me impede de dormir e depois me deixa exausto até o ponto em que dormir é tudo o que posso fazer.

E, acredite em mim, estou cansado de ser este saco triste de merda. Sério, estou mesmo. Eu sei, eu sei, eu sei que estou triste e atolado no sofrimento. Estou ferrado. E nenhuma florzinha roxa vai consertar isso.

É como, no outro dia, quando encontrei todo aquele dinheiro. Treze mil dólares escondidos em uma caixa velha de sapatos dos quais ninguém sabia. Tive essa ideia maluca de que eu deveria simplesmente ficar com o dinheiro. É impossível olhar toda aquela grana sem deixar sua mente viajar.

Algo como: *eu podia pegar esse dinheiro e... ir a algum lugar ou fazer... alguma coisa?* É, isso foi o mais longe que meus pensamentos chegaram. Algum lugar ou alguma coisa.

Porque não importa quanto dinheiro eu tenha, quanta luz do sol eu tome ou quão longe eu consiga chegar, as melhores partes de mim ainda estarão acorrentadas àquele leito de hospital.

Não contei nada disso à Mamushka. Apenas apertei o botão de bloqueio do *tablet* e os pixels desapareceram da tela.

Voltei para a cama e, quando acordei, há poucos minutos, havia um pacotinho em cima do travesseiro, bem ao lado do meu rosto. Estava embrulhado no mesmo papel pardo que decoramos no Camping, anos atrás. Nós todos talhamos carimbos nas batatas e confeccionamos nosso próprio papel de presente. Este era o seu papel, com arco-íris e nuvens.

Desembrulhei o pacote com cuidado e a primeira coisa que vi foram quatro pacotes de cartões de memória, e isso me fez sentir instantaneamente culpado, porque eu nem sequer havia tocado na câmera muito cara e sofisticada que minhas mães me deram no Natal. Debaixo dos cartões de memória, havia um livro em branco. Um daqueles cadernos Moleskine com páginas grossas e sedosas, do jeito que gosto.

E, enfiada dentro do caderno, havia uma foto de mim e de você. Estávamos abraçados um ao outro, eu sorria e você beijava minha bochecha. Segurávamos uma cópia da antologia que fizemos juntos, um volume com os melhores artigos, artes e guloseimas da revista *Mixtape*. Nosso livro, que havia acabado de sair quentinho da prensa.

Caramba, Mães. Isso foi golpe baixo.

Debaixo da foto, havia uma passagem aérea para Keflavik, na Islândia. Ida e volta. Um post-it grudado em cima dela dizia: NÃO REEMBOLSÁVEL. Era a letra da Mamãe. Letras grandes e grossas.

Então, é, parece que estou indo para a Islândia. E, pelo jeito, vai ser dentro de uma semana e meia.

CAPÍTULO 03

Do distante Miles para a garota Vivian
22 de maio de 2015, 18:54
Só para esclarecer — porque eu mesmo nem tinha certeza no começo —, minhas mães estão me enviando para a Islândia sozinho. Por um minuto, fiquei preocupado que elas tivessem decidido fechar o Camping para que pudéssemos fazer um alegre passeio em família. O Camping continua aberto, minhas mães ainda estão administrando o lugar e fico feliz, mas estou um pouco nervoso com a ideia de ir a um lugar tão longe sozinho.

Mais cedo, fui falar com Brian no restaurante. Os pais dele praticamente o fazem gerenciar o lugar, agora que ele se formou. Isso significa que ele está sempre ocupado, mas o lado positivo é que me deu uma tonelada de batatas fritas de graça.

— Como foi a festa de formatura?

— Um fracasso. Você acha que vai ser uma coisa sensacional, mas chega lá e é só mais um baile besta do ensino médio — disse Brian. — Música péssima. Muita gente dançando até o chão. Gente chorando.

— E a cerimônia de formatura?

— Música péssima. Muita gente dançando até o chão. Gente chorando.

— Ah, que bom. — Eu disse, e me vi sorrindo pela primeira vez em um bom tempo. — Tive medo de perder alguma coisa importante.

Contei sobre a viagem. Imaginei que ele poderia querer vir comigo.

— Islândia?

— É, cara. Lá deve estar bem bonito agora. E aí, quer ir? Provavelmente ainda dá tempo de comprar uma passagem para você.

— Isso é muito legal, cara. Mas não dá. Tenho que bancar o adulto.

— Não! Você não pode fazer isso comigo, Brian. Por favor, não faça isso comigo. Você não pode virar adulto.

— Eu sei. Eu sei. Acredite em mim, ninguém lamenta mais do que eu. Mas, olha. — Ele abriu a mão, indicando seu reino recentemente herdado de cozinheiros e fritadeiras industriais. — Um dia, tudo isso será meu.

Gemi e espetei mais algumas batatas fritas com meu garfo.

— Nunca pensei que diria isso, mas sinto falta do ensino médio. Não. Não é isso. Sinto falta mesmo é de ser pequeno o suficiente para sentar no carrinho de compras no mercado. Aquele tempo é que era bom.

Ele sorriu e esticou os braços gigantes por trás do estande. Aposto que o Brian nem se lembra de andar num carrinho de compras. Os membros dele provavelmente já eram longos demais aos três anos.

— Não, cara. Você vai curtir pra caramba a Islândia. Sabe o que eu ouvi sobre esse lugar?

— Hã, que a Islândia é verde e a Groenlândia é gelada?

— Não. Ouvi dizer que é muito fácil arranjar alguém pra transar. Tem até um site que dá dicas de como conseguir levar as garotas islandesas pra cama e coisas assim. Vou mandar o link pra você. Além disso, eu vi uma entrevista antiga com o Quentin Tarantino em que ele disse que praticamente todo mundo lá é gostoso pra caramba. Tipo, até mesmo as meninas que trabalham no McDonald's. Eu queria poder ir!

— É. Mas a Megan não ficaria furiosa se você saísse pra traçar umas mulheres nórdicas comigo?

Ele suspirou.

— Cara, a Megan terminou comigo.

— Quê? — perguntei. — Quando?

— Tipo, uns três meses atrás, acho. Ela conheceu um cara no novo emprego dela, lá naquele banco chique. Sei lá.

— Que merda, cara. — Eu disse. Eles estavam juntos desde o primeiro ano do ensino médio. — Sinto muito.

Ele deu de ombros.

— Por que você não contou antes? Mesmo com todas essas merdas que aconteceram na minha vida, você sabe que ainda pode falar comigo, certo?

— Seu telefone também serve pra fazer telefonemas, Miles.

Ai.

Depois de sair do restaurante, tive de cuidar de umas coisas na rua para a Mamushka. Quando cheguei em casa, Brian já tinha me enviado o link para o site Como Pegar Minas na Islândia. E uma seleção de oito faixas intitulada "Música pra Levar Sua Gata (ou Gato ou Sei Lá o Que o Miles Curte Hoje em Dia) pra Cama". Que amigão.

Do distante Miles para a garota Vivian

24 de maio de 2015, 3:14

Acabei de ter um ataque de pânico. Ou, pelo menos, acho que tive. Estou pensando em todas as vezes em que fiquei sentado com você ofegando ao meu lado e tudo que pude fazer foi esfregar suas costas e falar para você respirar. Vai devagar, Vi. Devagar. Respira fundo. Não tenho ninguém para fazer isso por mim. Mamushka, talvez, mas ela está dormindo, e isso só a deixaria mais preocupada. E já estou velho demais para essa besteira, cara.

E quer saber o que causou tudo isso? Esse ataque de pânico horrível? Uma porcaria de pacote com três preservativos Trojan.

Porque, sim, comprei camisinhas para levar na viagem. A menor caixa que pude encontrar e mesmo assim parece um peso de quatrocentos quilos no meu peito.

Do distante Miles para a garota Vivian
24 de maio de 2015, 3:23

E, meu Deus, não consigo nem dizer isso. Não consigo nem digitar e lançar num esquecimento indistinto. De tão envergonhado que me sinto agora.

Do distante Miles para a garota Vivian
24 de maio de 2015, 9:32

Certo. Dormi um pouco. Não peguei no sono tranquilamente, adormeci de pura exaustão. Agora, porém, as ideias estão um pouco mais claras. Então, podemos tentar de novo.

Quero fazer sexo com alguém.

Em primeiro lugar, eu escolheria você. Sem nem pensar. Assim: se alguma fada da transa mágica chegasse para mim e dissesse: *Você pode transar com qualquer pessoa que quiser, Miles, qualquer uma no mundo. Vale até alienígena, se é que você curte umas coisas bizarras com tentáculos.* Tudo o que eu diria é: *Obrigado, mas não, senhora, só a Vivian, por favor. Acordada e viva e nos meus braços.* Sem dúvida. MAS, enquanto isso, no mundo real...

estou perdendo a cabeça. Odeio pensar em sexo nesta situação. Será que sou tão primitivo assim?

Só que ainda não existe um manual da *Comalândia*. Nada que possa me garantir que um ano e meio já é tempo suficiente. Queria que VOCÊ pudesse me dizer que um ano e meio é o suficiente. Assim como queria que você pudesse esfregar minhas costas e me dizer para respirar, mas, não, estou só tateando um caminho no escuro, e isso é mesmo um saco.

Talvez, um ano e meio seja tempo demais? Talvez, eu seja um idiota por ficar esperando quando sei que você não vai acordar e, mesmo que acordasse, você não seria você e nós nunca, nunca mais dormiríamos juntos. Brian definitivamente acha que já esperei tempo suficiente. Assim como a prima dele, Audrey, que tentou transar comigo há mais ou menos um ano. Eu quase topei. Quero dizer, já havia tirado as calças. Mas aí veio a culpa.

Droga, tenho mais problemas com sexo hoje que a filha de um pastor pentecostal. Não quero me sentir culpado. Não quero sentir como se estivesse traindo você. Não posso ter essa satisfação, assim como não posso ganhar um último beijo no ombro. Não estou pedindo para me apaixonar outra vez. Com certeza não estou pronto para isso. Mas gostaria que alguém me tocasse. E talvez empurrasse você para o fundo da minha mente por um tempinho.

Do distante Miles para a garota Vivian

31 de maio de 2015, 22:33

Acabei de fazer as malas. Coloquei tudo o que precisava levar para a Islândia na minha cama, em uma disposição simétrica, como numa dessas fotografias estilo *knolling* que a gente sempre vê em blogs de viagem e comerciais de moda masculina. Uma coleção de itens relacionados, perfeitamente separados e organizados. Há algo de tranquilizante em criar a ordem a partir do caos. Dobrei meus jeans enrugados e minhas cuecas boxer gastas. Cinto, passaporte, iPad, pequenos objetos de higiene pessoal, guia turístico, carregadores. Além de algumas camisetas com slogans bobos e um punhado de alargadores de orelha ¾, tudo bem normal.

É engraçado como tudo aquilo parecia desinteressante. Acho que sou bem genérico. Pelo menos em teoria.

Abri o zíper da mala e encontrei um leve toque de areia branca, uma lembrança da minha última grande viagem. A Viagem-Para-A-Flórida-Mas-Não-Para-A-Disney. Você fez todos nós jurarmos por Deus que não poríamos o pé no Reino Mágico.

— Por que raios — Mamãe perguntou — você não quer ir para a Disney World?

— Porque meus pais nunca me levaram — você respondeu —, só acho que é algo que todos os pais TÊM de fazer.

Você tinha dezesseis anos. Naquele momento, parecia muito improvável que seus pais levassem você para a Disney, principalmente porque vocês não estavam se falando.

Eu tinha quatorze anos e minhas mães nunca haviam me levado para a Disney. E, como você não era minha namorada na época, só uma presença nova e constante na minha casa, tive de ressaltar o fato de que você estava arruinando minhas chances de conhecer o Mickey Mouse — não que esse já tivesse sido meu objetivo de vida ou coisa assim. Agora, a Princesa Jasmine… talvez.

Então, de qualquer forma, nós fomos para a Flórida. Fomos de carro porque você tinha medo de ser radiografada e revistada pelos funcionários da alfândega. Nós nos hospedamos em um condomínio que parecia a Casa da Barbie, e você e eu ficamos de molho na banheira enorme com nossos trajes de banho. Em vez da Disney World, fomos para a Universal Studios, o que, sinceramente, acho que deve ser melhor. Por motivos de: Harry Potter.

Foi uma boa viagem. Uma viagem feliz.

Às vezes, quando sinto muita raiva dos seus pais, Mamushka me diz que eles estão amando você da única maneira que sabem. Como se, de alguma forma, manter você viva compensasse o fato de eles serem a razão pela qual você quis morrer. Isso nunca chegou a fazer sentido, mas costumava bastar para me acalmar. Agora acho que é mentira. É mentira e eu os odeio por não terem amado você do jeito certo e por nunca a terem levado à Disney World.

Você deveria ter deixado que a gente a levasse.

Do distante Miles para a garota Vivian

1 de junho de 2015, 12:55

Amanhã vou estar perto de você. O aeroporto fica a apenas trinta minutos do seu hospital. Mas não posso ir visitar você, porque seus pais apresentaram uma *ex parte*. Esquisito, né? Você acharia que sou a última pessoa que tomaria uma ordem de restrição bem no meio da cara. Gostaria de ter sabido que a última vez em que vi você seria de fato a última. Não sei o que eu poderia ter feito de um jeito diferente, mas aqui parece faltar um desfecho. Então, por enquanto, vou ter de rever as fotos que tirei de você e beijar a tela do telefone para me despedir, em vez de beijar seu rosto. De jeito nenhum. Eu não dou uns amassos no meu telefone nem nada assim. Isso seria esquisito (diz o cara que ainda manda mensagens para você depois de ter dito que pararia). Sinto sua falta, Vi. Amo você.

CAPÍTULO 04

Do distante Miles para a garota Vivian
1 de junho de 2015, 15:45

Ah, que saco, perdi o voo. Uma conexão. Não existem voos diretos de Saint Louis para a Islândia, então preciso voar até Boston primeiro, mas, por algum motivo besta, o avião fez uma pequena escala em Charlotte. Quarenta e cinco minutos. Que porcaria de escala foi essa? Como meu último voo demorou 35 minutos para sair do chão, isso meu deu algo em torno de dez minutos para atravessar um aeroporto gigante, mas, no momento em que cheguei ao portão de embarque, era tarde demais. Estão me colocando no próximo voo para Boston, que chega às 20 horas. Meu voo para Keflavik parte às 21 horas, então, levando em conta que eu consiga pegá-lo do outro lado de um aeroporto ainda maior, pode ser que ainda dê tempo.

Estou exausto. Estou de pé desde o raiar do dia. Primeiro, uma viagem de carro de duas horas até Saint Louis, e agora esta confusão. Não comi nada, porque pensei em almoçar em Boston enquanto esperava pelo voo, mas parece que vou ter que comer agora ou simplesmente passar fome até o momento de cruzar o Atlântico. Então, comprei uma fatia de pizza, que estou ansioso demais para comer. E agora estou com raiva de mim mesmo por ter gastado dinheiro.

A despedida no aeroporto de Saint Louis foi desajeitada e cheia de lágrimas como você pode imaginar, mas agora que estou longe da Mamãe e da Mamushka a ficha começou a cair. É como se eu estivesse blefando o tempo todo. Não esperava que minhas mães ficariam numa boa ao me verem partir deste jeito. Você sabe (é claro que não sabe) que vou passar um mês lá? Sério, elas me reservaram hotel para um mês inteiro. Como vamos pagar por isso? Vou estar longe o tempo todo enquanto o Camping estiver aberto. Elas não devem me querer por ali. Devo estar mesmo em péssima forma, Vi.

Do distante Miles para a garota Vivian

2 de junho de 2015, 9:15

Este é literalmente o melhor sanduíche que já comi. É feito com ovos cozidos fatiados, tomate, alface e um tipo de molho Thousand Island. E você sabe como detesto molho Thousand Island. Mas este é literalmente o melhor sanduíche que já comi, porque é a primeira coisa que como em 24 horas. E é europeu. Sim, Vi, consegui chegar à Islândia. Estou no lobby do hotel, que é bem moderno e… arrisco dizer "elegante"? É, acho que vou dizer elegante, porque seria a coisa europeia mais adequada a dizer. Em todo caso, este não é um hotelzinho qualquer.

E aqui, bem ao meu lado, há a estátua de um carneiro que parece ter sido feita de restos de madeira e, de algum modo, parece elegante também. Chamei esse carneiro de Sven, e ele está vigiando minha mala enquanto mastigo o sanduíche e tento digitar usando só uma mão.

Gostaria de contar a você sobre o voo e as poucas paisagens que vi, mas estou tão cansado e grogue que tudo o que consigo pensar é no sanduíche e no carneiro de madeira. Fiquei um dia inteiro sem comer nem dormir. Tudo o que quero agora é uma cama, uma cama de verdade, mas meu quarto ainda não está pronto. Foi um erro de reserva, o carinha do balcão me disse. Ele sente muito. O cabelo dele está preso com um coque masculino. O sotaque dele é incrível. Nem pretendo gritar com ele, porque, aparentemente, estou em algum tipo de delírio pós-voo e também nunca grito com atendentes de balcão, porque sei como esses empregos são chatos. Tenho certeza de que não foi culpa do Cara do Coque o fato de o hotel ter feito um *overbooking*. Além do mais, ele me deu este sanduíche, que é o melhor de todos. Não é, Sven?

Do distante Miles para a garota Vivian
2 de junho de 2015, 19:54

A luta contra o *jet lag* é real. Dormi quase o dia todo em meu primeiro dia na Islândia. Não havia dormido nada durante o voo. Meu assento era ao lado da janela e fiquei apenas observando o oceano. Afinal de contas, sou um garoto do Missouri, é difícil para mim entender como pode existir tanta água no mundo. Estava frio e chuvoso ontem, quando aterrissamos. O aeroporto é minúsculo e todo envidraçado. Passei pela alfândega e ganhei um carimbo do segundo país que visitei na vida (o Canadá foi o primeiro, mas nem chega a contar), em seguida parei para tirar uma *selfie* idiota debaixo da placa de boas-vindas à Islândia, para mandar à Mamãe e à Mamushka.

Depois de sair do aeroporto, precisei esperar um ônibus para Reykjavik. A viagem de avião de fato cobrou seu preço; eu estava ansioso depois de passar tanto tempo sentado, porém cansado demais para fazer algo a respeito. Sentei debaixo de um toldo e fiquei olhando ao longe por um bom tempo. Há uma escultura no estacionamento, parece um pássaro —

ou talvez um dinossauro — saindo de um ovo. Apenas um membro irreconhecível insinuando-se para o mundo. O resto do que quer que esteja dentro daquela casca parece não ter decidido se quer ficar ou sair.

E foi aí que me deixei sentir saudades de você. Não o suficiente para chorar. Bem, talvez eu tenha lacrimejado um pouco. O que quero dizer é que eu realmente gostaria que você estivesse aqui comigo. E essa viagem inteira começava a parecer uma péssima ideia. Quero dizer, quem faz esse tipo de coisa? Não conheço ninguém que tenha ido passar um mês sozinho, num país estrangeiro, sem motivo. Sem planejamento. Aqui está sua passagem — bum!

O que vai acontecer se eu ficar doente? Ou se me perder? E se eu precisar de alguém para segurar a minha mão?

Se você pesquisar a Islândia no Google, vai ficar de queixo caído com tanta beleza, mas o passeio de ônibus não foi nada impressionante. Foram 45 minutos de campos acidentados de lava vulcânica. Irreal e de um verde-vômito, não necessariamente bonito. Ao longe, montanhas como você jamais viu. Minúsculas. Como montículos muito íngremes e pontiagudos. Não são imponentes como as montanhas americanas. Elas apenas ficam ali, bem tranquilas, observando o ônibus passar. Depois de quinze minutos, era só monotonia e eu estava louco para ver a paisagem mudar, mas isso não aconteceu, até que chegássemos à cidade. E Reykjavik nem sequer parece uma cidade. Trânsito de duas pistas. Silenciosa e tranquila. A arquitetura não me parecia exatamente europeia. Tudo tem uma aparência um pouco despojada, mas isso me fez sentir mais alívio que decepção. Não é intimidadora. Quero dizer, acho que posso me virar sem problemas por aqui. Estou especialmente grato por todo mundo saber falar inglês.

O primeiro ônibus me levou a uma rodoviária e outro me conduziu até o hotel. O motorista perguntou qual hotel e fiquei com vergonha por não saber se pronunciei o nome *Skógur* da forma correta. Quem sabe? Mas, pelo menos, ele não riu. Sei que outros americanos devem ter feito pior.

A essa altura, eu estava bastante cansado e com vontade de cair logo na cama do hotel. Entretanto, como você já sabe, meu quarto não estava pronto. Eu estava tão aéreo que tive a sensação de que o chão ondulava, acidentado e voluteante como os campos de lava. Isso não era bom. O sanduíche maravilhoso ajudou a assentar as coisas, mas fiquei parado ali por quase meia hora enquanto decidiam o que fazer comigo. Por fim, peguei no sono, encolhido numa das poltronas do lobby.

O Cara do Coque me despertou com tapinhas no joelho.

— Ei. Venha comigo. — Ele tinha um enorme saco de lavanderia jogado por trás do ombro, mas insistiu em carregar minha mala também. Entramos no elevador, ele puxou um molho de chaves e me mostrou, duas vezes, como inserir uma chave no painel de controle. Fiquei tentado a dizer: *Ah, que pena, no meu país não existe esse tipo de tecnologia sofisticada de chaves.* Mamushka teria ficado orgulhosa porque consegui me conter. Ele apertou um botão denominado P e subimos. Às vezes, os elevadores me dão um pouco de claustrofobia, mas decidi não me descontrolar diante dele. Saímos num corredor cinzento e vazio, sem mais nada a não ser uma escada em espiral. Um pouco sinistra e com aparência industrial. Eu o segui enquanto ele subia as escadas e, quando eu já estava começando a imaginar que ele era, na verdade, o garoto do filme *Deixa Ela Entrar* atraindo-me para um canto escuro, onde drenaria o meu sangue, ele abriu a porta e a luz do sol avançou.

Aparentemente, *P* indica a palavra islandesa para telhado ou cobertura, seja ela qual for.

— O que acha? Só por hoje? Se não estiver bom, posso telefonar e arrumar um quarto em outro hotel para você passar a noite. Minhas mais sinceras desculpas.

E eu fiquei, tipo: "ESTÁ MALUCO? ESTE LUGAR É FABULOSO!". Porque era mesmo. Aninhado entre duas paredes de tijolos na altura dos ombros, havia esse "quarto" ao ar livre com uma grande espreguiçadeira redonda, vasos de plantas selvagens e um tapete de aparência boêmia. Um dossel de lona decorado com luzinhas de Natal oferecia abrigo contra o sol, que havia decidido brilhar enquanto eu cochilava no lobby. No chão de cimento ao redor do dossel, a chuva havia se concentrado em poças aqui e acolá, refletindo pequenos trechos do céu nublado. Era lindo, Vi. Lindo.

— Posso passar toda a minha estadia aqui?!

— Não tem banheiro — ele disse. — E pode ficar bem frio à noite. Mas não vai fazer muito frio esta noite. Cerca de dezesseis graus, acho.

— Dezesseis graus? — Nórdicos malucos e invencíveis!

— Graus Celsius — ele me lembrou. — O que deve ser… sessenta graus Fahrenheit, para vocês.

— Ah, certo. Não é tão ruim.

Ele colocou o saco da lavanderia sobre a espreguiçadeira. Dentro dele, havia um conjunto de roupa de cama e travesseiros grandes e macios… Comecei a sonhar em dormir de novo. Ajudei-o a arrumar minha cama; na verdade, era impossível fazer com que as cobertas retangulares se ajustassem à cama redonda. Mas tentamos. Ele alisou o edredom uma última vez, depois se colocou de pé e começou a separar a chave do elevador do restante do molho. Também me deu um cartão magnético. Aparentemente, havia um spa no andar de baixo, com banheiro, chuveiros e uma grande piscina aquecida. Ela fecha após as 17 horas, mas ele me disse que eu era livre para ir e vir o quanto quisesse, contanto que não convidasse outros hóspedes do hotel. Ele se desculpou mais umas mil vezes e, por fim, me deixou. Caí no sono, dormindo oito maravilhosas horas debaixo do sol morno da Islândia.

Do distante Miles para a garota Vivian
2 de junho de 2015, 23:22

Por que continuo escrevendo para você? Suponho que ainda tenho coisas a dizer. E sei que escrever ajuda a consolidar as memórias. Já faz um tempo que vivo neste vácuo negro e sem cor. Quarto. Cozinha. Cabana. Sofá. Comida. Dormir. Dormir. Dormir. Não consigo mencionar uma única coisa interessante que tenha acontecido no último ano. Estou começando a me preocupar que a parte do meu cérebro responsável por se apegar às coisas — coisas boas, bonitas, o que for — não seja mais capaz de internalizar o que é novo. Mamãe disse que isso pode acontecer. Um trauma pode roubar suas memórias. Se uma pessoa está passando por um momento difícil, às vezes o cérebro bloqueia o período inteiro, por volta de um ano, daquele momento em diante. Ela diz que Mamushka lhe contou que não consegue nem se lembrar do rosto de seu ex-marido. Eu não acho que algum dia me esquecerei do seu, Vi.

Acho que agora é um bom momento para dizer que estou usando as suas botas. As botas Doc Martens que você tanto queria, e eu detestava que fossem feitas de couro, mas eu as comprei mesmo assim para lhe dar de aniversário, e danem-se as vacas. Agora estou calçando-as porque você não está e elas podem muito bem ser úteis.

Milhas de Distância

Acabei de conversar com a Mamushka. A garotada do Camping já chegou e estão todos na cama agora. É tarde, tanto lá quanto aqui. O sol não se põe antes das 23 horas. Estou acordado debaixo das luzinhas de Natal, Reykjavik cintila para mim ao longe. O hotel fica em um campo aberto e afastado, sem nenhuma outra construção nas redondezas. Estou comendo batatas chips islandesas, que não são diferentes das americanas, mas... Cara, nem queira saber dessa versão porca do refrigerante Mountain Dew, parece uma mistura de café com refrigerante de laranja, então dane-se. O que vou fazer comigo mesmo? Nem sequer tenho ideia do que fazer esta noite, quero dizer, para me divertir. Ouvi dizer que a vida noturna em Reykjavik começa bem tarde, então eu poderia dar um passeio por aí, mas não estou disposto a encarar o ruído e as luzes dos bares ainda... nem as pessoas. Vou chegar lá. Apenas não esta noite.

Queria ser mais bebedor, ou um bebedor melhor. Tudo o que o álcool faz é me deixar triste e com sono. Você lembra quando tentou me deixar bêbado pela primeira vez? Você tinha esse plano de me deixar embriagado e divertido, como se minha primeira Tequila Sunrise não fosse só mudar minha vida, mas a sua também. Contei à Mamãe e à Mamushka que eu ia passar a noite na casa do Brian, mas, em vez disso, passei a noite com você no Camping. Você me fez experimentar um monte de bebidas misturadas e eu não gostei de nenhuma.

— Pare de fotografar os copos e beba! — Ainda vejo você sentada diante de mim no salão vazio do Camping. Batom violeta e aquele grande laço amarelo no seu cabelo.

— Mas eles são tão bonitos! — Certo, eu realmente fiquei um pouco bêbado.

— Não consigo entender como as duas pessoas mais incríveis do mundo criaram isto. — Você moveu a mão ao redor do meu rosto. — Você é como um cobertor caído na lama.

— O quê? Acho que você quis dizer: um cobertor molhado ou então um galho caído na lama.

— Não, é uma combinação das duas coisas. Você é assim triste como um cobertor de estimação que uma criança atirou da janela do carro quando decidiu que já estava crescidinha. — Olhando para trás, o que você disse pareceu bem mesquinho. Mas esse era só o modo como a gente se comunicava. Provocávamos um ao outro o tempo todo.

No entanto, naquela noite eu estava bêbado demais para ser esperto e malicioso com você. Apenas sorri.

— Que sorte que você me achou, hein? Porque fiquei bem bonito e macio depois que você me levou pra casa e me limpou.

Espero que você saiba que sempre me senti assim ao seu respeito. Grato. Extremamente sortudo. Mesmo tendo sido minha família quem a amparou quando você ficou sem ter para onde ir, acho seguro dizer que eu, Mamãe e Mamushka sempre pensamos que foi o contrário: foi você quem nos adotou.

Você saiu do seu lado da cabine e deslizou para perto de mim. Drinques coloridos pela metade decoravam o tampo da mesa, e seus lábios falaram junto do meu pescoço.

— Vou mostrar o que é ter sorte. Vamos sair daqui.

Voltamos para a sua cabana e ficamos brincando um pouco, e então você me surpreendeu com um presente sem nenhum motivo em especial. Era aquela enorme antologia do Sandman que eu queria tanto. Fiquei exultante namorando aquele livro, e você disse:

— Você quer ler agora mesmo, não é?

— Arrã.

— Não deveria ter dado isso a você antes que a noite terminasse.

— Foi o que ela disse.

Você riu e me beijou, depois perguntou se poderia pegar meu carro emprestado. Você não tinha bebido nada, então lhe dei as chaves e fomos para aquele cemitério que você sempre gostou. Lembro de que nos sentamos no para-choque traseiro e nos beijamos, mas não demoramos muito. Raramente nos beijávamos em público. Essa é uma coisa que lamento. Uma coisa que eu não conseguia encontrar um modo de mudar ou controlar. Nunca descobri o que fazer para que nos sentíssemos seguros.

Você tomou o caminho mais longo para casa, pelas estradas de pedriscos. Eu trouxera comigo o livro do Sandman e o deixara aberto no meu colo. Era lua cheia e, ocasionalmente, surgia uma fresta entre as árvores, a luz bastava apenas para que eu tivesse um vislumbre de Desejo e Delírio. Você conectou o telefone e tocou uma música para mim. *Tonight and the Rest of My Life*. Nunca vou esquecê-la, porque é o tipo de música que você só precisa ouvir uma vez; a letra invade o seu coração.

Abaixei o vidro. O ar estava gelado e fez esvoaçarem as páginas do meu livro novo. Quando a música acabou, você parou o carro num canto escuro da estrada e pegou aquele pacotinho cheio de coisas para fazer bolhas de sabão que brilham no escuro. Fizemos uma bagunça enorme misturando o conteúdo do bastão de neon na solução para as bolhas. Manchou toda a minha calça e as suas mãos. Você espalhou um pouco no meu rosto como se fosse pintura de guerra. Saímos do carro para uma estrada de terra inóspita no meio da noite e sopramos bolhas radioativas sobre uma plantação de algodão. Foi tão divertido. Penso muito naquela noite, porque foi a última vez que me recordo de as coisas estarem realmente muito boas entre nós.

Parece que, depois daquele dia, o inverno chegou com força. Os *royalties* das antologias da *Mixtape* começaram a chegar e você mal podia acreditar que tinha se tornado independente e estava ganhando bastante dinheiro para pagar as contas fazendo as coisas que amava. Parecia um sonho que havia se tornado realidade, até seus pais cortarem o seu plano médico e o sistema de saúde pública decidir que você era rica o suficiente para pagar pelos seus próprios medicamentos.

Dois dias antes do Dia de Ação de Graças, você quebrou um dente do siso. E justamente comendo uma *quesadilla* de queijo. O dentista convenceu você a extrair todos os quatro dentes do siso. Depois da cirurgia, a caminho de casa, passei para deixar na farmácia a receita dos analgésicos que o dentista havia prescrito. Levei você para casa, coloquei-a na cama, depois voltei à farmácia para pegar os remédios, para o caso de você acordar com dor.

— Não deveria ser tão caro, é só paracetamol — falei para o técnico farmacêutico quando a caixa registradora exibiu um valor exorbitante na tela.

O técnico digitou um pouco e me disse que havia uma segunda encomenda, um refil mensal.

— Está pronto desde a semana passada.

— Hã, vou levar só o pedido de hoje. Ela vem buscar o outro depois. — Eu não tinha dinheiro suficiente para pagar por ambos. Os analgésicos eram minha única preocupação naquele momento.

Quando voltei para a cabana, você estava acordada. Cabelos desalinhados, olhos cansados. Vestia uma blusa de alcinhas e as calças do pijama xadrez que havia roubado de mim. Provavelmente, você detestaria ouvir isto, mas estava muito linda. Eu gostava da Vivian sem maquiagem tanto quanto ou ainda mais que a Vivian embonecada. Caí ao seu lado na cama e perguntei se estava sentindo dor. Você disse que não, mas tomou um comprimido apenas por precaução. Porém, esquecemos a parte que dizia para se alimentar primeiro, por isso você ficou enjoada e tonta. Guardou o frasco no armário e disse:

— Nunca mais.

Quando você estava se sentindo melhor, perguntei sobre a outra receita.

— Não é nada — você respondeu. — Só um frasco de antiandrógenos. Posso ficar bem sem eles por mais algumas semanas.

Aproveitei o momento para beijar suas clavículas nuas. Porque elas estavam ali e eu as adorava. Porque tinha me esquecido que, diferente de mim, você não gostava delas. Eram uma parte de você que os hormônios ainda não haviam suavizado. Você tentou me afastar, mas eu apenas abracei você um pouco mais.

— Tem certeza?

— Tenho. Era isso ou os presentes de Natal. Não, shh! Não discuta comigo. Não é nada importante. Só não fique assustado quando eu — e você aprofundou a voz em um tom baixo e másculo — desenvolver um interesse repentino por futebol e filmes de kung fu.

E eu ri, porque não me importaria nem um pouco se você ficasse um pouco masculina. No entanto, fiquei surpreso por isso não estar incomodando você.

Só mais tarde comecei a notar que você não estava exatamente bem. Foi depois que você decidiu se assumir como uma pessoa trans na *Mixtape* e vimos nosso público leitor mudar de garotas adolescentes cis para um pessoal novo, principalmente LGBTQs.

Depois daquele dia, cheguei em casa e a encontrei chorando. Você disse:

— As garotas de verdade não querem mais saber de mim.

Depois que encontrei aquela pasta atulhada de *e-mails* marcada como *Haters*.

Depois da ceia de Natal, quando seus pais não apareceram.

Depois da briga em que eu lhe disse que você devia simplesmente "desistir" (dos seus pais, Vivian… Juro por Deus que eu estava falando sobre desistir dos idiotas dos seus pais, que não lhe davam nenhum apoio).

Depois que encontrei seu rosto azulado.

Depois dos médicos dizerem que as chances não eram nada boas.

Foi quando voltei à farmácia e peguei a encomenda de medicamentos da qual você abrira mão naquele mês, mencionando motivos financeiros. (Apesar de ter milhares e milhares de dólares escondidos — como assim???).

E acabei descobrindo que aquele pedido não era de antiandrógenos nem de hormônios.

Você havia parado de tomar antidepressivos.

CAPÍTULO 05

Do distante Miles para a garota Vivian
3 de junho de 2015, 5:15

Segundo a Internet, *skógur* significa "floresta". E eu acredito nisso. Acabei de passar as últimas duas horas explorando o hotel. O resto dele é tão bonito e atmosférico quanto o quarto lá no terraço e há uma espécie de tema de floresta encantada. Cada andar tem um tipo diferente de árvore como inspiração. Há pinheiros no primeiro andar e umas árvores antigas com raízes retorcidas no segundo. Meu preferido é o último andar — as paredes dos corredores são feitas de fileiras de bétulas. Enquanto andava, passei a mão sobre elas sentindo o relevo, *bump bump bump*.

Eu me sentia meio estranho perambulando assim no meio da noite, então levei uma toalha e uma bolsa de artigos de higiene pessoal comigo, imaginando que, se alguém quisesse saber o que estava fazendo, eu diria que estava procurando o spa, mesmo que o Cara do Coque tivesse dito que ficava no primeiro andar. De qualquer forma, Mamushka havia dito, mais cedo, que esse lugar tinha um cinema, uma biblioteca e uma pequena galeria de arte. A galeria estava trancada, e nunca encontrei a biblioteca. O cinema estava aberto e funcionando. Devia ser um cinema 24 horas. Entrei para ver um documentário islandês sobre lava passando na tela e um casal jovem mandando ver na terceira fila. Bem, que saco.

Nada de documentário para mim. Dei o fora enquanto eles tentavam se desembaraçar um do outro. Rá.

Finalmente fui ao spa. Virei uma esquina e já estava dentro. Tive que tatear pela parede em busca do interruptor de luz em cada sala. Foi fácil encontrar a piscina, mas não estava com muita vontade de nadar. Como tinha o lugar todo só para mim — e só porque deu na telha, não porque eu tivesse alguma questão de gênero a resolver —, dei uma volta pela área dos chuveiros femininos. Porém, não vi nada interessante. Continuei vagando pelo lugar e acabei nos chuveiros masculinos. Não havia cabines individuais, apenas um espaço grande e aberto com chuveiros.

É engraçado como a masturbação se tornou uma coisa tão automática para mim, como se eu estivesse entrando na puberdade outra vez. Eu estava sozinho e nu. Meu pau estava num clima de *ei, já que está aí esfregando as bolas, bem que você podia...* e eu estava tão ocupado me imaginando como o "homem sem nome fornicando no cinema" que demorei um minuto para registrar o fato de que tinha começado a bater uma num banheiro público, onde, teoricamente, qualquer funcionário com o cartão-chave certo poderia ter entrado e me pego no flagra.

Minha mente vagava em todas as direções, pensando em você e nas pessoas que não são você e como seria se alguém realmente me pegasse no flagra. Quase quis que isso acontecesse, como se eu precisasse que alguém entrasse de uma vez e dissesse: *Ei, você não pode ficar aqui se divertindo. Sua namorada está em coma, pelamordedeus!*

Ou, em vez disso: *Olá, garanhão. Precisa de uma mãozinha aí?*

Não sei qual eu preferia.

Mas, mesmo assim, é... Eu realmente, arrã, me diverti. Num banheiro público. Nojento, né? Bem, pelo menos, agora posso dizer que cheguei ao orgasmo em dois continentes.

Do distante Miles para a garota Vivian

3 de junho de 2015, 13:30

Eu não diria que sou exatamente extrovertido. Não como você. Não tenho muitos amigos, e isso não me incomoda. Você foi meu mundo inteiro por um tempo. Eu me sinto meio mal por ter dispensado o Brian o tempo todo quando você e eu começamos a namorar. De qualquer forma... do que é que eu estava falando?

Solidão? É. Esta manhã eu me sentia solitário, mas de um jeito diferente. Não solitário tipo sozinho-sem-Vivian, mas solitário tipo estranho-numa-terra-estranha. Acordei a tempo de tomar o café da manhã e descobri que os clientes do hotel não recebem só um muffin e um suco de laranja aqui, recebem um bufê de café da manhã gratuito. E você sabe como eu adoro coisas de café da manhã! Estava mais animado que aquele rato em *A Menina e o Porquinho* quando ele começa a devorar toda aquela comida na festa. Qual era o nome dele? Templeton? Enchi o prato com aquele sortimento aleatório de coisas que queria experimentar — torrada com feijão, batatinhas assadas, ovos cozidos moles, creme de limão. *Skyr*, o famoso iogurte islandês. Chá Earl Grey. Coisas que eu nunca tinha provado. E foi então que fiquei meio solitário, porque não tinha ninguém com quem compartilhar a experiência.

E aí o Cara do Coque apareceu.

— Tenho umas coisas para você. Posso sentar?

Ele é muito educado. A postura é ereta. Os cabelos são loiros-platinados e os olhos são muito azuis. Ficamos nervosos diante um do outro, porque somos pessoas extremamente desajeitadas de modos extremamente diferentes. Precisamos de alguém como você para amortecer o impacto. Se você estivesse lá, teria pego no braço dele e dito alguma coisa estranha e engraçada, provavelmente sua frase padrão sobre o fato de que gente negra não morde — como se a cor da sua pele fosse a razão pela qual os estranhos ficavam curiosos ao seu respeito. De todo modo, você não estava lá, então tive que lidar por minha conta com o homenzinho islandês empertigado. Eu digo "homem", embora ele deva ter mais ou menos a minha idade. Mas ele transpira maturidade de um jeito que eu nunca poderei. Aposto que nasceu de terno.

Perguntou como dormi daquela maneira genérica como o pessoal do atendimento ao cliente faz. Você sabe que eles, na verdade, não se importam com a resposta. Eu, com certeza, não me importo quando pergunto educadamente aos pacientes da Mamãe como foi o dia deles. Então, só respondi:

— Dormi bem.

Ele me deu o cartão-chave do meu novo quarto, o 304. Último andar. Sim, o andar das bétulas! Também me deu um passe de ônibus da cidade e uma pilha de folhetos para ler.

Então, sacou um caderninho e uma caneta e perguntou:

— Qual é o objetivo da sua viagem?

E fiquei meio:

— Desculpa, cara, eu não sabia que precisava me explicar para um carregador de malas. — Ok, não, eu não falei desse jeito. Mas realmente não tinha uma resposta para ele.

Qual é o meu objetivo, Vivian?

Ele escreveu algo em islandês num caderno, depois explicou que era meu *concierge* particular e que seu trabalho era cuidar para que eu fizesse uma viagem agradável. Disse que poderia fazer coisas como reservar passeios turísticos para mim ou recomendar restaurantes, ou o que precisasse. Perguntei se ele estava fazendo isso porque eu tivera que dormir no quarto do teto, porque, para mim, estava ótimo dormir no teto, mesmo que a temperatura chegasse aos dezesseis graus

FAHRENHEIT, e eu não precisava de nenhum tratamento especial. E ele respondeu que seus serviços faziam parte da estadia no hotel.

Ah, então foi por isso que a Mamushka escolheu este hotel em especial. Ela queria ter certeza de que eu estava "me divertindo". Pensou que eu precisasse de uma babá. Foi então que entendi.

— Você falou com minha mãe, não foi? Ela ligou para cá?

— Creio que não. Não. — E, ai meu Deus, preciso tomar umas aulas de cara de paisagem com esse sujeito.

— Ela fala *azim* — eu disse, imitando o sotaque russo da Mamushka. — Provavelmente, me chamou de "meu menininho". Soa familiar pra você?

— Nada familiar — garantiu ele. Pensei por um momento que sua fachada ia se romper, mas ele se endireitou ainda mais e repetiu: — Meus serviços estão incluídos na sua estadia.

— Tá certo, cara. Vou dar uma olhada — declarei, indicando a pilha de folhetos — e depois aviso se eu tiver vontade de nadar com as orcas ou mergulhar de snorkel com papagaios-do-mar ou coisa assim.

— Obrigado. — Ele se levantou e empurrou a cadeira, curvando-se um pouco numa reverência. E aí (não estou de brincadeira!) ele roubou um pedaço de torrada do meu prato e comeu enquanto seguia em direção à porta.

Do distante Miles para a garota Vivian
3 de junho de 2015, 14:15

Acabei de passar vinte minutos tentando descobrir como dar a descarga em um banheiro islandês. Argh! Juro que cheguei perto de telefonar para a recepção e perguntar ao Cara do Coque como descartar meu xixi. Ele, provavelmente, ouve muito essa pergunta. Posso imaginá-lo com aquela cara inabalável dizendo: *Ponha a palma da mão no grande botão branco e empurre*. Não há alavanca, nem botão, nem nada — foi isso que fiquei procurando. Sério, no fim, era um botão ENORME. Tão enorme que passei batido por ele. Pensei que aquilo fosse um *dispenser* de guardanapos ou coisa parecida. Empurra — dá a descarga —, crise evitada. Claro que não tive esse problema ontem à noite, porque os banheiros no spa tinham descarga automática.

Agora, estou no meu quarto. Voltei para o terraço depois do café da manhã e peguei minhas coisas. Começou a chover outra vez, então meio que fiquei feliz por me instalar num lugar com um teto de verdade. E este quarto é bem bonito. Você teria adorado. Há um grande mural na parede atrás da minha cama, uma floresta de bétulas com feixes de luz solar vazando entre as árvores.

Achei que, já que vou ficar aqui por um tempo, era melhor desfazer a mala. Deixei meus artigos de higiene no banheiro, as roupas na cômoda. Foi quando parei para mijar e fiquei sem ação no banheiro. Espero que esse seja o último obstáculo do dia.

Do distante Miles para a garota Vivian

3 de junho de 2015, 14:47

Nãããão. Não. Não. Não. Não. Não. Vivian. Você não vai acreditar no que aconteceu comigo. Fui logar na Netflix e a tela disse: desculpe, a Netflix não está disponível no seu país. Aqui é o inferno?! Vim parar no inferno?!

Do distante Miles para a garota Vivian

3 de junho de 2015, 15:57

Acabei de vir da galeria de arte do hotel. Nada muito interessante. É uma sala pequena, e várias das obras lá têm como tema o xadrez, porque, aparentemente, Bobby Fischer ganhou um torneio muito importante aqui. De qualquer forma, saindo pelo lado da galeria, você pode chegar a um jardim interno e essa parte foi bem legal. Há umas árvores pequenas e retorcidas, e alguns artistas de rua envolveram os troncos com lã islandesa de cores vivas. Então, tudo parece um cruzamento esquisitão entre um livro do Dr. Seuss e alguma coisa do Tim Burton.

No centro, há uma lagoa de carpas com uma pontezinha por cima. E, na ponte, há um zilhão de cadeados multicoloridos. É uma ponte dos amantes, como aquela famosa em Paris, onde os casais devem colocar um cadeado juntos e jogar a chave nas águas do rio. Na loja de presentes, no lobby do hotel, comprei um cadeado roxo com chave.

Enganchei o cadeado na ponte. *Clak*.

Joguei a chave na água. *Plop*.

Ah, e o que foi aquele outro barulho? Só meu coração rachando ao meio.

Ei, lembra a primeira vez que dissemos *amo você*? Porque eu, com certeza, não lembro. Parece que esse é um momento importante para a maioria dos casais. Acho que é uma das armadilhas de se envolver romanticamente com uma pessoa que é quase um membro da família há tanto tempo. Os Amo-Você-Como-Uma-Irmã transbordam em Amo-Você-Como-Minha-Alma-Gêmea, e você quase se sente meio enganado.

Não, isso não é bem o que eu quero dizer. Não me sinto enganado. Tivemos um relacionamento maravilhoso. E é verdade que você não estava lá hoje para colocar o cadeado na ponte comigo, mas, ei, ainda existe aquele viaduto onde você escreveu nossos nomes com tinta spray.

Esse é outro dia em que penso muito. Eu estava em um daqueles sábados preguiçosos em que a gente só quer ficar na cama e você apareceu e fez com que eu me vestisse para darmos uma volta. Andando pela rua, eu me senti como sempre sentia quando estava ao seu lado: um pouco mais alto e mais autoconfiante. Você tinha uma magia que eu não havia visto em mais ninguém, antes ou depois, e deixava um pouco dela em tudo que você tocava. Será que foi isso que aconteceu? Você doou, e doou, e doou sua magia a todos os outros, até que não restasse mais nada daquela centelha em você.

Era primavera e o tempo estava frio e chuvoso naquele dia, porque o Missouri só tem duas estações: ártica e axila suada. Ainda não havia chegado a estação do suor nas bolas. Enfim, você me arrastou pelo viaduto até o parque. Havia uma festa de aniversário, criancinhas correndo por toda parte com chapéus de papel pontudos.

Brinquei no balanço pela primeira vez em um bom tempo e descobri que, depois de todos aqueles anos longe do *playground*, quando você pula de um balanço, aquele longo segundo antigravidade ainda existe.

A gente só cai com um pouquinho mais de força no chão.

— Quero te mostrar uma coisa — você disse, enquanto eu tentava espanar os restos de grama dos meus joelhos. Você não brincou no balanço comigo, porque não queria desarrumar seu vestido. Você era detalhista com suas roupas, escolhia cuidadosamente cada item em brechós e lojas *vintage on-line*. Nunca vi você comprar nada novo ou caro, mas tratava de todos os vestidos como se fossem feitos com fios de ouro. Acho que naquele dia você estava usando um vestido curto e, por cima, a blusa de renda que tínhamos tingido de amarelo, na pia da cozinha um dia, com cúrcuma e tinta Rit. Meias arrastão pretas e sapatilhas de balé.

Fomos até o limite do parque, onde havia uma grande vala, e eu disse:

— Me deixa mostrar uma coisa primeiro. — Apontei para aquela casinha verde com lucarnas do outro lado e disse que já tinha sido a casa da minha trisavó.

— Eu sei — você disse. — A senhora irlandesa. E o marido dela era cherokee puro. Ela o chamava de "aquele índio velho" sempre que ficava zangada.

— É. Como você sabe?

— Sua mãe me contou. Ela disse que é por isso que ela, às vezes, chama a Mamushka de "aquela russa velha". — Você passava a palma das mãos pela grama alta que crescia ao longo da vala. — Esse racismo casual da sua família é tão fofo.

— Ei, foi a história dos romances multiétnicos da minha família que criou o vira-lata do Missouri que está diante de você hoje. Sou russo, e irlandês, e cherokee, e holandês, e tudo mais que você imaginar.

— Eu sei. É por isso que é tão legal — você disse, olhando para a casinha verde do outro lado da rua. — Eu penso muito neles. Aposto que a vida deles não foi fácil, sabe? O pai dela provavelmente queria que ela se casasse com o filho do banqueiro ou alguém assim, e ela disse: *de jeito nenhum, eu quero aquele cara marrom de maxilares maravilhosos.* Quero dizer, aposto que as pessoas jogavam merda neles das janelas das carruagens no sábado à noite e, mesmo assim, eles não estavam nem aí.

Eu me encolhi um pouco, lembrando aquela vez em que um babaca em um Jeep decidiu que precisávamos do resto do milk-shake dele.

Então abracei você e apoiei a cabeça no seu ombro, e ficamos assim por um tempo, até eu lembrar que você disse que queria me mostrar uma coisa.

— Você é cego — você disse. — Não acredito que ainda não percebeu.

Então olhei ao redor e foi quando vi MILES + VIVIAN gravado na parede da passagem debaixo do viaduto.

— Ai, meu Deus. Temos que sair daqui — eu disse, virando-me. — O que… por que você fez isso? Vamos ser presos. Tenho certeza de que você e eu somos os únicos "Miles e Vivian" na cidade.

— Ah, relaxa! — Você puxou meu braço. — Ninguém vai ser preso.

— Como é que você sabe? Assim que alguém vir isso, a polícia vai bater na nossa porta.

E você disse:

— Miles, está lá já faz, tipo, dois anos.

— Dois anos? — Nosso primeiro beijo só tinha acontecido uns seis meses antes disso.

— Pois é — você disse, com as mãos na cintura. — Já faz tempo que estou a fim de você. Quando eu era criança, costumava ir à loja da esquina e olhar escondido a revista *Seventeen* do mesmo jeito que os outros meninos tentavam ver uns peitos na *Playboy*. Em todo caso, achei um artigo sobre declarações positivas. Não consegui ler inteiro, porque alguém apareceu na esquina e joguei a revista na prateleira antes que me vissem. Mas lembro que o artigo dizia que, se você quer alguma coisa, tem que escrever em algum lugar. Eu costumava roubar os diários da Nikki, não para ler, mas para ter um lugar onde eu pudesse escrever *eu quero ser menina, eu quero ser eu*, de novo e de novo, e trancar com cadeado e chave. Enfim, eu ainda faço essa besteira. Quando quero uma coisa, escrevo em algum lugar.

Então, olhei outra vez para sua declaração gigante e sorri. Abracei você e disse que a amava. E você correspondeu. Já havíamos dito isso um ao outro antes e, agora que parei para pensar, esta pode ter sido a primeira vez que as palavras significaram algo mais.

Revirei seus diários com desenhos nesse último ano e meio. Sei que você não se incomodaria em saber que eu os li. Acho que você estava feliz por poder mantê-los abertos, destrancados. Alguns deles são alegres e alguns são bobos. E há aqueles em que você obviamente estava triste, mas nada que fizesse soar um alarme.

Procurei em todos os lugares, mas você não deixou um bilhete quando tentou se matar. Não sei por quê.

Queria saber.

Do distante Miles para a garota Vivian

4 de junho de 2015, 17:30

Islândia. Terceiro Dia. O *jet lag* ainda é forte pra caramba. Não peguei no sono antes das seis da manhã, mas o telefone me acordou ao meio-dia.

Uma voz masculina toda animada do outro lado disse:

— Boa tarde! Aqui é seu *concierge* particular. Eu estava pensando se poderia fazer alguma coisa por você hoje?

Meio adormecido, respondi:

— Não sei. Pode me arranjar outro bule? O meu está meio fod... não está funcionando direito. — Tentei usá-lo na noite passada para fazer um *ramen* que comprei no posto de gasolina, mas não funcionou, então jantei um pacote de Skittles.

— Sua chaleira elétrica? — Há algo mágico na forma como os islandeses falam. É uma fala ao mesmo tempo suave e afiada. Vogais fluidas, r's longos e vibrantes e k's petulantes: "chaleirrra eletrrrriKa".

— É. Está meio enferrujada ou coisa parecida.

— Lamento ouvir isso. Uma nova chaleira, é pra já! Mais alguma coisa? Um chá?

— Não. Eu só ia fazer macarrão.

— Macarrão? Sim, sim. Vou levar uma tigela para você.

— Legal. Valeu… hã, *takk.* — Literalmente, a única palavra islandesa que conheço.

Então, uns dois minutos depois, o Cara do Coque estava à minha porta com uma chaleira elétrica debaixo do braço e um conjunto completo de utensílios de cozinha numa bandeja. Tão bacana. Eu me sinto mal por zombar secretamente dos cabelos dele o tempo todo. Eu o deixei entrar porque ele queria pegar a velha chaleira e ter certeza de que a outra, que havia pego emprestado de um quarto vazio no corredor, estava funcionando. Enquanto esperávamos a água ferver, mostrei o *ramen* que havia comprado no posto de gasolina ontem.

— Que engraçado. Ouvi dizer que todos vocês falam inglês, e você fala — comentei.

— Sim. — Ele disse isso quase como uma pergunta, ou talvez como se esperasse ouvir o resto de uma piada ruim. Não dá para dizer que eu gosto desse cara, mas é meio divertido o fato de que nós não temos ideia do que pensar um do outro.

— Mas algumas embalagens de alimentos estão em islandês. Não consigo saber se isto é vegetariano ou não. Você pode ver pra mim? — Havia uma ilustração de vegetais na embalagem, diferente das outras opções que a loja oferecia, mostrando uma coxa de frango e um porco sorridente.

— Você não come nenhuma carne? — Ele olhou para a embalagem. — Tem um pouco de ovo na receita.

— Ovo, tudo bem — eu disse.

— Não tem carne. — Ele devolveu o pacote no momento em que a chaleira assobiou.

— Está funcionando! — eu disse, entusiasmado com meu *ramen*. Ah, uma comidinha caseira…

— Você não pode comer só macarrão o mês inteiro — disse ele. — Vai pegar escorbuto.

— Escorbuto? — Despejei o *ramen* na água, ativei o temporizador no meu telefone e o ajustei para tocar dali a três minutos. — A doença dos piratas?

— Sim. Deficiência de vitamina C. — Ele se dirigiu à porta e fez uma pequena reverência. — Coma umas frutas cítricas.

— Certo. Vou comer. — Eu ri. — Valeu, cara. Desculpa. Não lembro seu nome. Ainda estou zonzo por causa do *jet lag*.

Ele apontou para a plaqueta de bronze com seu nome, ÓSKAR.

— Obrigado, Óskar. — Pronunciei à moda americana, Oscar.

Ele balançou a cabeça.

— Não. Oh-skargh. — Eu juro, foi assim mesmo que ele falou. Não admira que essas línguas escandinavas pareçam tão absurdas aos olhos americanos. Como é que Óskar tem um g e um h?

Então, tentei.

— Obrigado, Oskjdlmfjaiejtjoghar.

E ele meio que me deu uma pancadinha no ombro com o bule quebrado.

— Você vai pegar o jeito.

Comi meu macarrão e voltei a dormir. Mais tarde, quando acordei, havia um saco repleto de laranjas pendurado na maçaneta da porta.

Do distante Miles para a garota Vivian

4 de junho de 2015, 23:33

É difícil estimar o quanto penso em você. Por um lado, o tempo todo. É como aquele sentimento de quando você sabe que esqueceu uma coisa importante. Aquela sensação incômoda que perdura. Claro que não esqueci nada ao seu respeito. Ainda me lembro da sua voz, e da sua risada, e do seu cheiro. Mas é uma sensação de que, ao lembrar, vou perder tudo.

Então, por outro lado, é melhor não pensar em você. Não deixar aquela nuvem negra se aproximar mais. Porque, se eu deixar esses pensamentos me tomarem, eu me afogo.

Você pode imaginar que tipo de dia eu tive.

É difícil estar aqui sem você. Mas acho que entendo parte do motivo pelo qual minhas mães me fizeram viajar. É mais fácil recomeçar num lugar estranho. E isso me faz pensar em você, o que faz com que a ideia de recomeçar como Miles 2.0 seja um pouco mais difícil. De ver você pela primeira vez. Pessoalmente, quero dizer. Fomos amigos na internet por um tempo, sempre acordados até tarde da noite mandando mensagens um para o outro e trocando ideias sobre projetos para a *Mixtape*. Você estava sempre me metendo em encrenca, Vivian, me fazendo rir tão alto que Mamushka acordava e me fazia desligar o telefone.

E aí houve aquela noite em que você ligou. Mandávamos mensagens de texto às vezes, mas você nunca me ligava, então surtei um pouco quando ligou.

Além disso, eram, tipo, três da manhã.

— Eu fiz uma coisa tão idiota — você disse assim que atendi. Sua voz era suave e trêmula e você tinha um leve sotaque sulista, o que nunca fez sentido, porque eu vivo mais ao sul e não tenho sotaque. — Fugi de casa.

Enterrei o nariz no travesseiro por um segundo, depois voltei a olhar para o telefone.

— Onde você está?

— Poplar Bluff é muito longe?

— De onde?

— De você.

— Você está em Poplar Bluff?

— No mapa, tudo parecia muito mais perto, e pensei que acabaria descobrindo quando chegasse aqui, mas está muito escuro e sinistro, e acho que não consigo ir tão longe a pé.

— Você está mesmo em Poplar Bluff?

— Estou. Vim de trem. Sou uma besta. Quero muito conhecer você e ir ao seu Camping e abraçar suas mães tontas e maravilhosas. Tem noção de como você é sortudo? Sua vida é como um sonho para mim.

Aí tive que acordar minhas mães e explicar que uma estranha que conheci pela internet estava me esperando na estação de trem a meia hora de distância. Mas tenho sorte. E tenho mães tontas e maravilhosas, sim, o tipo de mães que entendem que a vida, às vezes, é tão cagada que você precisa pegar um trem para lugar nenhum no meio da noite e esperar que um amigo que você nunca viu o resgate.

Mamãe foi buscá-la. Enquanto isso, chamou a polícia para ficar com você até ela chegar. E ligou para seus pais avisando onde você estava, dizendo que estava bem.

Eu queria ir com Mamãe quando ela a buscou, mas ela me mandou voltar para a cama, já que eu tinha escola no dia seguinte. Claro que não consegui dormir. Mamushka e eu esperamos na sala de estar, olhando para os comerciais de TV noturnos com olhos turvos.

Quando ouvi o carro da Mamãe parar, corri para o quintal e vi quando você veio andando até a entrada.

Admito agora que fiquei confuso por um momento. Pensei que tivesse acontecido um mal-entendido.

Sua voz saiu aguda e rápida.

— Não pareço muito com meu avatar, né? Queria ter contado antes. Por favor, não fique bravo. Me desculpe.

É verdade, você não era nada do que eu esperava. Embora tendo crescido com minhas mães e já ter conhecido pessoas trans, ainda levei alguns segundos para desembaraçar meus pensamentos. Aliás, sinto muito por isso. Por aquela pausa, como tenho certeza de que já aconteceu com todas as outras pessoas no mundo, quando meu cérebro insistiu em classificar você só pela aparência: um cara gordo como eu, suando dentro de um agasalho preto com capuz e jeans. Então, tudo fez sentido: a razão de haver um personagem de desenho animado na sua imagem de perfil, seu fascínio pelas minhas mães e pelo Camping e o fato de você ter escolhido minha HQ sobre identidades de gênero para sua revista.

OK, disse meu cérebro. Trans. Entendi.

Envolvi você com os braços e disse que não me importava.

— É tão legal finalmente conhecer você, Vivian.

Aí você estava chorando. Os faróis do carro da Mamãe iluminavam seu rosto, e pude ver que você definitivamente não era só um cara como eu. Tinha o rosto mais lindo. Sem maquiagem nenhuma, e seu cabelo estava preso em trancinhas para que seus pais não enchessem o saco por deixá-lo crescer.

Uma vez, ouvi alguém dizer que a sensação de ser trans é como querer tornar-se o gênero com o qual você foi confundido a vida inteira. Ou algo assim? Isso nunca fez sentido para mim, até eu conhecer você naquela noite. Não sei como alguém poderia olhar para o seu rosto e achar que você deveria ser menino.

Você enxugou os olhos e disse:

— Ninguém nunca me chamou por esse nome antes. Quero dizer, não pessoalmente. Não em voz alta.

Acho que você não dormiu nada naquela noite. Deve ter passado o tempo todo desfazendo suas tranças. E, quando apareceu para o café da manhã no dia seguinte com seu vestido dos anos 1950, os cabelos soltos e desalinhados, fiquei totalmente bobo. Não conseguia imaginar que alguém pudesse mudar tanto da noite para o dia.

Depois disso, as coisas pioraram. Minhas mães levaram você de volta para casa e tentaram conversar com sua família. Esperávamos que seus pais a deixassem voltar com a gente para o Camping, mas eles a puseram de castigo. Tiraram seu acesso à internet, e passei meses e meses sem ter notícias suas.

Porém, nunca vou esquecer aquela primeira manhã. Você brilhava e parecia muito feliz por estar num lugar novo. Na nossa cozinha, com aquele vestido, finalmente era você mesma, mas aos meus olhos você se tornou uma nova pessoa.

Eu queria saber como fazer isso.

Amanhã. Talvez, amanhã, eu acorde totalmente recarregado e pronto para explorar o mundo.

Do distante Miles para a garota Vivian
5 de junho de 2015, 9:18

Certo. Neste momento, eu bem que gostaria da sua ajuda. A verdadeira razão pela qual não me arrisquei a ir mais longe do que a loja da esquina nesses três dias desde que cheguei aqui é que… eu realmente não entendo os ônibus da cidade. Quero dizer, não temos transporte público lá em casa, sabe? Achei o Brian *on-line* há alguns minutos e perguntei como funcionam os ônibus. Ele me veio com esta: "Funcionam com motor, Miles. Dã". E também disse que os ônibus islandeses provavelmente são movidos por uma tecnologia mística dos elfos. E, é claro, falei: "Não é isso que eu quero dizer, seu pentelho". Acho que não entendo as rotas de ônibus. Tipo, como é que eu sei aonde o ônibus vai me levar? Meu Deus, eu sou burro, né?

Você é de Saint Louis. Lembro que me falou sobre andar de ônibus pela cidade. Aposto que você poderia descobrir fácil, fácil como chegar do ponto A ao ponto B aqui, mas não tenho ideia do que fazer. É bem possível que eu nunca veja nada em Reykjavik, além do interior deste hotel, se não criar coragem e descobrir como se faz.

Do distante Miles para a garota Vivian
5 de junho de 2015, 16:14

Tive uma ótima manhã, Vivian. Muito legal mesmo. Estou sorrindo por causa dessa manhã, feliz pela primeira vez em um longo tempo.

Depois de escrever para você, me vesti, guardei o passe de ônibus e o mapa no bolso e decidi que me enfiaria num ônibus que parecesse estar indo para a cidade para ver no que ia dar.

Dei uma olhada na recepção ao sair, mas Óskar não estava lá. Não sei ao certo se foi bom ou ruim que minha babá nomeada pela Mamushka não estivesse por perto para me ver finalmente sair da toca.

Então, sentei-me no pequeno ponto de ônibus envidraçado e esperei, o coração chegando a nove mil batimentos por minuto. Um ônibus apareceu. Mostrei o passe ao motorista e subi a bordo. Meus joelhos ficaram bambos, então fiquei bem feliz por haver assentos livres e eu não ter de ficar de pé ali, agarrado a um cano, feito uma *stripper* com medo do palco.

Uma mulher entrou no ônibus logo depois de mim. Olhei para ela uma ou duas vezes pelo canto do olho e pensei...

Será que eu a conheço? Ela se parecia muito com uma garota que costumava ser minha babá... Não, sem chance. Mas continuei olhando para ela e ela continuou me olhando, e finalmente ela disse:

— Bom, fala alguma coisa! Um de nós tem de falar!

Aí fiquei ainda mais inquieto.

— Hã, você é a Shannon... certo?

— Sim! Senta aqui, Miles. — Ela deu um tapinha no banco vazio ao seu lado.

Esquisito pra caramba, né? Tenho vagas lembranças dela me ensinando a fazer queijo grelhado e de nós dançando pela casa ao som dos discos da Cyndi Lauper, da Mamushka. Cara, isso parece ter sido há muito tempo.

Sentei-me ao lado da Shannon e ela me deu um abraço de urso, mas foi meio desajeitado, porque não consegui descobrir para que lado virar o rosto e quase bati a testa no nariz dela.

— Isso é tão bizarro. O mesmo hotel e tudo mais? Desde quando você está aqui? Me admira a gente não ter se esbarrado antes.

— Eu sei. Estranho — concordei, me esquivando da pergunta, porque não queria contar a ela como eu tinha surtado com a ideia de sair do meu quarto.

— O que está fazendo aqui, Miles? — Ela riu e deu um tapinha no meu braço, mas logo sua expressão murchou. — Ah, deixa pra lá. Acompanhei o assunto nos noticiários. Acabei de terminar um relacionamento e foi horrível, não que se compara ao que você está passando... Sinto muito. Como você está?

Lembro-me de estar com as mãos no colo e os punhos fechados, bem apertados. Eu me esforcei para relaxar um pouco, esticando os dedos. A última coisa de que precisava era outra porcaria de ataque de pânico.

— Já estive melhor.

— Eu também — ela disse.

Parecia a mesma de sempre. Tinha cabelos longos e encaracolados até a bunda e um sorriso de tirar o fôlego. Um estilo todo boêmio, com saias longas e estampas floridas. Com certeza, eu tinha uma queda por ela naquela época. E, com certeza, essa queda estava voltando a dar as caras. Um sentimento tão esquisito, como se minhas entranhas tivessem ficado um pouco mais leves, mas, por fora, eu estava corado e com cara de bobo. Acho que não amadureci muito, mesmo.

Ela não pareceu notar que eu havia retornado ao meu eu de onze anos, um desastre cheio de hormônios e cabelo feio. Ela afagou meu ombro e o resto de mim ardeu em chamas. Ela disse:

— Mas eu melhoro a cada dia. E você também vai melhorar.

Conversamos um pouco mais. Shannon disse que vai para casa amanhã e perguntou se eu pretendia fazer alguma coisa hoje. Quando encolhi os ombros, ela me convidou para ir às lojas de lembrancinhas no centro da cidade. Respondi que sim, feliz por não precisar andar às cegas pela cidade. No entanto, depois que saímos do ônibus, confessei que não tinha ideia de como me virar por lá. Ela disse que os ônibus percorrem um circuito. Você só tem que entrar no ônibus certo, indo na direção certa, depois sair no ponto mais próximo do seu destino. Faz sentido.

— Eu sou tão burro. Ai, meu Deus! Eu sou caipira? — Puxei a gola da camiseta, verificando minha roupa.

Ela deu aquela risada boba e sexy dela.

— Aliás, gostei da sua camiseta. Ela engana bem.

— Esse é precisamente meu objetivo — afirmei. Você não viu essa camiseta, Vi. Comprei uns meses atrás. É cinza-clara com barras azuis-escuras no colarinho e nas mangas, e a estampa também é azul-escura. Diz: VOCÊ É UM TURISTA, como aquela música do *Death Cab for Cutie*.

Então, acabamos andando por Laugavegur, o principal distrito comercial. As ruas do centro são de paralelepípedos, e tropecei em mim mesmo o tempo todo na superfície irregular. É bonito lá, urbano e estiloso. Ruas repletas de arte e pequenas boutiques.

Fomos a um milhão de lojas de bugigangas e eu a ajudei a escolher suvenires para os amigos que veria na volta. Rimos das camisetas bobas e dos cartões-postais que abordavam tópicos como a pronúncia dos nomes dos vulcões islandeses e o clima sempre mutante.

— *Se você não gosta do clima na Islândia, é só esperar uns minutos.* Dizemos isso no Missouri também — Shannon contou a um vendedor.

Na maior parte do tempo, só conversamos. E não foi sobre você. Parece que todas as conversas na minha vida durante o último ano e meio giraram em torno de você, mas, dessa vez, não. Contei à Shannon um monte de piadas idiotas e ela riu. Fiquei bem perto dela. E ela deixou.

Eu sorri. Sorri tanto que meu rosto está doendo.

Olá, mundo. Lembra deste cara? Desta versão do Miles, o bizarro e ousado? Ele está de volta e está a fim de se dar bem.

E talvez ele consiga mesmo... com sua ex-babá muito gostosa. (Ok, ela é oito anos mais velha do que eu. Mas quem tem vinte e seis não é tão velho, é? Ela não parece ter vinte e seis, nem a pau.) E ela me chamou para sair hoje à noite. Alguma coisa a ver com um passeio de barco para ver a aurora boreal. Sei lá. Eu não estava mesmo prestando atenção. Estava só observando os lábios dela se moverem.

CAPÍTULO 06

Do distante Miles para a garota Vivian
6 de junho de 2015, 2:53

Ah, Vi. Minha garota Vivian. Estou voltando da noitada, as suas botas estão descansando no canto do quarto e eu estou um pouco bêbado. Bêbado de sidra roubada num barco no meio do Atlântico. E, depois de tudo o que aconteceu esta noite, estou pensando na sua boca... em você. Seus lábios nos meus, o modo como você costumava beijar minhas orelhas e correr a língua ao redor dos meus alargadores e o som crocante que fazia quando mordia a cartilagem. Sinto arrepios ao me lembrar disso, mesmo agora. Não sei como deixar de estar tão apaixonado por você.

E, porque estou bêbado de sidra roubada e me sentindo grogue e romântico, vou contar a você tudo sobre esta noite, tá bem?

Não dormi com ela.

Mas como eu queria.

Então, depois que fizemos as compras dela, voltamos para o hotel e Shannon quis parar no balcão para me arranjar uma entrada para o passeio da aurora boreal. Havia alguns *concierges* no balcão, e Óskar estava ocupado, mas ela quis esperar para ser atendida por ele, porque ela acha que eles ganham comissão e Óskar é seu preferido. Ela disse que ele é o homem perfeito, porque garante que ela receba uma garrafa de vinho em seu quarto ao fim de cada noite. Contei a ela que Óskar era um ladrão de torradas; logo, não era confiável.

Em todo caso, depois que ele terminou de reservar um carro de aluguel para um casal de idosos asiáticos, Shannon pediu para Óskar imprimir os *vouchers* para nós. Lembro que ele tinha uma caneta preta enfiada atrás da orelha e havia uma torre de Jenga desmontada sobre a mesa dele. Quando ele me entregou o *voucher*, falou:

— Você finalmente resolveu sair do hotel? — E piscou para mim daquele jeito como fazem os gatos, com os olhos arregalados e completamente desinteressados pela sua vida. Ele tampouco parecia impressionado que duas pessoas de uma mesma cidadezinha no Missouri tivessem se encontrado ao acaso num hotel do outro lado do planeta. Que. Cara. Bizarro.

Depois disso, eu e Shannon nos separamos por um momento. Ela disse que precisava enfiar todos os presentes que comprara nas suas malas de viagem. Fiquei lendo no meu quarto. Comi umas laranjas. Tomei um banho. Arrumei o cabelo. Subi pelas paredes de pura ansiedade, você sabe...

Nós nos encontramos no lobby às 23 horas. Uma van veio nos buscar e nos levar até o cais. Tudo estava daquela cor azul-escura, o céu, a água. O modo como as luzes da cidade refletiam em longas linhas na superfície da água lembrava um quadro do Van Gogh.

Eu queria desenhá-la. Não, pintá-la. Queria lambuzar uma tela com um monte de tinta azul e preta e fazer pequenos rabiscos em amarelo e branco para simular a luz. Precisava de você comigo ali, porque não acho que Shannon entenderia que algumas coisas não podem ser replicadas com palavras, nem mesmo com fotos. Às vezes, a luz e a memória funcionam da mesma maneira. Como se você só pudesse entendê-las se elas deixassem manchas em suas mãos.

Acho que pintura encáustica seria a melhor opção para representar a paisagem que vi esta noite. Às vezes, assisto a tutoriais no Youtube sobre pintura e coisas assim. São muito interessantes e reconfortantes. Às vezes, me ajudam a dormir. Em todo caso, encáustica é uma técnica de pintura que usa cera de abelha derretida e corante. Acho que quero experimentá-la qualquer hora. Isto é, quando descobrir como voltar a fazer arte de novo.

Fomos as primeiras pessoas a subir a bordo do barco, que parecia um enorme baleeiro. (Queria ter prestado atenção no nome. Nome de barco sempre é legal.) Shannon parecia bastante empenhada nessa tal busca pela aurora boreal.

— É a terceira vez que faço este passeio. Eles devolvem o seu dinheiro se você não conseguir ver a aurora, e não tive sorte até agora, então continuo tentando. Hoje vai ser minha última chance.

Ela me perguntou se alguma vez vi uma aurora boreal, e respondi que apenas tecnicamente. Mamãe e Mamushka me contaram que todos nós vimos uma, certa vez, durante uma viagem a Montana, mas eu era muito pequeno na época. A única coisa de que me lembro daquela viagem é que fiquei enjoado no carro e vomitei num copo de refrigerante. Ótimo trabalho em dar prioridade às memórias, cérebro.

Eu a segui pelas escadas até uma cabine de observação, onde havia grandes janelas e mesas de jantar. Também havia cabides e mais cabides com aqueles enormes macacões no estilo *Pesca Mortal*, para quem quisesse se manter aquecido enquanto estivesse ao ar livre, no deque de observação na parte alta do navio. Shannon colocou um macacão sobre o vestido esvoaçante, mas não ficou nada sexy e ela não conseguiu me convencer a fazer o mesmo.

— Você vai congelaaaaaar!

Eu vestia um casaco com capuz, então achei que fosse ficar bem. Estava errado. Senti um frio terrível a noite toda.

Subimos um andar e fomos parar em outra sala de observação, onde havia todos os tipos de comes e bebes sobre a mesa e nas geladeiras. Shannon agarrou alguns doces e latas de sidra, daí fomos na direção do deque aberto lá no alto. O mais próximo das estrelas.

— Não devemos, hã, pagar por essas coisas? — comentei quando Shannon me entregou uma lata.

— Ninguém vai ligar — ela respondeu.

— Claro, ninguém vai ligar. Se você for uma mulher bonita. Mas eu sou um pós-adolescente rechonchudo precisando de um corte de cabelo.

— Miles, não sei se você já percebeu, mas você não está mais rechonchudo. É verdade que ainda precisa de um corte de cabelo. — Ela parou e me observou. — Quanto peso você perdeu?

— Hã, não sei. Bastante. — Deslizei a mão sobre o lugar onde costumava ficar a minha barriga. Assim como você não viu minha camiseta de turista, tampouco viu o sujeito que minguava lentamente dentro dela.

— Até agora, ter terminado o namoro me fez ganhar cinco quilos.

— Você poderia achar que estou gostando mais do meu corpo agora, mas eu meio que sinto saudade da minha antiga forma. Pelo menos, eu era mais feliz naquela época. — Me inclinei sobre a grade enquanto o deque começava a se encher de passageiros e o barco se movia. Fiquei observando as ondas, imaginando-me deslizar entre as barras da grade e mergulhar naquelas águas frias e escuras.

Alguém viria em meu socorro se eu caísse, não viria? Me dariam um cobertor e um chocolate quente e eu ficaria bem, não é?

Tomei minha bebida roubada e senti um prazer cheio de culpa. Me agarrei firme àquela grade.

— Então, me conte sobre aquele website — Shannon falou.

— Não sei. Foi uma ideia que a Vivian teve. Começou como um blog, mas ela o transformou numa revista *on-line*. Ela quis criar um espaço para que toda essa garotada perdida das artes conversasse pela internet. O nome era *Mixtape*, porque ela estava bem antenada na cultura pop dos anos 1990, com aquelas músicas de garotas rebeldes e coisas assim. A cada mês, ela escolhia um tema, como a água, a dignidade ou qualquer outra coisa, e as pessoas criavam alguma arte baseada nesse tema. Podia ser um desenho, uma poesia, qualquer coisa. E havia um monte de colaborações acontecendo. Em pouco tempo, tinha ficado bastante popular e eu a ajudei a tocar as coisas. Até conseguimos transformar em livro.

— Sério? Vocês publicaram um livro?

— Mais ou menos. Eu desenhei algumas páginas de colorir e ajudei com o design e essas coisas. Não sei. Foi principalmente um lance da Vivian.

— E qual é o seu lance? — ela perguntou. O vento fez o cabelo dela chicotear no meu rosto.

— Meu lance — falei — era fazer a Vivian feliz. Mas acho que não era muito bom nisso.

Pensei que a Shannon fosse mudar de assunto, assim como o Brian costuma fazer quando fico choramingando e parecendo o burrinho Bisonho. Mas ela não mudou de assunto. Em vez disso, me olhou e disse:

— Isso não foi uma resposta. Ou, pelo menos, não uma boa resposta.

Estreitei os olhos e falei:

— O quê? Como?

— Sabe, Miles, eu tenho a sensação... — ela disse, puxando minha manga, para que eu me virasse e olhasse para ela — tenho a sensação de que ninguém está pedindo para você lidar com isso como um adulto. Sua mãe é psicóloga infantil e provavelmente está tratando você do mesmo jeito que os pacientes dela. E sua outra mãe... eu sei, porque já a vi fazendo isso... ainda chama você de "meu menininho", não é?

— É.

— Então, não deixe que coloquem uma chupeta na sua boca.

Eu estava começando a ficar um pouco bêbado e desatei a rir. E Shannon me deu um tapa no peito.

— Estou falando sério. Não deixe as expectativas dos outros definirem o que é a felicidade para você. Especialmente, não suas mães. Especialmente, não uma paciente em coma!

E isso desabou sobre mim com tanta força. Com sentimentos que eu nem sabia que ainda tinha. Ajustei o meu capuz, mas isso não impediu que o vento arrancasse lágrimas dos meus olhos e as congelasse no meu rosto.

— Você não pode mais fazê-la feliz. Não tem mais essa possibilidade.

— Certo. Entendi — eu disse, esfregando o punho da manga no meu rosto. — Agora chega, tudo bem? Hoje não.

Ela concordou e amassou a lata vazia de sidra com o pé, depois a enfiou no bolso do macacão, porque não havia lixeiras à vista.

Havia um guia de turismo, um ruivo corpulento com um microfone, cheio de lendas e fatos históricos. Ele narrou histórias a noite toda e leu um poema sobre a aurora boreal. Não lembro uma palavra sequer, mas era bonito.

E bebi mais algumas latas de sidra. Depois que terminamos a primeira leva, desci do deque e comprei mais algumas. Nem acho que eu tenha idade suficiente para isso, mas ninguém me pediu carteira de identidade. Também paguei pelas latas que nós meio que surrupiamos. É, eu sei. Foi besta. Mas você não vai mudar Roma da noite para o dia[3], ou sei lá como é esse ditado. Pelo menos, eu bebi um pouco, e a melhor parte é que o sabor lembrava mais maçã do que cerveja, porque... bem, você sabe a razão. Desde você, não suporto mais o cheiro da bebida.

Depois do poema sobre a aurora boreal, Shannon se encostou no meu ombro. Agradeci por ela ter me tirado do hotel. Não havia sido nada mau esse passeio turístico.

O verão é péssimo para observar a aurora, com noites que duram algo em torno de duas horas. No entanto, de algum modo, depois de mais ou menos uma hora ali, o guia nos avisou para olharmos na direção oeste. Lá estava ela, com seus redemoinhos verdes. Ou "dedos", como eles os chamam. Todos pegaram câmeras enormes para fotografar, até mesmo Shannon.

— Não seja boba — falei. — Só observe. — A aurora era tão sutil, e o sol já estava prestes a despontar. Eu sabia que seria inútil tentar registrá-la com a câmera. Poderia ter continuado minha militância sobre MEMÓRIAS serem mais importantes do que MEGAPIXELS e sobre como todo mundo pensa que suas experiências só são válidas quando são postam no Facebook, mas não prossegui. Não falei mais nada. Porém, ela sabia. E, provavelmente, foi por isso que, quando

---

3 - O ditado é "Roma não se fez num dia". No original, o personagem fala errado. Lembra o significado do ditado, mas não lembra como exatamente é o ditado.

a aurora finalmente se foi e todos abaixaram as câmeras, minha estonteante ex-babá me beijou.

Não conversamos sobre isso. O barco deu meia-volta e descemos para os deques inferiores para nos aquecer. Havia ali uma dupla de garotas adolescentes com violões cantando músicas folclóricas islandesas. Queria descrever melhor essas coisas para você, mas realmente não consigo. Só posso dizer que aquilo foi lindo e... etéreo, sabe? E eu me senti, de fato, muito bem.

Era duas horas da manhã quando voltamos para o cais. O sol nasceu e logo havia carros e pessoas por todos os cantos no centro de Reykjavik. Acho que, se fôssemos mais descolados, eu e Shannon teríamos ficado por ali e feito o *rúntur*, a ronda pelos bares tarde da noite de que ouvi falar. Mas o voo dela partiria cedo, então voltamos para o hotel.

No elevador, eu disse a ela que me sentiria um idiota se não perguntasse se ela queria vir para o meu quarto. Ela riu e disse:

— Meu voo realmente sai muito cedo.

— Ah, vamos lá. Só preciso de dez minutos, no máximo.

— Mas eu sou uma mulher bem crescida e preciso de mais tempo do que isso.

— Espere, nós estamos falando de sono ou de sexo? Estou bêbado.

— Sexo. Mas vale o mesmo para o sono. Eu não *desquero* sexo com você, Miles. É que... só não hoje. — O elevador parou no andar dela.

— Eu respeito totalmente essa tolice ininteligível que você falou, mas, por favor, posso beijar você mais um pouco? — Segurei a mão dela. A porta fechou e subimos, apertando as caras bêbadas uma de encontro à outra.

Aparentemente, chegamos aos amassos.

Continuamos a nos beijar, mas, quando o elevador parou no meu andar, ela se soltou e apertou de novo o botão do seu andar. Descemos de novo com o elevador e, quando mordisquei seu lábio, ela gemeu como uma sereia. Depois disso, o elevador parou e ela saiu.

— Admiro o seu autocontrole — falei. — Mas lamento por aqueles que preferem o sono em vez do sexo.

— Você vai entender quando for mais velho — ela disse. — Ei, me procure quando você voltar pra casa. Talvez, a gente continue isto em território americano.

— Você não está falando sério — eu disse. — Boa noite.

— Noite. — Ela sorriu, e eu sorri também.

Talvez, ela estivesse, sim, falando sério. Talvez, não.

Não sei.

Talvez, eu telefone para ela quando voltar para casa.

CAPÍTULO 07

Do distante Miles para a garota Vivian
6 de junho de 2015, 11:14

A luz do sol invade tudo aqui. Ela simplesmente atravessa as cortinas sempre que quer. Meu corpo ainda não entende que horas são. Então, acho que as propriedades curativas da luz solar islandesa talvez tenham o efeito contrário em mim.

Estou naquela borda escorregadia outra vez, Vivian. Na noite passada, eu me senti maravilhoso e, hoje, estou na maior fossa. Eu me sinto péssimo. Não estou de ressaca, nem nada assim. Sou só uma péssima pessoa.

O que é que eu estava pensando? Não, eu não estava pensando. E é esse o problema.

Ou a solução.

Tudo o que sei é que quero ter mais noites como a noite passada e menos manhãs como esta. O truque é continuar em movimento, acho, e me concentrar em mim mesmo em vez de em você. Shannon provavelmente estava certa sobre a felicidade, quando disse que ninguém mais pode validá-la por mim. Mamushka tem a mesma opinião. Outro dia, ela me disse que, se eu me sentisse egoísta, provavelmente estava agindo certo.

— Porque você precisa se cuidar agora mesmo, menininho.

Engraçado como ela consegue dizer para eu me cuidar e me chamar de menininho na mesma frase.

Há uma coisa que aconteceu ontem à noite que não sei bem como explicar a você, nem sei se deveria. Não foi a bebedeira nem a aurora, nem mesmo os beijos. Foi muito depois, quando eu já estava de volta ao meu quarto. Comecei a ficar sóbrio e a me sentir muito idiota e triste. Sentei na beira da cama, e lá estavam as suas botas. Estavam de pé, do jeito que eu as tinha deixado. Tão vazias sem você. Continuei olhando para elas como se, caso olhasse com muito empenho, toda essa merda de repente passasse a fazer sentido. E aí, depois de tudo que resmunguei sobre megapixels e tal, o que eu fiz? Peguei meu telefone e tirei uma foto.

E o lance é que tirar essa foto foi bom. Tão bom quanto um beijo.

Sabe, pensei que precisasse de um lugar seguro e silencioso para me encolher e lamber as feridas, mas talvez eu já tenha feito isso bastante, né? Quero mais desses sentimentos bobos/vertiginosos/sensuais e tenho certeza de que não vou consegui-los sozinho no meu quarto de hotel. Então, vou sair.

Para lavar minhas roupas.

Haha, ok, estou fazendo essa tarefa parecer mais sem graça do que é. Há um lugar no centro chamado Laundromat Café, onde posso, de fato, lavar minhas roupas, mas também relaxar e ver o movimento das pessoas na cafeteria. O cardápio tem pratos vegetarianos e o lugar é abastecido com toneladas de livros. Não vou levar meu iPad, e o telefone vai ficar no modo avião durante toda a viagem. (Apenas emergências! Já que não temos plano internacional de dados.) Isso deve impedir que eu fique olhando para o Tumblr o dia todo e mandando mensagens no vácuo. Até mais, Vi.

Do distante Miles para a garota Vivian

8 de junho de 2015, 9:14

Hahahahahaha. Ha. Não sei se rio ou se choro pela minha brilhante ideia de Desbravar Corajosamente os Territórios deste Mundo. Você talvez tenha notado (puf) que não mando mensagens há algum tempo. Isso porque, na verdade, não estive em Reykjavik desde a última vez que escrevi. Sim, porque eu decidi que era uma boa ideia pegar uma carona e CRUZAR METADE DA ISLÂNDIA com um bando de gente estranha aleatória. Isso aconteceu. Meu Deus.

Então, vamos começar pelo começo. Mais uma fase da Nova Saga Islandesa de Miles.

O Laundromat Café é bem legal mesmo, na verdade. Você desce as escadas, joga suas coisas em uma máquina de lavar (uma garota na recepção do hotel me arranjou umas moedas islandesas — as *krónur* têm o desenho de um peixe em vez de políticos mortos) e depois volta para a cafeteria. Pedi um sanduíche de berinjela. Muito bom! Também tomei um chai e tentei flertar com a garçonete. Teria dado no mesmo conversar com um cacto.

Então, desisti e comecei a espiar as estantes de livros com códigos em tons de café. E lá estava, súbita e inesperadamente. Uma lombada estreita e magenta com o nome LOFTIS. A primeira das duas vezes, neste fim de semana, em que me surpreendi ao ver seu nome.

É claro. É claro que essa cafeteria hipster em Reykjavik, na Islândia, tem uma cópia da antologia da *Mixtape*. Folheei as páginas até encontrar, na parte de trás, a seção com a qual contribuí: as páginas de colorir com desenhos de ferro-velho. Tinha a aparência que você espera que um livro para colorir tivesse depois de ser deixado num lugar público. Havia rabiscos verdes e enormes em áreas inteiras, onde criancinhas com dedos desajeitados receberam liberdade artística total. Além disso, aqui e ali tinha uns esboços à caneta de pintos com sacos cabeludos. Felizmente, algumas das páginas haviam sido coloridas do jeito certo por alguém que sabia o que fazer com materiais de arte.

Depois das minhas fantasias estranhas no chuveiro na outra noite, meio que tive a impressão de ser pego em flagrante com o pau na mão quando ergui o olhar do livro que ajudei a criar e vi alguém me encarando. Alguém até atraente.

Você pensaria que, tendo crescido na minha casa, eu compreenderia melhor a sexualidade humana. No mínimo, deveria ser capaz de entender a minha. Sei que estou em algum lugar no espectro da demissexualidade, porque nem sempre percebo se sinto ou não atração física por uma pessoa até conhecê-la bem. Porém, meu cérebro tende a abrir algumas exceções. Tipo, hã, teve um verão em que eu percebi que alguns dos colegas do Brian ficavam bem bonitos com seus uniformes de beisebol. Tive que parar de ir aos jogos, porque... droga, a última coisa de que eu precisava era uma quedinha por um monte de atletas héteros.

Em todo caso, a outra exceção a essa regra (além de calças justas de beisebol) é que, ultimamente, andei me sentindo atraído pela inconformidade de gênero. Tenho certeza de que a Mamãe poderia passar o dia todo analisando esse fato, que provavelmente diz alguma coisa sobre minha ligação com você. Por outro lado, gostaria de dizer, para que fique registrado, que, para mim, você sempre pareceu menina, mesmo quando tinha que se apresentar como menino. Você não tinha essa aura nítida de garoto/garota que tem me intrigado ultimamente. Não como a pessoa que me olhava na lavanderia.

— O que está lendo? — A pessoa estava sentada num pufe grande e molenga junto à janela. Aquela pessoa magra e atraente de gênero ambíguo. Cabelos espetados com pontas verde-azuladas. Aparência vagamente asiática, sotaque americano.

— Ah, isto? — respondi feito um idiota. Desabei no pufe ao lado e mostrei a capa do seu livro. — Minha namorada e eu bolamos.

Então, lembrei que flertar geralmente não envolve contar para a nova pessoa que você tem namorada.

— Quero dizer, acho que ela não é mais minha namorada. É…

— Complicado? — disse a pessoa.

Dei de ombros.

— Espera aí. É a *Mixtape*? — Tirou o livro das minhas mãos. — Eu já li. — Uma pausa enquanto devolvia o livro e alguma coisa deve ter surgido em sua mente. — Ah, meu Deus, você é o namorado da Vivian? Hã, Milo?

— Miles.

— Isso! Miles! Eu adoro a *Mixtape*. Coisa boa. — A pessoa meneou a cabeça e bebeu seu café. Na janela atrás dela, pude ver um casal jovem discutindo na rua. Senti uma dor no fundo do peito. Sei que é besteira, mas sinto falta de alguém com quem discutir. — Agora acabou, né? É uma pena mesmo. O que aconteceu?

— Baboseira jurídica, basicamente. O domínio expirou. Muita burocracia para recuperá-lo — respondi, mantendo a resposta curta e a fala mansa. — Então, hã, fiel leitor. Você tem nome? Pronome?

— Acho que hoje estou me sentindo como "ela". — Estendeu a mão. — Frankie.

Deixei meu chá de lado e apertei sua mão. Engraçado, né? Eu tenho uma essência *queer*. A comunidade LGBTQ me encontra onde quer que eu esteja. Em todo caso, nós conversamos, e Frankie disse que interrompeu a universidade por um ano para viajar. Sempre ouço falar de gente que faz isso, mas não entendo como é que conseguem pagar. Minha estadia no exterior por um mês já custa um absurdo! Um ano? Uau.

— Vi você conversando com aquela garçonete. Você não poderia ter escolhido um momento pior pra tentar chegar numa mina islandesa. — Frankie inclinou a cabeça em direção ao bar onde a garçonete esnobe estava rindo com colegas de trabalho e preparando café com leite.

Senti que minhas bochechas ficaram vermelhas. Não sabia que minha patética tentativa de flertar tivera plateia.

— Ah, é? Por quê?

— Ela provavelmente foi pra cama com alguém ontem à noite. E agora ela está irritada, e de ressaca, e doida pra terminar o horário de trabalho pra poder sair e fazer tudo de novo hoje à noite. Se você quiser pegar umas islandesas, tem que ser quando elas estão bêbadas, cara. Você só vai encontrar as pernas delas abertas em "horário comercial normal": às sextas e sábados, das duas às cinco da manhã.

Preciso admitir agora que, sim, visitei aquele site horrível sobre como pegar minas na Islândia de que o Brian me falou. E, sim, ele afirma que essas belas mulheres nórdicas gostam de transar bêbadas e bem tarde da noite.

— É um período bem restrito. Onde vou achar uma islandesa que funcione dentro do MEU horário? — (*Meldels*, se minhas mães pudessem me ouvir agora!)

— Bom, acho que posso ajudar. Tem umas francesas no meu albergue… — Frankie me seguiu pela cafeteria enquanto eu recolocava o livro na prateleira e ia verificar minhas roupas.

— Francesas? Já gostei. Continue. — Enfiei as roupas na secadora e inseri as moedas.

No canto, outro turista descarregava um saco de roupa suja na lavadora. Ele tirou o pulôver que vestia e sua camiseta subiu um pouco, revelando a pele bronzeada e lisa da parte inferior das costas. Olhei para ele por mais tempo do que pretendia.

Logo serei um zumbi completo. Estou começando a desejar loucamente carne humana.

— São grafiteiras francesas feministas. Melhor ainda, né? — Frankie se apoiou numa das máquinas, parecendo um desses rebeldes de filmes que se passam nos anos 1950. Será que isso faz de mim a Olivia Newton-John? — Elas não falam nada de inglês, e eu sou franco-canadense, então andei ajudando um pouco as duas. Enfim, a gente vai andar pela cidade mais tarde e grafitar umas paredes, depois talvez vá nadar. Tá a fim?

— Tô, claro — respondi. Mas não sabia bem o que pensar sobre o grafite. Há muita arte de rua em Reykjavik, coisas lindas, e eu não sabia se pessoas aleatórias poderiam pintar lugares aleatórios, mas uma grande parte de mim dizia: Meu Deus, Miles, dá pra você desligar seu cérebro por um tempo? Por que não paquerar as francesas e deixar minha marca em algum lugar? Parecia divertido, e eu deveria me divertir, certo? Você teria topado num piscar de olhos. E, ao contrário de mim, você teria se saído bem.

Mas a gente chega lá.

Frankie me explicou como chegar a uma pista de skate e disse para eu me encontrar com ela quando minhas roupas tivessem terminado de secar, depois saiu para a rua. Quando ficamos sozinhos, o colírio com a camiseta amarrotada sorriu para mim, mas não entendi se isso significava alguma coisa ou não. Então, quatro ou cinco amigos dele apareceram e começaram a lavar roupa. Estavam falando sobre futebol com um sotaque europeu, e imaginei que ele provavelmente era hétero.

E eu tinha um bando de francesas esperando por mim, certo?

Passei o resto do tempo de lavanderia à procura de um livro de frases prontas em francês. Não dei sorte. Finalmente, a secadora parou e joguei tudo na minha mala. Devo enfatizar que, além dos calções de banho e, talvez, um par de meias extra, aquelas eram as únicas roupas que eu havia trazido para a viagem toda. Decidi ir direto para a pista de skate, em vez de deixar minhas coisas no hotel. Estava nervoso e ansioso, com receio de que, se demorasse muito, elas não estivessem na pista quando eu chegasse lá.

Mas estavam! Frankie e duas belezas de pernas longas. Elas eram meio *punks* — uma tinha aquele corte de cabelo em que um lado da cabeça é raspado, e a outra tinha um *piercing* de septo bem radical —, mas as duas usavam vestidos fininhos e leves. Em outras palavras, pareciam garotas que a gente vê num festival de música. Aposto com você mil dólares que pelo menos uma delas devia ter, em algum lugar, um cocar indígena americano falso. Em todo caso, não teve muito papo, já que não conheço nem uma palavra em francês. Uma delas me entregou uma sacola de plástico que estivera balançando, e Frankie perguntou se eu podia escondê-la na minha mochila para elas. Dentro havia um envelope de papel manilha e três latas de tinta spray. Consegui guardar na mochila, depois começamos a andar por aí, procurando pequenos becos isolados e cantos interessantes para as garotas fazerem suas *tags*.

Quando penso em grafiteiros, tendo a imaginar murais artísticos gigantes, obras detalhadas. Aquelas garotas só tinham uns estênceis. Mas se a pessoa se sente fodona fazendo isso, beleza, né?

E eu me sentia mesmo. Fodão, quero dizer. Até que foi divertido, principalmente quando uma delas quis subir nos meus ombros para poder pintar um lugar fora de alcance.

Frankie e as francesas se revezaram e fizeram *tags* por toda a cidade. Às vezes, uma delas tentava passar uma lata para mim, e eu educadamente recusava.

— Medroso — uma delas me disse em inglês, em alto e bom som.

Mas não era isso. Eu não tinha tanto medo de ser pego. Isso eu aguentaria. Poderia até ser uma história interessante para contar quando voltasse para casa. Na verdade, era outra coisa que me impedia.

Eu não sabia bem se podia fazer isso sem você. É difícil achar vontade de fazer alguma coisa nova e bonita quando por dentro me sinto uma planta cada vez mais murcha. A arte era uma coisa que você e eu fazíamos juntos, uma paixão para passar o tempo.

Com relutância, vou lhe contar sobre a arte de rua que as francesas fizeram, porque, se você estivesse aqui comigo, é disso que gostaria de saber. E, sim, você teria adorado.

Primeiro, um estêncil de grafismo floral. Tinta verde. *Clink, clink, clink, fssssss.* Um caule. Depois, tinta rosa num estêncil de pétalas, a rosa. Ah, mas a rosa não é uma rosa. Só parece uma rosa se você não olhar com muita atenção. Na verdade, era uma vulva. Depois a tinta preta, formando uma moldura. Palavras francesas que a Frankie traduziu para mim. É uma citação de Simone de Beauvoir: "Não se nasce mulher; torna-se mulher".

Sim, está vendo? Como eu disse, você teria adorado. E, neste momento, eu detesto muito saber disso.

Então, em nenhum momento usei os estênceis e a tinta. Em vez disso, tirei suas botas e peguei o celular para tirar uma foto delas perto de uma das *tags* recém-pintadas. Frankie me perguntou por quê, então eu disse:

— É para Vivian.

— Para Vivian — repetiu ela, toda solene. Na hora, pensei que ela tivesse achado isso triste. Como é que um cara pode ser tão ingênuo? Se bem que as situações e as pessoas não vêm com rótulos de advertência. Nem placas de neon. Nem luzes de segurança.

Depois que as meninas cumpriram sua cota de vandalismo, os estênceis voltaram para o envelope e nossas prioridades passaram ao segundo projeto da tarde: onde nadar? Frankie e eu perguntamos por aí, até um morador sugerir um lugar que parecia bem interessante. Fomos para o albergue, onde as meninas tinham deixado um carro alugado, e entramos todos nele. A maldita piscina ficava a uma hora e meia de carro de Reykjavik e mais uma caminhada de vinte minutos. Mas eu até que estava curtindo. A paisagem era bonita, e as francesas também. Não cheguei a descobrir seus nomes.

Seguimos a trilha em meio às colinas. Acabei carregando não só minha mochila cheia de roupas e tintas spray, mas também um cooler com cervejas que as francesas haviam trazido. E tive que levar uma delas de cavalinho através de um córrego, porque ela não queria molhar os preciosos sapatinhos. Mas, sim, na hora eu curti.

Parei mais uma vez para fotografar suas botas vazias diante das colinas verdes e pontiagudas que cercavam o vale. Ainda não sei qual será o resultado dessas fotos. Só sei que fazê-las está começando a parecer a coisa certa.

Então, esse lugar… Vou ter que procurar no Google, porque tudo o que consigo lembrar é que começa com S. É a piscina mais antiga da Islândia, ou algo assim. É só um lugarzinho isolado. Ninguém mais faz a manutenção da piscina, então a água é bem turva e totalmente natural. Há uma construção lá — vestiários, mas estavam nojentos. Tem, tipo, três centímetros de barro e cerveja mofada cobrindo o chão do lugar. Peguei suas botas e as amarrei juntas com os cadarços, pendurando-as num gancho do lado de fora da porta. Nenhum de nós mudou de roupa nos vestiários.

As francesas gritaram, tiraram a roupa e brincaram, como todos sabemos que as meninas francesas costumam fazer. Frankie e eu observamos as duas mergulharem na piscina enquanto nosso queixo lentamente afrouxava e caía. Uma perfeição em câmera lenta. Comecei a sentir como se tivesse entrado escondido no set de um filme sobre a vida de alguém muito mais legal. Uma das francesas tinha uma tatuagem de pena de pavão com as cores do arco-íris na espinha. Meu Deus, eu queria sentir o gosto dela.

Ao meu lado, Frankie se despiu também. Designada como mulher ao nascer, caso você queira saber. Porém, com zero vergonha do corpo. É, você me ouviu, Vivian. Uma pessoa estranha com inconformidade de gênero ficou nua na minha frente sem a menor vergonha e o mundo não acabou. Então, tirei a roupa e mergulhei na água, tentando ser tão despreocupado e gracioso quanto aquelas três conseguiam ser.

Algumas cervejas depois... Frankie e a morena estavam metendo a língua na garganta uma da outra. Eu estava me aconchegando com a garota do pavão, mas não podia exatamente arrebatá-la com minha inteligência inigualável. E, além disso, ela era lésbica. Pedi para Frankie perguntar, e ela confirmou.

Bem, que saco. Quem convidou o cara (meio) hétero?

Mais cerveja. Frankie estava com a cabeça entre as pernas da morena, que havia se empoleirado na borda da piscina. Eu nunca tinha visto outras pessoas transando, assim, pessoalmente. Fiquei hipnotizado. A morena se contorcia, a boca aberta e a cabeça inclinada para trás. Arqueava as costas. Gotas de água escorriam pelas mechas dos cabelos molhados que se colavam em torno dos seios. Eu nunca tinha visto nada tão perfeito na vida.

A garota do pavão também estava assistindo. Toquei em seu ombro, inclinei a cabeça em direção a Frankie e a morena, depois voltei a olhar para ela. Para meu choque e prazer, ela encolheu os ombros e se apoiou na borda, abrindo as pernas para mim. E eu fiquei feliz em colaborar.

(Desculpa. Cacete. Só queria poder lhe contar essas coisas de verdade. Para você poder gritar ou perdoar. Não sei mais como devo me sentir. Isso é traição? Preciso que você me responda.)

Mas a má notícia é que não tenho a menor ideia de como fazer sexo oral numa garota. Quero dizer, acho que essa é uma habilidade que não tive muita chance de aprimorar. Então, depois de alguns minutos, a garota do pavão pegou meu queixo e levantou meu rosto. Ela balançou a cabeça, fazendo que não, e afundou de novo na água.

Cartão amarelo, Miles.

Eu estava pensando naquele episódio do *Seinfeld*, onde a Elaine converte um cara gay, pelo menos temporariamente, mas depois descobre que não é tão habilidosa quanto alguém que tenha "acesso ao equipamento" 24 horas, sete dias por semana. Eu estava bem desapontado, mas não ser uma menina lésbica acabou sendo um dos menores problemas da minha noite.

Estou cansado de digitar agora. Pronto para enterrar a cabeça na areia e dormir um pouco. Depois eu termino de contar essa história. Sabe, aquela em que três garotas me espancam, roubam todas as minhas roupas e meu dinheiro e me deixam sangrando no meio de Lugar Nenhum, na Islândia? Sim, essa história.

A segunda parte é uma verdadeira zona.

CAPÍTULO 8

Do distante Miles para a garota Vivian
8 de junho de 2015, 0:22
Certo. Estou de volta.

Vou dizer isto em minha defesa: consegui perceber que elas estavam falando sobre mim. O dia inteiro. Mesmo que você não entenda o idioma, é fácil decifrar quando alguém aponta na sua direção de modo não muito sutil e sussurra. No começo, ficava tentando ser positivo, mas logo desisti.

Talvez, elas me achem fofo? Talvez, queiram saber o que diz minha camiseta? Talvez, queiram saber o que estou dizendo? Talvez, haja alguma coisa no meu rosto? Talvez, eu seja chato. Ou só um pouco inculto? Talvez, elas achem que meu pinto é ridiculamente pequeno. Aposto que ela está contando para a amiga como eu sou péssimo no sexo oral. Estão rindo de mim. Sei que estão.

Eu não pensei — porque estava me esforçando muito para não pensar — que elas poderiam estar cochichando sobre você. Sobre mim. Sobre você e eu. E por que não? Faz sentido, certo? Você tinha um milhão de seguidores do seu blog em todo o mundo. Alguns dos seus textos viralizaram. O livro da *Mixtape* estava em Reykjavik, e Frankie o reconheceu. O maldito processo judicial chegou às manchetes de todo o mundo. Por que também não seríamos conhecidos no Canadá e na França?

Queers, inconformistas de gênero, feministas, ativistas, artistas. Eu me lembrava de você a cada momento, mas continuava empurrando-a para fora da cena.

Divirta-se. Solte-se. Como se eu pudesse simplesmente girar uma chave, apertar um botão e um elevador me levaria acima de tudo isso.

Esta parte da história é mais difícil de contar.

Eu estava um pouco bêbado, mas me lembro do que aconteceu com muita clareza. Frankie e a morena saíram da piscina primeiro. Vestiram as roupas e entraram no vestiário, ficando lá por um tempo. Eu as vi pegar as latas de tinta da minha mochila, então pensei que estivessem só fazendo *tags* no lugar (e, tecnicamente, estavam). Fiquei na água, flutuando ao lado da garota do pavão. Havíamos encontrado o ponto onde as fontes termais jorravam, então estávamos aquecidos e aconchegados, meio tontos. Ela ficava tentando flutuar de costas e, mesmo que eu já tivesse me mostrado como um péssimo amante, não parecia ligar que eu a olhasse. E, quando me aproximei para ajudá-la, colocando as mãos debaixo das costas dela e segurando-a para que não afundasse, ela sorriu para mim.

Estávamos naquele sol islandês crepuscular, tarde da noite, aquecidos e bêbados. Eu a segurava, aquela tatuagem de pena de arco-íris descansando na palma das minhas mãos. Apenas eu e uma garota francesa anônima, os seios perfeitos como pequenos picos de montanha emergindo da água. Leve como uma pluma, rígida como uma... rá. Preencha a lacuna. Sei lá. Acho que é importante para mim frisar que, naquele momento, eu estava curtindo. Gostei que ela me deixasse segurá-la. Mantê-la à tona. Se alguém me perguntasse o que eu pensava sobre ela, teria de dizer que ela era gente boa. Mesmo agora.

— Miles! — A voz da Frankie ecoou pelo vale. — Vem ver isso! — Ela estava de pé na entrada daquele vestiário imundo, acenando para mim. A garota do pavão deslizou para longe de mim, e me levantei da água, vestindo minha boxer (felizmente, a ereção já tinha recuado àquela altura). Parei na entrada para calçar suas botas, para não ter que pisar naquela nojeira toda, mas a Frankie agarrou meu braço e me puxou para dentro, antes que eu pudesse tirá-las do gancho.

— Frankie! Jesus! Este piso está um nojo! — A sensação da meleca pegajosa e marrom entre os dedos dos meus pés realmente fez aflorar meu lado não-tão-masculino.

— Vem logo aqui. Queremos mostrar uma coisa.

Dei mais dois passos para dentro. Elas me ludibriaram. Essa é a palavra correta. Vi seu nome primeiro. Era o que se destacava. Na parede lateral, debaixo de uma das janelas, alguém havia usado a lata de tinta rosa-Barbie/batom/pepeca para escrever *C'est pour Vivian.*

Não precisava do Google Tradutor para me dizer que eu estava ferrado.

Frankie me bateu com um tijolo. Acho que veio da parede da piscina. Cimento branco e retangular. Eu o encontrei depois no chão.

Minha cabeça tiniu como um sino. Num momento, eu estava de pé e, no próximo, estava no lodo, levando porrada. Costelas. Estômago. Bolas. As duas continuaram a me chutar, e minha cabeça estava tão zoada que eu não conseguia fazer nada além de me encolher numa bola e tentar proteger as partes mais sensíveis.

Nunca estive numa briga de verdade antes. Isso não quer dizer que as pessoas não me provocassem. Elas com certeza me provocavam. E não me orgulho disso, mas eu podia ser um cara bem cruel com qualquer pessoa que me enchesse o saco por eu ser gordo ou ter duas mães. Eu encontrava modos de executar minha vingança que deixavam marcas mais fundas do que os meus punhos jamais poderiam deixar. De todo jeito, posso dizer que aquelas duas garotas entendiam ambos os métodos. Elas quebraram a minha cara e destruíram (o que restava) da minha alma.

Pude ouvir a menina do pavão na entrada, pedindo que elas parassem. Pelo menos, foi o que escolhi acreditar que ela estava dizendo. Na verdade, não sei. Talvez, estivesse incentivando as outras. Mas decidi que ela as deteve e, talvez, até tenha salvado minha vida. Elas pararam de chutar e fugiram. Me deixaram na lama e no lodo.

Mas não antes de pegar minha mochila (aquela com todas as minhas roupas recém-lavadas). Meu jeans (com minha carteira e o telefone nos bolsos).

E as suas Doc Martens vermelho-escuras (a única coisa sua que eu trouxe nesta viagem). Ainda posso vê-las penduradas na ponta dos dedos da Frankie enquanto ela corria. Isso doeu mais do que qualquer coisa. Mais do que uma tijolada na cabeça ou um chute no saco.

Mais uma parte de você se esvaindo.

Do distante Miles para a garota Vivian

8 de junho de 2015, 15:16

As feridas da batalha são as seguintes: um olho roxo, dois testículos pisoteados, várias costelas cheias de hematomas e um corte todo retorcido na têmpora, que provavelmente precisa de pontos e possivelmente deixará uma cicatriz. Você acha que vou ficar sexy com uma cicatriz? Eu posso dar um jeito nisso, certo?

Fico pensando. Elas me atacaram porque não impedi você de tentar suicídio? Ou porque abandonei o processo judicial?

Não me entenda mal. De qualquer jeito, eu mereço. Falhei com você. Duas vezes. Alguém deveria ter quebrado a minha cara há muito tempo. Cacete, nem estou zangado. Eu entendo. Só preciso saber se tem mais carma ruim a caminho.

Se bem que, agora que pensei nisso, até que tive sorte. A ajuda veio na forma de um robô. Não, na verdade DOIS robôs. Óskar é uma maquininha inteligente tanto quanto a inteligência artificial no meu celular E é duas vezes mais útil.

De todo jeito, eu diria que provavelmente fiquei deitado naquele chão nojento por pelo menos meia hora. Vomitei, porque isso é o que você faz quando alguém o acerta com um tijolo e depois chuta as suas bolas. Mas não vou dar detalhes demais sobre isso. Não estou tentando fazer você sentir pena de mim. Foi ruim, mas não perdi a consciência. Pelo menos, acho que não. E acabei levantando.

Fui lá fora e, claro, ainda era dia. Ou, talvez, o sol tivesse se posto e se erguido outra vez. Do jeito que as coisas são aqui, quem é que sabe? Andei à toa por um tempo, sem saber o que fazer a seguir. Encontrei minha camiseta de turista ainda ao lado da piscina — elas não a pegaram quando roubaram minhas calças. Porém, eu estava tão sujo que não queria vesti-la. Então, voltei à piscina e lavei toda a lama e o lodo do meu corpo e da cueca. Lavei com cuidado a ferida na cabeça. Tomara que aquela água seja limpa o bastante. O sangue tinha coagulado, mas, quando esfreguei, começou a sangrar de novo. Então, acabei apertando a camisa quente e seca no corte da cabeça. Deixei a camiseta toda suja de sangue. Na verdade, combina. Você É um turista, Miles. Desnorteado e ingênuo.

As francesas haviam deixado o cooler (pesado demais para levar em sua grande fuga, imagino). Bebi a última cerveja. Será que a gente deve beber quando está com uma ferida na cabeça? Provavelmente não. Havia também dois recipientes de *skyr* ali, que comi sem colher. Simplesmente inclinei a cabeça para trás e mandei para dentro. Então, entrei imediatamente em modo de sobrevivência, pensando: *Espere! Não deveria ter racionado essa comida?* Porque eu estava bem longe da civilização. Lembrei-me de ver algumas casas espalhadas pelo campo, mas a mais próxima... Quanto tempo se leva para fazer a pé o que se faz de carro em vinte minutos? Cacete.

Eu sabia que a melhor opção era chegar a uma estrada. Começar a andar ou esperar que um estranho amável estivesse disposto a dar carona para um cara molhado e ensanguentado fedendo a lixo e cerveja Viking. Então, subi uma colina, afastando-me da piscina. E, provavelmente a uns noventa metros de distância, encontrei meu celular. Deve ter caído do bolso da calça quando uma das francesas fugiu. Boa notícia, certo? Só que a tela estava rachada e apagada. E eu o deixara no modo avião. Notícia. Boa. Pra. Cacete.

Tentei tudo o que sabia sobre reiniciar celulares, mas a tela já era. O telefone ainda funcionava — eu podia sentir aquela vibração de "*feedback* háptico" toda vez que tocava na tela. Podia até desbloquear, porque sabia onde as teclas estariam. Mas não poderia ligar para ninguém. Para quem eu ligaria, afinal? Acho que eu poderia ter ligado para Mamushka, mas aí ela teria chorado e entrado em pânico, e eu teria chorado e entrado em pânico, e aonde isso nos levaria? Além do mais, como eu disse, meu telefone estava no modo avião. Só emergências — para evitar que as tarifas de roaming internacionais fossem ridiculamente altas.

E lá estava eu. Em uma verdadeira emergência. ★E começa a tocar a música *No Phone*, do Cake.★ Mas aí pensei: *Siri! Siri não precisa de botões. Siri vai me salvar! Teeeenta. Dingding!* E aí... nada. Nenhuma voz computadorizada me perguntando o que eu queria. Pois é. Siri também precisa de internet para trabalhar.

Então, sentei lá e descobri como desligar o modo avião sem olhar para a tela. Sei que não parece uma baita provação, mas foi, acredite em mim. Como, deixa ver... uma provação de 45 minutos? Muitas etapas complicadas, mas acabei ouvindo aquele *dingding* e disse:

— Ligue para o Hotel Skógur em Reykjavik, Islândia.

E Siri respondeu:

— Ligando para o Hotel Skógur.

Quase chorei de alegria.

Um cara atendeu, e imediatamente pensei que fosse Óskar, mas ele disse que Óskar estava de folga no fim de semana. Então, soltei alguma coisa assim:

— Olha, estou perdido, não dou a mínima para quanto isso vai me custar, só preciso que alguém venha me buscar, ah, e você pode me trazer uma calça, por favor?

Ele perguntou onde eu estava, e eu:

— Hã... Na piscina mais antiga da Islândia? — Ele falou "Selojakjmodnonajondkull" ou sei lá o quê. E eu:

— ... É, deve ser essa.

Ele disse que mandaria alguém, e respondi que estaria esperando na beira da estrada.

Então, terminei o resto da caminhada colina acima. Levei uns trinta minutos, porque, bom, meu saco doía, okay? Achei que quem vinha me buscar viesse de Reykjavik, então demoraria pelo menos mais uma hora, por isso não estava prestando muita atenção quando um Jeep branco enorme com pneus gigantescos parou ao meu lado.

— Oi, bonitão. Quanto custa um boquete?

O motorista debochou de mim, e vi meu próprio reflexo lamentável em seus óculos espelhados de aviador. Trêmulo e machucado. Patético. Não é de admirar que um babaca desconhecido quisesse mexer comigo. Em qualquer outro dia, eu teria xingado a mãe do cara e começado a listar alguns objetos inanimados com os quais ele poderia fornicar, mas eu estava acabado. Física e mentalmente. Então, quando ele saiu do Jeep e veio na minha direção, cheguei a me encolher.

Aí percebi como ele era pequeno. E como era loiro. Óskar. Sem o coque masculino. Seu cabelo estava solto, cobrindo os ombros, e ele usava umas roupas meio... sei lá, grunges? Camiseta e jeans, cardigã largo. Bem Kurt Cobain. Meu miolo mole não conseguia assimilá-lo sem o uniforme e fora do contexto. Além disso, ele tinha feito uma piada?

— Como chegou aqui tão rápido?

— Eu estava na região — respondeu ele, olhando-me de cima a baixo. Acho que até então ele não tinha percebido como eu estava machucado. Eu me senti muito pequeno e muito nu. — Precisa de um médico?

Balancei a cabeça, negando, e abracei meu corpo, cobrindo os ombros com os braços.

Óskar era a última pessoa que eu queria ver, porque ainda achava que ele era um bostinha esnobe que minha mãe tinha escolhido para ser minha babá. E eu ainda estava um pouco zangado, porque ele tinha zombado de mim na frente da Shannon por raramente sair do hotel.

Mas, ao mesmo tempo, ele parecia muito o meu cavaleiro salvador num utilitário esportivo brilhante.

— Não quero falar sobre isso. Você pode me levar de volta para Rey... para o hotel, por favor? — Fiquei meio nervoso, pensando que ele poderia rir e me deixar na beira da estrada se eu conseguisse pronunciar o nome da sua preciosa capital incorretamente.

Ele se virou e fez um gesto para que eu o seguisse até seu caminhão-monstro enorme. Entramos, ele pegou no banco de trás um quadrado de tecido muito bem dobrado e me entregou. Era um par de calças de pijama em xadrez preto e branco. Vesti sem dizer uma palavra, e ele fez de novo aquela cara de deboche enquanto dava a partida.

— O hotel me pediu para buscar você porque eu estava perto, mas isso é um pouco inconveniente. Vou cuidar para que você tenha onde dormir esta noite, mas só posso levá-lo de volta a Reykjavik amanhã à tarde. Tenho que tratar de um assunto. Prometo não perguntar nada se você fizer o mesmo por mim. — Piscou os olhos azuis, grandes e felinos.

E assim começou minha noite para lá de esquisita com Óskar. Sobre a qual vou lhe contar. Depois.

Por enquanto, vamos dormir.

CAPÍTULO 9

Do distante Miles para a garota Vivian
8 de junho de 2015, 18:02
Fiz uma coisa impossível. Você zombaria muito de mim — acabei de mentir para Mamushka! Contei a ela que eu tinha caído enquanto fazia uma trilha. Foi mais fácil mentir via Skype, mas, ainda assim, não fiquei isento de culpa. Acho que ela acreditou em mim. Tive muita vontade de voltar para casa, mas não queria deixá-las preocupadas. Nem gastar dinheiro. Então, o jeito é engolir o choro. Vou ficar enfurnado no quarto do hotel de novo. Lambendo as feridas. Pelo menos, desta vez, a maior parte dos machucados são externos. Deus, me sinto um caco.

Do distante Miles para a garota Vivian
8 de junho de 2015, 18:35
Nada está funcionando, nada está diferente. Me sinto como se tivesse sido enterrado vivo.

Detesto rótulos, sabia? Já fui várias coisas, por exemplo, Filho Daquelas Duas Lésbicas e Única Criança *Queer* da Escola Inteira. E que tal Aquele Cara que Namora Uma Garota que Costumava Ser um Cara?

A questão é que não me incomodo com nenhum desses nomes. Nunca senti vergonha das minhas mães, nem da minha sexualidade, nem de você. É claro, às vezes eu queria que as coisas fossem mais simples, que minha vida não dependesse tanto de explicações. Ela é o que é, e não há nada que eu possa mudar.

Então, é um saco ficar com este rótulo por causa de uma escolha consciente que fiz. Sou o Cara que Atirou Nossa Amada Vivian para os Lobos. Não sei o que fazer ou para onde ir a partir daqui. Parece que tenho que pedir perdão ao mundo inteiro.

E, às vezes, parece que o mundo inteiro precisa pedir perdão a mim.

Isso é egoísta, eu sei. No entanto, de vez em quando, tenho essa fantasia de que os seus pais vão aparecer na minha porta e me dizer que estavam errados. E imagino a mesma coisa sobre os *haters* que entupiam de mensagens aquela pasta do seu *e-mail* — será que eles sabem o que aconteceu com você? Eles retirariam o que disseram, se pudessem?

Penso no que diria se minha mãe se desculpasse por não ter visto os sinais preocupantes em você. Antes que eu saísse de viagem, nós ficávamos tendo essa mesma discussão. Nem era uma discussão, na verdade. Ela aparecia na cabana ou no meu quarto ou em qualquer lugar onde eu estivesse tentando dormir e começava a falar. Falava sobre um monte de fatores que influenciam a decisão de uma pessoa cometer suicídio. E que o fato de eu ter gritado com você na noite anterior não significa que a culpa seja minha. Quando ela fazia isso, de alguma forma deixava as coisas ainda piores. É quase como se ela pensasse que tem o poder de me absolver dos meus erros. Queria que ela dissesse a verdade: que eu estraguei tudo. E que admitisse que ela também fez isso. Talvez, a partir daí, conseguíssemos chegar a algum lugar.

Do distante Miles para a garota Vivian
8 de junho de 2015, 19:49

Certo, eu prometi que contaria sobre Óskar. Primeiro, duas coisas, para que eu consiga contextualizar. Para começo de conversa, Óskar parece um supermodelo. Não estou querendo dizer que ele é gostoso. Sabe quando você vê aquelas pessoas magras e andróginas nas capas das revistas e pensa: *Mas como é que essa criatura esquisita foi conseguir um contrato de modelo?* Isso, em essência, descreve Óskar. Ele é perfeitamente simétrico, fisicamente irretocável e tão loiro quanto possível, mas meio que… alienígena? E então a luz o atinge no ângulo certo e você fica, tipo: *Caramba, que olhos azuis mais lindos.* Ou talvez eu esteja apenas cheio de tesão, de modo que todo mundo parece insuportavelmente sexy para mim?

Bem, a outra coisa é que o telefone dele não parou de tocar a noite toda. Tipo, uma vez a cada dez ou vinte minutos, e não estou exagerando. Ele ficava vibrando no suporte para copos entre nós — um celular flip muito velho, a propósito — e Óskar o agarrava, abria, observava a tela e depois colocava de lado, sem responder. Isso aconteceu do momento em que ele me buscou até por volta de uma ou duas horas da manhã, quando desmoronamos. Não desmoronamos literalmente. Quero dizer que fomos dormir.

Então, voltando. Óskar foi me buscar em — e aqui está o nome verdadeiro do lugar — Seljavallalaug, e eu… sinceramente, estava fazendo uma força descomunal para não chorar. Não apenas porque estava machucado, mas por tudo o que tinha acontecido. Ainda estou muito triste, Vi. Sempre fui parte da comunidade *queer*, mas dar as costas a você significou dar as costas a eles, eu acho. É assustador demais pensar que não sou mais bem-vindo. A garotada do Camping deve estar furiosa comigo também. Talvez, não todos eles, mas o bastante para minhas mães quererem me mandar para a porra do Círculo Polar Ártico.

Talvez, seja por isso que elas não me queiram por ali. Talvez, não fosse para eu me recuperar, mas para me proteger das outras pessoas.

Eu me arrependo de verdade por ter decepcionado todo mundo e por motivos tão egoístas.

Óskar virou o Jeep para leste, na direção oposta a Reykjavik. Me virei para a janela e fiquei observando a paisagem, porque a costa sul é muito linda. Há penhascos muito, muito altos ao longo de toda a estrada (bem diferentes daquelas minimontanhas que vi no caminho do aeroporto para a cidade). Campos verdejantes. Muitas ovelhas. E cachoeiras despontando por todos os lugares, tipo, a cada três metros.

Entendi que a única maneira de não perder o autocontrole era não pensar em você, então comecei a prestar muita atenção no Óskar e na porcaria do telefone dele. Como eu estava machucado e meio fora de mim, minha mente começou a vagar por lugares esquisitos, e comecei a me convencer de que ele devia estar metido em algum negócio ilegal. Quero dizer, ele estava dirigindo em direção a lugar nenhum no meio da noite. Seu telefone fazia *bzzzzz bzzzzz*, cheio de urgência, como se ele estivesse atrasado para uma execução.

— Então, você é, tipo, um traficante de drogas ou algo assim? — Foi a primeira coisa que veio à minha mente.

— Posso arranjar um pouco de maconha para você quando voltarmos a Reykjavik.

— Não, cara, não era o que eu estava querendo dizer...

— Pedi para você não me fazer perguntas.

— Você está agindo de um jeito todo suspeito agora, com seu telefone e sua cláusula de confidencialidade, ou o que seja. Se você vai me transformar em cúmplice, eu só quero saber, tá bem?

Ele olhou para mim por um tempo longo e desconfortável, depois bebericou sua cerveja e não disse nada pelo resto da viagem. Ele virou numa pista que terminava numa casa quadrada e manobrou o Jeep por trás de uma parede de rochas, de modo que ficasse fora do campo de visão da casa. Casa estranha, toda preta com vigas brancas. Parecia ameaçadora mesmo sob a luz do sol implacável da Islândia.

— Você não está em perigo — ele disse, voltando-se para mim.

— Hã, certo.

— Mas não podemos conversar pelo resto da noite. — E deu aquela piscada.

— Não podemos?

— Não. — Ele agitou a mão com desdém. — Vamos entrar naquela casa. Você rrronca?

— O quê? O que você quis dizer?

— Quando dorme? Você rrronca?

— Roncar? Não, não ronco.

Ele assentiu com a cabeça.

— Bom. Então, você pode dormir. Mas nada de conversa. Porque eu não estou ali, muito menos você.

— Não, eu não acho que nenhum de nós esteja ali agora.

— Na casa.

— É. Hã, estamos no estacionamento. — Entre a minha cabeça golpeada e o sotaque esquisito dele, isso estava começando a virar comédia.

Ele piscou para mim de novo e me apontou um dedo.

— Para de graça. Você entendeu o que eu quis dizer.

— Não, não mesmo.

Ele parou por um momento e franziu a cara.

— Você já entrou escondido no quarto de uma garota?

— Ah. Oh, certo. Entendi. Por que você não avisou antes?

Mais uma carranca e ele saltou para fora do Jeep. Fechou a porta do carro bem devagar e sem fazer ruído, então fiz a

Milhas de Distância

mesma coisa. Demos uma volta para nos aproximarmos da porta dos fundos daquela casa, passando por trás de um enorme celeiro vermelho. Óskar usou a chave e entramos. Nós nos esgueiramos por uma lavanderia e depois subimos um lance de escadas. A casa era antiga e seu interior tinha um visual vitoriano. Com papéis de parede em estampas florais e degraus de madeira arranhados. No corredor do andar superior, havia uma porta pintada com uma palavra, que eu supus (corretamente) ser um nome: *Bryndis*. Óskar abriu essa porta com outra chave e entramos. O quarto devia ter cortinas blecaute, porque meus olhos levaram um segundo para se ajustarem. Ouvi o clique da porta atrás de nós e percebi Óskar se movendo pelo quarto. Ele me passou um cobertor de lã muito macio e apontou para uma *chaise longue* no canto. Me arrastei até ela e me enrolei, tomando o cuidado de virar a cabeça de um modo que não manchasse nada com meu sangue.

Apesar de estar numa casa estranha sem ter sido convidado, meu corpo inteiro relaxou quando me deitei. Me senti à vontade. E seguro. Pelo menos não estava no chão de um vestiário imundo ganhando uma contusão na coluna.

Óskar retirou os sapatos e o cardigã e se arrastou para a cama. Havia uma garota ao lado dele, mas tudo o que eu podia perceber é que ela era pequena, loira e provavelmente estava dormindo. Óskar se deitou de bruços, com o rosto na direção oposta a ela. Achei esquisito na hora. Por que ter todo esse trabalho de entrar na casa da sua namorada e depois nem sequer dormir de conchinha com ela? Ele só caiu no sono. E bem rápido.

O celular dele continuou a vibrar e você sabe como meu sono é leve. Além disso, eu estava lidando com um estresse pós-traumático, ou o que fosse, e cada vez que o celular vibrava eu dava um pulo. Por fim, me levantei e o agarrei do criado-mudo. A tela de fundo do celular mostrava uma foto do Óskar com uma garota loira. Ela era bonita, tinha um sorriso luminoso e escancarado, e ele estava com a cara séria de sempre. A notificação na tela dizia: "27 mensagens perdidas de Jack". Bem, estava escrito em islandês, então não sei se era isso mesmo que dizia, mas aposto que era, porque o nome e o número eram legíveis para mim. Havia mensagens de texto também. Fiquei tentado a olhá-las, mas desliguei o celular e o devolvi ao criado-mudo.

Depois disso, fiquei pensando que podia ter sofrido uma concussão e se dormisse poderia não acordar mais. Não sei se essa é uma preocupação verossímil ou se é só uma coisa que colocam nos filmes. Por fim, fiquei tão exausto que já não me importava mais. Fiquei me perguntando se isso também aconteceu com você. Talvez, você só estivesse cansada. Cansada de estar viva. É como me senti naquela noite, tão derrotado que nem me importava se acordaria no dia seguinte ou se morreria no quarto de alguma islandesa desconhecida.

Óskar estava dormindo a poucos passos de mim. Braços erguidos, as mãos enfiadas debaixo do travesseiro. A camiseta que ele vestia não tinha mangas, e seus bíceps estavam à vista. Ele parece um arcanjo enquanto dorme, e fiquei com ciúmes por ele ter alguém ao seu lado, com quem acordar. Caí no sono, ligeiramente chateado por essa ser possivelmente a última coisa que eu veria na vida.

Bryndis me acordou naquela manhã. Ela tinha a mesma aparência de supermodelo do Óskar, que ficava muito melhor numa garota. Segurando meu queixo com a mão, ela virou meu rosto, observando meus ferimentos. Foi a coisa mais estranha do mundo ser acordado assim, por uma garota aleatória, porém linda. E ser tocado por ela com tanta delicadeza. Surpreso e envergonhado, eu queria me afastar. Mas fiquei parado e deixei que ela me examinasse.

— Você fez isso com ele? — Ela olhou por cima do ombro para Óskar. Ele estava na cama dela, com um laptop aberto à sua frente e um monte de papéis, pastas e arquivos espalhados ao redor. Trabalho de escola, imaginei.

— Não — ele falou, sem desviar os olhos da tela.

— Ah, já podemos falar agora?

— Em voz baixa — ele respondeu.

Bryndis me disse o nome dela e me deu uma embalagem de *skyr* de mirtilo. E uma colher! Que luxo. Ela saiu por um momento e depois voltou com um kit de primeiros socorros. No entanto, enquanto ela estava fora, comentei com Óskar como a namorada dele era bacana.

— Irmã — ele disse, ainda fixo na tela do computador. — Ela tem quatorze anos. E, se você tentar alguma coisa com ela, eu como o seu rabo.

— Um *ménage*? — eu disse. — Que delícia!

Bryndis voltou e começou a encher meu rosto de curativos. Ela limpou o sangue seco e colocou uma daquelas coisas em formato de borboleta sobre o corte, depois colou um band-aid grande por cima. E me deu uma aspirina, algo que eu precisava desesperadamente. Minha cabeça latejava.

Ela comentou que eu tinha olhos impressionantes.

— Obrigado. Acho que você mesma deve ter ouvido isso algumas vezes.

Ela sorriu. *Quatorze anos,* lembrei. *Só quatorze.*

Ela saiu de novo, murmurando algo em islandês para Óskar. Eu estava ficando cansado de ouvir gente fofocar sobre mim em línguas estrangeiras. Seja o que for que ela disse, não obtive resposta do Óskar.

— Ei — eu disse a ele —, posso usar seu computador por uns minutos? Preciso cancelar meu cartão de débito roubado.

Ele apontou para uma escrivaninha no canto.

— Use o dela.

Tive um trabalhão para usar o pequeno laptop cor de rosa da Bryndis. Tudo estava em islandês, e havia uma porção de teclas adicionais. Por fim, consegui entrar no website do banco e relatar que meu cartão havia sido roubado. Precisei perguntar ao Óskar se eu podia receber a correspondência no hotel e qual era o endereço. Tenho certeza de que ele detestou ser importunado, principalmente quando teve de cruzar o quarto e digitar o nome da rua para mim, porque eu não conseguia escrevê-lo. Mas, pelo menos, agora tenho um novo cartão a caminho. Entretanto, eu não fazia ideia de como me virar com roupas ou comida nos próximos sete ou dez dias úteis.

Comecei a pensar sobre minha carteira e o que havia dentro dela. Havia uma fotografia sua, espero que aquelas cretinas a tenham visto. Não é que eu houvesse me esquecido de você, se era isso que elas pensaram. E minha carteira de motorista (graças a Deus tinha deixado meu passaporte no hotel). Mais uns trinta ou quarenta dólares americanos. Uma das minhas três camisinhas. Superei essa parte, pelo menos. Chega de ficar seguindo os instintos do meu pau, veja só aonde eles me levaram.

Fechei o laptop da Bryndis e me enrolei no cobertor de novo. A casa estava tão imóvel e silenciosa. Havia apenas o som do Óskar digitando no teclado e um ruído abafado de televisão vindo do andar de baixo. Eu tinha um milhão de perguntas a fazer para Óskar, tipo, quando voltaríamos ao hotel e por que invadimos o quarto da irmã dele na noite passada. Mas, cara, Óskar é intimidante de um jeito bizarro para um sujeitinho do tamanho dele. E eu sei que, se começasse a procurar por respostas, ele faria o mesmo: onde estão suas roupas? Por que bateram em você? Por fim, a conversa chegaria até você. E estou cansado, Vivian, de ficar me definindo em relação a você. Quero tentar ser só o Miles de novo, seja quem for esse cara.

A manhã se arrastou, principalmente porque eu não tinha nada para fazer. Óskar finalmente terminou seu trabalho e começou a recolher as pastas e papéis e enfiá-los dentro de uma enorme bolsa masculina *vintage*. Claro que ele tinha uma bolsa da moda para combinar com seu coque da moda. Apesar de que, para ser justo, ele ainda estava com os cabelos soltos.

(É, eu sei, estou sendo machista com as preferências estéticas do Óskar. Acho que é uma forma de agressão passiva internalizada por ter passado dezoito anos sendo criado para ser o rapaz mais politicamente correto do mundo. Que saco, me deixa ser babaca só por um instante, *tá* bem?)

— Logo meu irmão vem para cá. E aí nós vamos embora — ele me contou.

Eu estava ocupado contando pela terceira vez as estrelas de plástico grudadas no teto do quarto da Bryndis.

— Tudo bem.

Alguns minutos depois, ouvimos o som de uma pancada no andar de baixo, como vidro se espatifando. Óskar se levantou e depois ouvimos um grito — era Bryndis berrando — e Óskar saiu do quarto na velocidade de um raio. Nunca vi alguém tão rápido.

Meu estômago virou do avesso. Minhas entranhas entenderam, antes de mim, que havia alguma coisa horrível prestes a acontecer lá embaixo. Em seguida, veio todo aquele barulho — batidas, estrondos, gritos e berros. Caos. Era como se houvesse alguém sendo trucidado lá embaixo.

E eu queria ficar fora disso. Não sou aquele tipo valente que corre em direção ao local do desastre. Na verdade, quando escutei pés descalços subindo as escadas, tive o impulso de me esconder debaixo da cama.

Um fato curioso que ouvi a respeito da língua islandesa: eles não possuem uma palavra para "por favor". Assim, quando querem pedir uma cerveja, a frase que usam diz literalmente: "cerveja, obrigado". Então, quando Bryndis apareceu na porta do quarto e falou (em inglês, claro): — Me ajude. Por favor.

Meu sangue congelou. Ela agarrou meu braço e me arrastou até o andar de baixo, para dentro da pequena cozinha.

Óskar estava espancando um sujeito velho e pelado.

Certo, o cara não estava totalmente pelado. Usava um robe, porém o robe estava aberto. Óskar estava agachado sobre ele, moendo o cara de pancada.

— Faça. Ele. Parar — Bryndis pediu.

A imagem dos bíceps robustos do Óskar piscou em minha mente, e meu corpo recém-traumatizado não queria se engalfinhar com ele, mas eu também não podia deixá-lo cometer homicídio. Tentei segurar o Óskar e afastá-lo, mas ele deu uma cotovelada forte na minha barriga. Então, na segunda tentativa, apenas me joguei em cima dele, e nós dois fomos ao chão. Por um minuto, fiquei entre Óskar e o velho enquanto eles continuavam a gritar um com o outro — obscenidades em islandês, eu suponho.

Então, um outro cara entrou na cozinha. Ele tinha uns quarenta anos, era ruivo e tinha rosto corado, mas os mesmos olhos azuis-claros do Óskar e da Bryndis. Imaginei que aquele devia ser o pai deles. E, de repente, ele estava gritando com todo mundo.

— Ele é americano. Ele não entende você! — Bryndis gritou para ele. Eu nem tinha percebido que ele estava falando comigo.

— Tire ele desta casa — o homem falou, apontando para Óskar e para a porta.

Levantei e puxei Óskar comigo. Ele não resistiu muito, apesar de que ele e seu oponente ainda gritavam. Estávamos

Milhas de Distância

a meio caminho da porta quando o velho gritou alguma coisa que nos fez rilhar os dentes de raiva:

— Bicha!

— Continue andando — eu disse ao Óskar, apesar de que eu mesmo estava com vontade de dar um tiro naquele velho. Você sabe que não sou do tipo que tem essas reações de ódio.

Do lado de fora, Óskar se separou de mim e seguiu na direção do celeiro. Fui atrás dele por entre baias de ovelhas de olhos cansados e subimos uma escada rumo ao sótão. Me debrucei no parapeito da janela e observei as montanhas. Óskar ficou caminhando de um lado para o outro com fumaça saindo das orelhas. E, de repente, como se tivesse apertado um interruptor, ele ficou calmo. Tranquilo de novo, como se nenhum absurdo totalmente doido tivesse acabado de acontecer.

Ele se apertou ao meu lado na janela e apontou ao longe.

— Wulcão.

— Está bem perto. Você não tem medo de que ele entre em erupção?

— E entrou. Em 2010.

— Foi esse mesmo, né? Aquele com o nome impossível?

— É. — Ele soltou um nome repleto de consoantes e acentos. — Quando eu era jovem…

— Tenho certeza de que você ainda é.

— Eu tinha medo. Mas essa é uma preocupação que só as crianças têm. Quando você descobre que algo tão destruidor existe, sempre fica imaginando que ele vai engolir tudo o que você conhece e ama. Mas então você cresce e descobre que todas essas coisas terríveis podem acontecer de qualquer jeito, sem precisar de um desastre natural.

Que cara, hein? Águas tranquilas podem muito bem ser profundas.

Antes que eu pudesse comentar algo sobre essas ponderações, o sujeito ruivo apareceu debaixo da janela com a bolsa do Óskar debaixo do braço. Descemos do sótão e então ele e Óskar tiveram uma breve conversa sem olharem um para a cara do outro. Então, o homem entregou a bolsa ao Óskar e nós voltamos para o Jeep.

No caminho de volta, quebrei a cláusula de confidencialidade. Contei a ele sobre ter sido espancado por Frankie e as garotas francesas. Não disse o porquê. Espero que ele tenha pensado que foi apenas um assalto. Por enquanto, pelo menos.

Então, sintonizei o modo conselheiro simpático do Camping e, de algum modo, consegui obter alguns detalhes dele. No final das contas, o velho com o robe era o pai do Óskar. Ele está com demência e a situação é tão ruim que ele já não reconhece os próprios filhos. Ele gosta do irmão do Óskar, Karl, o ruivo. Mas, por alguma razão, odeia Óskar profundamente. E a pobre Bryndis se parece tanto com sua falecida esposa que nem sequer pode ser deixada sozinha com ele. Foi por isso que ouvimos aquele grito: era Bryndis sendo escorada sobre o fogão e apalpada pelo próprio pai.

— Eu exagerei — Óskar me disse. — Mas prefiro que minha irmã não perca a virgindade com o pai dela. — Ele estava muito furioso por Karl ter saído com a namorada durante todo o fim de semana, deixando Bryndis sozinha em casa. Óskar procurou ficar perto do lugar enquanto Karl estava fora, tentando cuidar da irmã e manter-se longe do pai.

— É uma situação bem bizarra — comentei. — Sinto muito.

O que eu não disse é que era até boa a sensação de saber que alguém tinha muito mais problemas do que eu.

CAPÍTULO 10

Do distante Miles para a garota Vivian
8 de junho de 2015, 23:39

Quando voltei ao hotel ontem à noite, tomei um longo banho, lavando toda a lama, e o sangue, e a nojeira. Adormeci logo depois, por cima da roupa de cama. Mais tarde, fui acordado pelo telefone — Óskar disse que viria falar comigo dali a pouco. Perguntei por quê, mas ele desligou sem responder. Então, levantei e vesti as calças de pijama do Óskar (que ele ainda não tinha me pedido para devolver) e um robe do hotel enquanto minha camiseta de turista e minha única cueca estavam de molho na pia do banheiro.

Ouvi uma batida na porta e atendi, encontrando Óskar no corredor. Com um policial.

— Droga. O que eu fiz?

Óskar me entregou uma caneca de chá e entrou no quarto, gesticulando para que o policial o seguisse. Depois de fechar a porta, ele disse:

— Seu cartão de débito foi roubado. Muitos bancos não reembolsam seus fundos a menos que você faça um boletim de ocorrência. Além disso, você foi agredido.

Eu queria confrontá-lo com o fato de que ele mesmo havia agredido alguém no fim de semana, mas só suspirei e disse ao policial que não estava interessado em dar queixa. Antes de meu cartão ser desativado, Frankie e as francesas só conseguiram gastar cerca de oitenta dólares, já que nada além dos postos de gasolina estavam abertos no domingo. Mas o policial era legal, educado e sorridente. Ele sentou na cadeira do meu quarto e tomou notas enquanto eu revelava toda a verdade. Bom, não citei o grafite nem o sexo oral, mas, tirando isso, contei tudo. Ele não reconheceu seu nome, mas, quando mencionei seu site, ele disse:

— Sim, ouvi falar sobre isso.

Ei, somos internacionalmente famosos, Vi. Canadá, França, Islândia. Não há nenhum lugar onde eu possa escapar?

Óskar ficou parado à porta o tempo todo, absorvendo toda a glória da minha situação. Eu me perguntei se ele teria ouvido falar de você. Qual seria a opinião dele sobre o assunto?

O policial me deu uma cópia de carbono do seu relatório e um cartão de visita. Agradeci, apertei sua mão e me despedi.

Antes de ele partir, Óskar disse:

— Todas as suas roupas foram roubadas?

— Foram. Tenho um novo cartão de débito a caminho, mas, enquanto isso, vou precisar ficar com a sua calça.

— Claro — disse ele, passando pela porta.

— *Takk*! — gritei para ele.

Depois disso, voltei a dormir profundamente. Óskar me acordou de novo hoje cedo.

— Tenho umas coisas para você.

Eu o deixei entrar. Ele ficou ao lado da televisão e tirou um monte de coisas da sua mala carteiro.

Uma carteira de nylon preta com uma bandeira islandesa bordada na frente.

— Da nossa loja de presentes. Bom suvenir. Olhe o interior.

Um passe de ônibus substituto. Um cartão de débito pré-pago.

— Vinte e sete mil *krónur*... são cerca de duzentos dólares americanos. Você pode carregar mais na recepção a qualquer momento.

Um pacote de cuecas boxer pretas e cinzas. Alguns pares de meias brancas. Um pacote com três camisetas pretas simples. Um jeans *skinny* cinza-escuro.

— Tudo novo, exceto as calças. Elas eram de Atli. Ele é mais ou menos do seu tamanho, talvez?

— Quem é Atli?

— Outro concierge. Cabelo escuro. Às vezes, ele fala bem alto. Ele disse para você ficar com elas. De qualquer forma, ele já tinha separado para doar.

— Ah. Ok.

— Espero que tudo seja do seu agrado. Coloquei tudo na conta do seu quarto, mas, se houver um item que você não queira, vou reembolsá-lo.

— Não, está tudo bem. Tudo ótimo, na verdade. Obrigado. — Minha voz falhou ligeiramente. Esperei que ele não tivesse percebido.

Óskar me encarou por um segundo, depois olhou pela janela.

— Eu deveria ter levado você até a polícia sábado à noite. E para o hospital. Fui egoísta, estava envolvido demais nos meus próprios assuntos.

— Está tudo bem — sussurrei. Fiquei totalmente desarmado. Comovido por alguém ter se dado todo aquele trabalho para cuidar de mim. De repente, senti uma saudade louca da Mamushka.

E saudade de poder cuidar de você.

Óskar tirou um último item de dentro da bolsa: um par de All-Stars pretos esfarrapados.

Milhas de Distância

— Talvez sirvam em você? Mas vou precisar que me devolva depois. Estão velhos, mas gosto deles.

Deixou os sapatos perto do canto da minha cama e saiu do quarto bem depressa. Deu para perceber que ele era o tipo de cara que não consegue lidar com gente chorando — e eu estava claramente prestes a chorar. Principalmente depois que ele me deu os sapatos. Eu não queria os sapatos dele. Queria aquelas suas botas idiotas, droga, e fiquei destruído de novo pelo fato de que eu as tinha perdido.

Sempre digo a mim mesmo que não vou mais chorar por você. E sempre acabo escondido debaixo dos lençóis, soluçando no travesseiro. Merda, merda, merda, merda, merda.

Do distante Miles para a garota Vivian
9 de junho de 2015, 2:04

Agora que as comportas estão abertas, as feridas estão frescas e eu não consigo dormir esta noite, posso muito bem sacar um dos meus demônios e olhá-lo bem na cara.

Estive pensando na caixa, no dinheiro. O caso é que a maioria das pessoas que pretendem se matar não fazem planos para o futuro. Muitas delas doam suas posses. Elas não guardam milhares de dólares numa caixa de sapatos no fundo do armário. O fato de essa caixa de sapatos existir significa que, de certa forma, existe uma realidade alternativa. Embora não dê para negar o fato de que você tomou uma dose letal de comprimidos por vontade própria, não sei mais se você pretendia mesmo morrer.

Essa pode ser uma boa notícia. Meu Deus, quase quero ligar para seus pais e jogar isso na cara deles. Já se especulou que eles a estão mantendo ligada a aparelhos porque, de acordo com a religião deles, suicídio é um pecado imperdoável. Mantê-la viva a poupa do sofrimento eterno, o que é quase comovente, até a gente considerar o fato de que eles se importam mais com a sua "alma" do que jamais se importaram com você como um ser humano plenamente funcional.

Salvação eterna à parte, a caixa de sapatos significa outra coisa: acho que você queria que eu a salvasse. Você queria fazer o que adorava fazer: me preocupar. Me aterrorizar. Me fazer implorar e suplicar e negociar.

E fiz todas essas coisas por você, gata. Mas era tarde demais.

Em algum lugar, há um universo paralelo no qual fui ver como você estava, assim que cheguei em casa, naquele dia. Ou, talvez, um em que não havíamos acabado de ter uma briga idiota na noite anterior. Eu invejo o Miles desses universos, que ainda tem a possibilidade de beijar seus cílios toda noite. Em vez disso, estou preso neste universo, sendo este Miles… Um cara totalmente perdido sem você.

Naquele dia, eu tinha parado na videolocadora depois de sair da escola. Não encontrei nada para alugar. Também coloquei gasolina no carro. Fui para casa ficar um pouco com a Mamãe e a Mamushka. Comi um lanche e vi uns desenhos animados. Fiz tudo o que pude pensar para não voltar à cabana com o rabo entre as pernas. Se ao menos eu tivesse sido eu mesmo naquele dia, não tão teimoso, teria ido ver você imediatamente para dar um abraço e bater papo, pedir mil desculpas e tal. Os médicos não conseguiram identificar a que horas exatamente o dano cerebral ocorreu, só disseram que foi um milagre eu a ter encontrado ainda respirando. Este é o sul dos Estados Unidos — um médico, supostamente um homem da ciência, faz o máximo para convencê-lo de que qualquer alternativa é melhor do que a morte.

Ele estava enganado. Um coma infinito é mil vezes pior do que a morte.

Nunca contei a ninguém, nem mesmo à Mamushka, que por vários minutos, depois que encontrei você e depois de todas as minhas tentativas de reanimação cardiorrespiratória, eu apenas segurei sua mão. Assustado demais para chamar uma ambulância, porque sabia o quanto você ficaria irritada se acordasse nua, só com uma camisola de hospital, identificada com o gênero errado e exposta.

Lembra daquela vez em que tentei lhe contar a verdadeira história de A Pequena Sereia? Não Ariel, mas o conto original do Hans Christian Andersen. Você não acreditou em mim, então fui à biblioteca e encontrei o livro. Tinha uma capa de tecido azul com uma sereia em folha de ouro na frente. Tão bonito — tirei uma foto dele com meu telefone. Li a história para você, que fez bico e disse que eu tinha arruinado sua infância.

Na época, eu ri da pobre sereia que virou humana e sentia como se estivesse pisando em facas o tempo inteiro. Mas é assim que me sinto agora. Cada passo sem você é brutal e aterrorizante.

Do distante Miles para a garota Vivian

9 de junho de 2015, 16:17

Apesar da noite em claro, levantei cedo hoje. Ainda zangado, machucado e cansado, mas resolvi afastar as lembranças por um tempo. Siga em frente, Miles. Vesti as roupas que Óskar havia me dado. As camisetas têm gola V e são um pouco mais justas do que estou acostumado a usar. Acho que são do tamanho certo para mim agora; não estou vestindo as mesmas camisetas que pertenciam àquele eu de dois anos atrás. O mesmo vale para o jeans. Já usei jeans *skinny*, mas nunca consegui ficar bem com eles. Na verdade, estou com uma ótima aparência, exceto pelo rosto todo roxo.

Os sapatos do Óskar serviram.

Tomei café da manhã do lado de fora, no sol. Torrada, chá e um ovo cozido. Óskar não estava na recepção, mas havia um *concierge* de cabelo escuro. Verifiquei a plaqueta com seu nome — ATLI — e agradeci pelo jeans. Ele me cumprimentou com um soquinho.

— Tá bonitão!

Eu me senti um pouco menos constrangido pelo olho roxo.

Perguntei onde comprar mais roupas, e ele me mostrou alguns lugares num mapa.

— A roupa é cara aqui. Não olhe para o valor total. Só feche os olhos e passe — disse ele, imitando um movimento com cartão de débito.

Entreguei-lhe o meu cartão pré-pago e pedi que o carregasse com mais uns duzentos dólares. Depois, peguei o ônibus para o centro da cidade e encontrei umas lojas. Procurei um pouco, mas, como um cara que geralmente se veste no estilo qualquer-coisa-que-estiver-em-liquidação-numa-loja-alternativa, eu não sabia o que comprar.

Foi um momento importante para mim. Começar do zero. Eu poderia mesmo me reinventar. Mas não sabia por onde começar.

Acabei deixando minhas escolhas de estilo para uma garota com uma tatuagem de lótus no ombro e cabelo verde-água. Pedi duas calças e mais algumas camisetas.

— Informais — eu disse —, mas bacanas.

As vendas estavam meio devagar, então ela teve bastante tempo para me empurrar para o provador a cada dois minutos, fazendo inspeções minuciosas e comentários. De vez em quando, ela olhava meus ferimentos, mas não perguntou sobre eles, e fiquei feliz por isso.

Milhas de Distância

— Esta aqui — disse ela, me entregando uma calça social bonita. — Você não vai pra cama com ninguém na sexta à noite se não usar uma coisa um pouco mais elegante.

Lá pela sétima prova, eu estava apaixonado por ela. Fiquei de pé na entrada do provador e fiz um gesto de "vem cá" por brincadeira, mas ela riu de mim. Eu não a culpo. Também não gostaria de ser despedido por dar uns amassos num estrangeiro de dentes tortos no provador.

Mas valeu a tentativa.

No fim, decidimos pela calça social e um jeans desfiado (mas não desfiado demais). Também aceitei seu conselho sobre camisas: comprei duas de botões, uma de flanela xadrez vermelha e uma cinza-escura, lisa. Ela apontou um agasalho de moletom listrado e sugeriu que eu o usasse por cima da camisa de flanela. Eu nunca teria pensado em misturar estampas assim, mas ficou bom.

Olhei mais algumas coisas — um blazer de veludo vermelho e um par de suspensórios —, mas não consegui me imaginar à vontade com eles quando voltasse para casa.

— Isto aqui também. — Ela escolheu um gorro cinza de tecido mole, que esconde o bastante do meu cabelo bagunçado para que pareça decente.

Saí da loja com uma braçada de pacotes lindamente embalados e quase sem dinheiro no cartão para pagar o almoço. Comi uma salada ("sem frango, por favor") numa cafeteria e voltei para o hotel.

Planejava ir direto para o quarto e começar a escolher peças na pilha de roupas, mas Óskar estava na recepção.

— *Halló.*

— Oi.

— Deu tudo certo para você hoje?

— Deu. Comprei umas roupas. — Ergui a montanha de sacolas de compras.

Ele meneou a cabeça e olhou para os All-Stars emprestados nos meus pés.

— Putz — eu disse. — Esqueci de procurar sapatos.

— Não tem problema. Pode ficar com eles por mais uns dias. — Ele abanou a mão, gesticulando para que eu chegasse à mesa. — Venha cá.

A torre de Jenga em sua mesa estava recém-empilhada e intocada. Deslizei uma peça lateral e a coloquei por cima, enquanto Óskar pegava um mapa gratuito da cidade, que estava em uma pilha ao lado do monitor do computador. Desdobrou o mapa, circulou um endereço e o empurrou para mim sobre a mesa.

— Eu sei — comentei, lendo o nome do prédio que ele havia marcado. Era o albergue onde as francesas estavam hospedadas.

— O que você sabe? — Ele escolheu um bloco central na torre de Jenga e o empurrou. Caiu com um *thump* ao lado de um arranjo de flores artificiais.

— É lá que estão as francesas.

Óskar fez cara de quem queria me estrangular. Recuei um passo.

— Passei a tarde toda fazendo telefonemas para descobrir isto para você — rosnou ele, batendo os dedos no mapa. — E, sabe, este é o tipo de informação que você deveria ter passado PARA A POLÍCIA.

— Eu não pedi pra você trazer um policial, nem pra fazer telefonemas por mim, certo? — Puxei outro bloco de Jenga.

— Como sou bobo. Pensei que você quisesse suas coisas de volta. — Ele tirou outra peça da torre.

— Mas você já me ajudou a substituir a maior parte delas.

Então, ele me perguntou se havia algo que não pudesse ser substituído. Foi sinistro o modo como falou, como se soubesse que suas botas eram importantes, mesmo que eu não as tivesse mencionado ao policial. Mas como ele poderia saber?

A menos que minha teoria sobre ele fofocando com a Mamushka esteja certa.

Bom, que saco. Como vou explicar para ela e a Mamãe que perdi suas botas?

Encarei Óskar, e ele sustentou o olhar. Continuamos a jogar a partida de Jenga mais passiva-agressiva da história islandesa/americana.

Óskar ganhou, é claro.

— Tenho uma colega de apartamento que fala francês — disse ele, juntado os blocos derramados numa pilha menor com a palma das mãos.

— E daí?

— Você quer nossa ajuda? Ou devo chamar a polícia e dar esse endereço para eles?

— Essas são minhas únicas escolhas?

Ele concordou com a cabeça.

— Tudo bem, que seja. Espero que sua colega de apartamento seja forte e duas vezes mais perturbadora que você.

Ele piscou.

— Ela dá conta.

Suspirei e juntei minhas sacolas de compras.

Óskar perguntou se eu ainda estava com a chave sobressalente do elevador. Respondi que sim (felizmente, tinha deixado a chave na minha mesa de cabeceira antes de ir à lavanderia). Ele me disse para encontrá-lo no terraço hoje à noite, depois que ele saísse do trabalho.

Não estou nada ansioso para levar mais uma surra.

CAPÍTULO 11

Do distante Miles para a garota Vivian
10 de junho de 2015, 1:03
Óskar estava esperando por mim na escadaria sinistra de concreto com sua colega de apartamento, que parece um clone da Megan Fox com mais de um metro e oitenta. Ela usava um corte chanel assimétrico, um vestido de renda preto e um batom vermelhíssimo. Com certeza, essa garota deve ser algum tipo de deusa islandesa ou o resultado de dois mil anos de virgens oferecidas como sacrifício aos vulcões.

E, aparentemente, ela estava lá para me entregar um pouco de maconha.

— Ah, não, cara, não posso. — Me ocupei em destrancar a porta, depois rapidamente enfiei as mãos nos bolsos, para que ela não pudesse entregar o pacote para mim. — Não fumo essas porcarias.

Meu Deus. Juro que não sei como me enfio nessas enrascadas.

Óskar pareceu irritado.

— Mas você tinha me perguntado...

— É! Porque o seu telefone não parava de tocar. Eu não estava querendo comprar droga nem nada assim.

— Certo, então. — Com o quadril, Óskar empurrou a porta que dava para a laje e passou um braço ao redor de sua linda colega de apartamento. — Vamos fumar sem você.

Olhei através da porta e, de novo, fui cegado pela luz do sol que inundou as escadarias. Até aquele momento, o terraço do hotel é o lugar que eu mais gosto em toda a Islândia. Então, fiquei muito feliz quando Björk me agarrou pelo pulso e me puxou atrás de si.

Sim, Björk. É o nome dela. Ela hesitou quando perguntei, mas Óskar simplesmente deixou escapar.

Ela deu uma cotovelada no peito dele.

— Óskar! Você disse meu nome a ele!

— Por que não posso saber o seu nome?

— Porque — ela disse, caindo de modo dramático na espreguiçadeira — quando digo o meu nome aos estrangeiros sempre tenho que aturar uma longa conversa sobre a outra Björk islandesa. É cansativo. Por isso, tento dar só minhas iniciais, B.J., mas o Óskar me provoca, esse velho cara de pau.

— Detesto quando você me chama assim — Óskar disse com uma carranca. — Sou só dois meses mais velho do que você.

— Mesmo assim, é um pervertido — Björk sussurrou para mim. Ela deu um tapinha no espaço ao seu lado, acenando para que eu me aproximasse.

Sorri e me sentei perto dela. Ela segurou meu braço esquerdo e começou a examinar minhas tatuagens de matrioskas.

— Que bonitas.

Contei a ela que uma das minhas mães era russa, então as três bonecas russas representavam ela, Mamãe e eu. Depois, conversamos por um segundo sobre o fato de que eu tinha duas mães, mas não foi nada irritante. Na verdade, eu meio que me perdi num momento em que a conversa ficou muito íntima e sincera. Björk é uma dessas pessoas que sabem como levar uma conversa adiante. Assim como você.

Ela é uma mediadora. Uma tradutora perfeita entre o Desajeitado Óskar e o Melancólico Miles. Gostei dela no mesmo instante.

Enquanto Björk e eu batíamos papo, Óskar se punha mais à vontade. Ele arrancou a gravata e a camisa de trabalho e soltou de dentro das calças a barra da camiseta que vestia por baixo. Ver Óskar com aquela camiseta foi imensamente divertido, mas não falei nada. Era de uma cor verde-clara, com a figura de um cone de sorvete furioso, e dizia: NÃO ME FAÇA PERDER MEUS CONFEITOS.

Óskar sentou-se do outro lado de Björk e pegou na bolsa dela o pacote de maconha.

— Já faz um tempo desde a última vez que fizemos isso, não?

— Anos — Björk disse, estreitando os olhos para ele.

Mas, a julgar pelo fato de que nenhum deles sabia como enrolar um cigarro, eu tinha certeza de que nunca haviam feito isso.

— Dá isso aqui — falei. Comecei a enrolar com um papel novo e entreguei o cigarro a eles. Depois expliquei ao Óskar a complexa arte de tragar.

Ele tossiu no seu primeiro trago.

— Achei que você não fumasse essas porcarias.

— Não fumo. Eu me enturmava com uns maconheiros no ensino médio, mas nunca tive coragem de ser um deles. Sempre tive muito medo de desapontar minha Mamushka. Sabe como ela é... — eu disse, desejando que ele estivesse distraído o bastante para se esquecer de mentir.

— Não, não faço ideia do que você está falando. — Ele passou o cigarro à Björk, que deu um trago e prendeu o ar por um segundo antes de soltá-lo numa leve tosse. Os dois se acostumaram rápido e não demorou muito para que eu enrolasse outro cigarro para eles com o restante da erva no pacotinho.

— Ei. — Björk se virou para mim e pousou a mão na minha nuca. Deu uma tragada e me puxou na direção dela, apertando a boca aberta de encontro à minha. Aquilo não era um beijo. Ela expirou.

E eu não resisti. Inspirei-a.

E então algum de nós começou a rir. Provavelmente, fui eu. Em seguida, estávamos ambos rindo e tossindo, e o momento sexy havia se esvaído.

— Faz de novo — pedi, olhando nos olhos dela. E ela fez, e rimos novamente.

Björk passou o cigarro para Óskar e se arrastou para fora da espreguiçadeira. Ela se afastou de nós, cheia de pernas e de rendas pretas. Eu a observei enquanto ela olhava ao longe, sobre a borda do edifício, sem me preocupar se ela tentaria ou não pular dali.

E pensei: De quem é esta vida?

Ao meu lado, Óskar enchia os pulmões de fumaça. E então nós acidentalmente fizemos contato visual, e posso apostar que ambos estávamos pensando a mesma coisa — sobre eu sorver a fumaça direto da boca da Björk e se seria aceitável fazer o mesmo com ele. Ele levantou uma sobrancelha, quase como um convite, uma provocação. Não me movi. Ainda não consigo ler sua expressão, não sei quando ele está brincando. Não é porque o pai dele o chamou de bicha que isso tem algum fundo de verdade.

Por outro lado, posso dizer que senti uma corrente de eletricidade entre nós.

Só uma estática leve, eu espero. Não sei o que eu faria se eu realmente tivesse uma queda pelo Óskar.

E então ele riu, um pequeno "rá!" sem sorriso enquanto derramava a fumaça com um suspiro.

— Está com coragem? — ele me perguntou depois. — Preparado para enfrentar seus inimigos?

Eu estava esperando que a maconha o fizesse esquecer disso.

Pegamos o ônibus para a cidade porque, felizmente, Óskar percebeu que estava chapado demais para dirigir.

E ali estava eu no meu papel costumeiro de O Único Cara Idiota o Bastante para Ficar Sóbrio.

— Como você nasceu? Foi adotado? — Björk perguntou no ônibus, dando tapinhas no meu joelho.

— Nãããpo — falei. — E você, recebeu seu nome por causa DA Björk?

Ela sorriu e afastou a franja dos olhos.

— Os islandeses sempre usam os mesmos poucos milhares de nomes, então existem várias, várias Björks.

— E existem vários, vários Óskars? — perguntei.

— Existe apenas um único Óskar — Sua Real Loirice disse sombriamente. Ele estava de pé em frente aos nossos assentos, equilibrando-se com o cano na dobra do braço.

— Acredito nisso — eu disse, e Óskar desviou o olhar de mim.

— Fui concebido por duas mães amorosas — contei a Björk — e um conta-gotas.

Ela deixou escapar uma risada.

— As pessoas realmente fazem isso?

Dei de ombros.

— Não sei. Nunca perguntei sobre os detalhes. Já é desagradável o bastante saber que meu tio é também meu pai.

Quero dizer, de um lado diferente da família. Posso ser do Missouri, mas não sou produto de um incesto.

Björk sorriu e me perguntou — em russo — se eu sabia falar russo.

Balancei a cabeça, sentindo-me um péssimo filho.

— Conheço alguns xingamentos. E canções de ninar.

— Sabe como dizer "eu amo você"? — Óskar perguntou.

— *Ya lyublyu tebya.*

— Então, isso é tudo o que você precisa saber — ele disse.

Quando descemos do ônibus, Óskar e eu olhamos para a esquerda, na direção do albergue, mas Björk virou-se para a direita, na direção de um restaurante japonês.

— A gente pode comer primeiro?

— Esse aí só come plantas — Óskar avisou, acenando com a cabeça na minha direção.

— É. Não sou fã de sushi. Existem só uns três tipos de sushi que posso comer, e todos eles têm gosto de sal com matéria podre do mar.

— Você não gosta de sushi? — Björk perguntou.

— Nem de café — falei.

Óskar interrompeu Björk antes que ela conseguisse comentar sobre isso.

— Sem comida. Vamos jantar depois que terminarmos esta tarefa. — Então, ele marchou na direção do albergue.

O pânico me acertou como a tijolada de Frankie quando entramos no lobby. Meu dia ruim passou por minha mente e tudo o que eu conseguia pensar era na dor, no sangue e no fedor do chão daquele vestiário. Virei num corredor lateral e me escorei na parede, tentando recuperar o fôlego. Björk viu que eu me afastei e veio atrás de mim, mas Óskar continuou em frente, sem perceber o que havia acontecido. Pude ouvi-lo tagarelar em islandês com o recepcionista ao balcão enquanto eu apertava minha testa no azulejo frio da parede.

— Vamos lá fora. — Björk enganchou o braço no meu e me conduziu de volta para a luz do sol e o ar fresco.

De algum modo, fomos parar num pequeno jardim. Havia papoulas cor de laranja e arvorezinhas de bonsai retorcidas. Abelhas e borboletas. Björk segurou minha mão e me mostrou os arredores, listando todos os nomes das plantas em islandês. Por fim, comecei a respirar de novo.

— Obrigado — eu disse, e nos sentamos juntos num banco de concreto.

— Tudo é um jogo para o Óskar — ela disse. — Às vezes, é melhor não jogar com ele.

Depois de alguns minutos, o telefone da Björk tocou.

— Estamos no jardim da esquina — ela disse.

Óskar apareceu de mãos vazias.

— As francesas foram embora. Elas deixaram o albergue esta manhã.

Meneei a cabeça, pensando nas suas botas balançando nos dedos de Frankie. Agora, tinham ido embora para sempre.

— Vou voltar para o hotel — falei para eles, tirando o passe de ônibus do bolso. — Tchau.

Pensei que Óskar e Björk me seguiriam, mas nenhum dos dois veio atrás de mim. Fechei os olhos durante o percurso do ônibus e, exceto pela voz robótica entoando os nomes de ruas desconhecidas, senti como se tivesse voltado para minha vida antiga e melancólica.

Pensei a respeito do que Björk dissera sobre Óskar tratar tudo como se fosse um jogo. Aquele rosto insondável dele… Sempre me pergunto se ele está zombando de mim, mas nunca consigo ter certeza. Começo a me sentir como a torre de Jenga no balcão dele. Desmontado peça por peça. Esperando me desintegrar e cair.

De volta ao meu quarto, todas as minhas roupas novas estavam empilhadas sobre a cama. Comecei a organizá-las e juro que, de repente, senti arrepios, como se alguém estivesse me espiando. Ainda sinto arrepios, na verdade, ao pensar nisso. Olhei por cima da pilha de roupas e, bem ali, sobre o parapeito da janela, como se tivessem passado o tempo todo ali, havia um par de botas Doc Martens vermelho-escuras.

Não eram sapatos novos, substitutos. Eram. Suas. Botas. Notei a covinha que ficava bem acima do dedão esquerdo, uma marca de quando pisei no seu pé, no dia seguinte àquele em que lhe dei as botas. Você ficou furiosa porque aquela marca nunca saiu.

SUAS BOTAS, Vi. Suas malditas botas. Ainda amarradas uma à outra pelos cadarços. Fui até elas na ponta dos pés, como se houvesse o risco de elas saírem voando se eu chegasse muito perto. Toquei a parte da sola ao lado do dedão do pé. De leve. Só com a ponta do dedo. Do lado de fora da janela, o céu estava ensolarado e azul, e a luz se infiltrava no ângulo certo. Parecia uma pintura, suas botas emolduradas entre cortinas azuis e o céu ao fundo. Peguei a câmera DSLR que Mamushka tinha me convencido a trazer e tirei uma foto. Esse parecia um momento digno de ser gravado em megapixels. Algo que eu podia tentar capturar e ainda ser capaz de apreciar.

Respirei e quase pude sentir um pouco do meu terror se esvaindo. Suas botas haviam retornado de onde quer que tivessem ido, apenas ligeiramente piores para calçar. Com uma mancha de lama vulcânica negra na sola.

E, então, como um esquisitão com fetiche por sapatos, eu agarrei as suas botas e as abracei junto ao peito. Por um tempo incrivelmente longo.

CAPÍTULO 12

Do distante Miles para a garota Vivian
10 de junho de 2015, 19:19
Acordei esta manhã cheio de vontades. Não, desejos. Eu estava cheio de desejos por coisas além do meu ritual matinal de banho, autoestimulação e bufê de café da manhã. É engraçado como a necessidade funciona, *né*? Você está cheio e vazio ao mesmo tempo. Cheio desta saudade dolorosa, ardente — e vazio de uma maneira que só pode ser remediada pelo movimento em frente.

    Meu olho roxo está sarando. Foi do violeta até um amarelo doentio e horroroso. Feio, mas menos perceptível a distância. O corte criou uma boa casca e está quase todo escondido pelo meu cabelo. Apesar do meu rosto ferido, as roupas novas estão fazendo maravilhas com minha autoestima. Eu mal podia esperar para vesti-las. Hoje, usei o jeans, o gorro e a camisa de flanela vermelha. Enfiei as pernas da calça nas suas botas e dobrei as mangas. Os vermelhos, amarelos e azuis das minhas tatuagens combinam bem com as cores primárias da camisa. Mexi no cabelo e me olhei um pouco no espelho.

    É incrível como o corpo é resistente. Depois de tudo o que passei — e de como estou arrasado por dentro —, de alguma forma consegui ficar com uma aparência quase decente.

Alguns podem dizer que, exceto pelo olho roxo, estou melhor do que antes. Eu me pergunto: o que você diria sobre mim agora, magro e com roupas bacanas?

Além do desejo de ficar bonito, o que mais quero, e não fui capaz de admitir completamente até hoje, é sujar as mãos. É o sexo que não estou fazendo, sim, mas também a arte que não estou criando, e a música que não estou ouvindo, e as fotos que não estou tirando, e este belo país que eu nem sequer andei olhando. Há um ano e meio, quando meu coração se espatifou no chão, todas essas coisas boas escaparam de mim, e ainda não me dei ao trabalho de colocá-las no lugar.

Precisei literalmente levar uma surra para perceber que mereço coisas melhores do que tenho me permitido.

E com essa confissão vem o desejo de agarrar todas essas coisas e colocar tudo de volta em mim. Minha cabeça ainda é um redemoinho de ideias, e nem sei direito por onde começar.

Aquele clique da câmera ontem foi bom. Ajustar o anel de foco, manipular a luz. Pareceu um bom primeiro passo, então hoje de manhã tentei outra vez. Pendurei a alça da minha câmera em uma lâmpada, ajustei o foco e o temporizador automático. Então, me agachei no peitoril da janela e esperei que os segundos passassem.

A luz está brilhando atrás de mim na foto. Eu, com suas botas vermelhas emolduradas pelas cortinas azuis e pelo céu. O sol estava quente no meu couro cabeludo e, de repente, não suportava mais meu quarto de hotel.

No café da manhã, mais dois desejos escalaram meus ombros e desceram por meus braços. Eu me vi desesperadamente ansioso para capturar a vista da montanha da minha mesa favorita no pátio. Abri meu iPad e o Sketch Club. Ignorando a galeria de esboços que você e eu fizemos em tantas noites deitados na cama, abri um novo arquivo e me perdi por um tempo, traçando os picos pontiagudos e as arvorezinhas esguias no meu campo de visão. Gostaria de ter pensado em trazer uma caneta, mas me saí bem só com a ponta dos dedos. Demorei apenas dez minutos para rabiscar uma paisagem bagunçada e escoar tensão suficiente para partir para minha próxima tarefa.

Dei uma olhada na página do Camping Vivian no Facebook. Decidi ao entrar que não tinha permissão para ficar triste por isso. Eu olharia, absorveria e seguiria em frente. Nada de grandes emoções. Claro.

Havia um punhado de caras novas, mas foram as conhecidas que quase me levaram às lágrimas. Engoli os soluços e sentei com a mão cobrindo a boca, descendo pela página. Parece que o Tee foi nomeado diretor de arte na sua ausência, um trabalho que provavelmente teria cabido a mim, se eu tivesse ficado lá este ano. Um dos seus projetos chamou minha atenção. Fechei o Facebook e procurei no Google até encontrar um tutorial e o endereço de uma loja de materiais artísticos em Reykjavik.

E isso me levou ao meu segundo desejo: tinha que encontrar um modo de agradecer ao Óskar. A lista de favores que ele havia feito na semana passada era nada menos que absurda. E tive a sensação de que de algum modo ele era responsável por localizar suas botas. Quero dizer, de que outro jeito elas teriam voltado?

Além disso, não tenho amigos aqui. Não sei se Óskar está fazendo todas essas coisas por causa do seu trabalho, ou da Mamushka, ou por bondade. A bondade parece um leve exagero. Não que ele seja horrível nem nada... É mais como se ele normalmente existisse num nível de profissionalismo que não permite a infiltração de sentimentos humanos. Pelo menos, quando ele não está batendo no pai, de todo modo.

Gente assim tende a ter muitas camadas interessantes. Vi seu lado sombrio, então eu estava morrendo de vontade de vê-lo sorrir por alguma coisa. Não o seu sorrisinho de serviço de atendimento ao cliente. Um sorriso verdadeiro, usando a boca inteira.

Então, fui à loja de artes comprar tinta para tecido. Num mercado, encontrei um frasco de desinfetante para vaso sanitário com alvejante e bico de spray, uma escova de dentes nova e luvas de borracha. Também peguei uma cópia gratuita do jornal de artes da cidade para usar como proteção, depois voltei para o hotel.

O projeto faria sujeira, e eu não queria correr o risco de arruinar a propriedade do hotel. Além disso, percebi que os vapores poderiam fazer mal. A chave do elevador estava no bolso da minha calça desde a noite passada — acidentalmente, eu a guardei em vez de devolver para o Óskar. Então, fui para o terraço e passei as duas horas seguintes transformando duas das camisetas pretas simples que ele tinha me dado em camisetas com estampa de galáxia do tipo faça-você-mesmo. Uma para ele. Uma para mim.

Na verdade, é bem simples. Você torce e retorce o tecido, depois esguicha alvejante para fazer as estrelas. Em seguida, pega uma escova de dentes velha e usa para salpicar nebulosas azuis e roxas por toda parte. Eu não tinha como saber se isso agradaria o Óskar, mas, para mim, achei que ficou bem legal. Usei o secador de cabelo do meu quarto para fixar a tinta no tecido e, em seguida, lavei as camisetas na pia com um pouco de sabonete líquido para tirar aquele cheiro de alvejante.

Coloquei a minha para secar, mas usei de novo o secador na camisa do Óskar. Essa foi a parte mais longa de todo o processo — deixar a coisa seca o bastante para dar a ele. Eu tinha uma sacola de presente e papel de seda dos pacotes de roupas de ontem, então coloquei a camiseta, a calça de pijama e os All-Stars dentro e desci para o lobby.

Atli e uma garota estavam na recepção, debruçados sobre os blocos de Jenga. Perguntei pelo Óskar, e a garota me acompanhou até um escritório lá atrás. Quando bati na porta, Óskar disse algo em islandês. Inclinei-me na entrada e soltei umas frases que aprendi usando um tradutor *on-line*:

— Eu não falo islandês. A não ser por essa frase e esta outra que a explica. — Claro, roubei de uma piada de *Uma Família da Pesada*, mas ouvi um "Rá!" curto e genuíno quando Óskar abriu a porta.

— Sua pronúncia é terrível — disse ele, gesticulando para eu entrar. — Entre, garoto americano. Tenho tesouros do seu mundo natal.

— Você parece estar de bom humor… Ei, são cookies do Subway? — perguntei quando ele me ofereceu um saco de papel branco muito familiar. — Tesouros do meu mundo natal, hein?

Eu tinha visto várias filiais do Subway em Reykjavik. Domino's Pizza, também.

Peguei um cookie de uva-passa com aveia e afundei numa cadeira no canto.

— Nossa, isto tem mesmo gostinho de casa. Desculpe por interromper seu jantar. — Havia um sanduíche meio comido na mesa dele.

— Não tem problema. Eu bem que poderia fazer uma pausa — respondeu ele, fechando algumas abas de planilhas em sua área de trabalho. Todas as suas pastas e coisas estavam espalhadas também. Então, acho que o que pensei ser lição de casa era trabalho. Eu me pergunto quantos anos ele tem.

Na mesa, também havia uma foto emoldurada de Bryndis, Karl e seu pai.

— Espere — eu disse —, este é o seu escritório? Você é o gerente do hotel?

Ele assentiu, abrindo uma aba do navegador.

— Olhe, mais uma coisa para você.

Netflix. Ele abriu a Netflix como se não fosse nada demais.

— Como?!

— Coisa técnica de computação. Você tem que criar uma rede privada e enganar seu computador para ele pensar que está nos Estados Unidos.

— Hã.

— O que você quer ver? — perguntou ele. — Traga sua cadeira aqui para poder ver mais de perto.

— Oscar? — Droga, pronunciei o nome dele errado. Mas ele não me corrigiu.

— Sim?

— Eu vou abraçar você.

— Não! — Ele tentou se desvencilhar.

— Tarde demais! — Fui por trás da sua cadeira, joguei os braços ao redor daqueles ombrinhos magros e deixei cair o pacote de presente no colo dele.

Ele ignorou meu breve abraço e se concentrou no pacote.

— Que é isso?

— Seus sapatos e sua calça. E fiz um presente pra você.

— *Takk*. — Ele ficou com as orelhas vermelhas de vergonha. Desembrulhou a camiseta. — Você fez isto? É muito legal. Gostei.

— Mesmo?

— Sim. — Ele ainda estava um pouco corado, o que é estranho. Imagino que, em seu trabalho, as pessoas provavelmente lhe deem presentes o tempo todo.

— Certo. Bom, eu só queria agradecer por tudo. Principalmente as botas.

— Botas? — disse ele, pegando o sanduíche. — Que botas? Não fui eu. Devem ter sido os elfos.

— Elfos! Eu não caio nessa de nós-todos-acreditamos-em-elfos, cara. Acho que seu país inteiro ficou bêbado em uma véspera de Natal e disse: "Sabe o que a gente devia fazer para curtir com a cara das pessoas…?".

Óskar zombou:

— Você não deveria ofender o *huldufólk* assim. Eles estão sempre ouvindo. São criaturas muito inteligentes…. Inteligentes o bastante para saberem que um par de botas masculinas teria pouca utilidade para três mulheres sem dinheiro e só de passagem. Tudo o que precisaram fazer, tenho certeza, foi levantar cedo de manhã e visitar as duas ou três lojas de roupas de segunda mão no centro da cidade…

— Ah. Então, eles encontraram minhas botas antes de você decidir que devíamos partir para cima das pessoas que as roubaram?

O que foi aquilo? Se ele encontrou minhas botas no começo da manhã de ontem, isso significava que já estava com elas quando saímos ontem à noite. Será que ele só me tirou do hotel para que um dos seus colegas de trabalho pudesse deixar as botas no meu quarto?

— Ah, não sei. Nem sempre me comunico bem com os elfos. Mas acredito que eles também possam ter hackeado nossos sistemas de computador para poder cobrar do seu quarto uma comissão um tanto alta. Criaturas inteligentes.

— Hum. Isso É inteligente. Acho que vou ter que fazer umas camisetinhas de galáxia e deixá-las no meu quarto, como naquele velho conto de fadas do sapateiro.

— Isso seria sábio. — Ele voltou para o computador.

— Você gosta de *It's Always Sunny in Philadelphia*?

— Hã, gosto!

Então, vimos um episódio enquanto Óskar terminava seu sanduíche e depois partia para os cookies. Gargalhei alto umas vezes, mas o máximo que Óskar fez foi um "rá" de vez em quando. Depois que o programa acabou, ele disse que tinha que voltar à papelada.

— Bom, espere. Preciso falar com você sobre uma coisa. E tem a ver com o trabalho. — Apoiei o cotovelo na mesa, como se o que estava prestes a dizer fosse muito casual.

Óskar recolheu os restos da refeição e jogou na lata debaixo da mesa.

— Tem algo errado com seu quarto?

— Não. O quarto é bom. Mas agora enjoei dele.

— Quer um quarto diferente? Receio que todos tenham a mesma aparência.

— Não. Só quero sair dele. Acho que preciso que você faça o seu negócio de *concierge* ou sei lá. — Suspirei. — Estive pensando no meu objetivo. O objetivo da minha viagem, quero dizer.

— E?

— Estou aqui porque perdi alguém. Quero dizer, você me ouviu contar ao policial o que está acontecendo com minha namorada, certo? E eu preciso, sei lá, processar tudo, acho? Hum, ela meio que foi meu primeiro amor.

Foi assim que decidi começar a pensar em você. Primeiro. Amor. Perdido. É poético, mas também meio que… normal? Muita gente perde o primeiro amor. Talvez, todo mundo.

— Sinto muito — disse Óskar.

— Não, eu é que sinto muito. Não quero descarregar toda a minha neurose em você. Só vou dizer que estou tentando descobrir como me desapegar dela, mas também quero fazer algo para honrá-la. Comecei uma coisa e não sei bem aonde isso vai me levar. — Contei sobre as fotos que tenho tirado. — As botas são muito importantes para mim. Então, obrigado.

Óskar endireitou as costas na cadeira. Ele estava rabiscando num bloco de papel amarelo e não olhava para mim, como se estivesse tentando dar a impressão de que não se importava. No entanto, estou começando a pensar que talvez esse modo do Óskar mostrar desinteresse signifique exatamente o contrário.

Nunca conheci ninguém tão falso de um jeito tão benevolente.

Ele ergueu o olhar. Breve contato visual, e sua voz era muito suave. Ele sabia que estava se aventurando num território pedregoso.

— Como ela era?

Hesitei, porque não sabia ao certo se queria entrar nesse território também. Ele assentiu com a cabeça e voltou para o seu bloco de papel. Estava desenhando uma espiral, ou um labirinto, talvez. Um labirinto, sim.

— Ela era elétrica. Era toda extrovertida, e sincera, e emotiva. Simplesmente muito viva. É por isso que é uma droga vê-la numa cama de hospital. Todos aqueles tubos e máquinas, cara. E o som. — Imitei aquele ruído de Darth Vader do seu respirador. — É isso. Um som horrível e inumano.

O coitado do cara, não sabia no que estava se metendo. Era como se, depois de dar a mim mesmo permissão para falar sobre você, eu simplesmente não conseguisse parar. Dei uma guinada de 180 graus, mudando de assunto da Vivian do Hospital para a garota que parecia mais super-heroína do que humana.

— Eu me apaixonei por ela em um festival de música. Meu melhor amigo, Brian, deveria ir comigo, mas acabou tendo que trabalhar, então a Vivian comprou o ingresso dele. E ela mudou toda a experiência para mim. Tipo, quando eu e o Brian vamos a um show, geralmente ficamos de boa lá no fundo. Mas a Vi é uma dessas pessoas que atravessam a multidão. E ela dança e fica totalmente bêbada. Ela fala com estranhos e faz amigos. Ela comeu uns cogumelos uma noite e sumiu, me borrei de medo, mas sinceramente não sei se estava preocupado com ela ou só amarelei por estar sozinho. Então, quando ela finalmente apareceu na nossa tenda naquela noite, eu surtei com ela. E ela veio com: "Finalmente você gosta de mim". Porque acho que ela tinha uma queda por mim havia muito tempo. E aí ela me beijou.

Óskar quase sorriu ao ouvir isso. Seu labirinto tinha se espalhado, cobrindo um quarto da página. Senti como se eu estivesse naquele desenho e, de alguma forma, eu me trancara lá dentro. Mas meus muros eram feitos de palavras, e eu não sabia mais como encontrar o fim da história.

E se eu fizer alguma coisa com aquelas fotos? Compartilhá-las de algum modo? Será que as pessoas vão gostar? Será que vão ter nojo, achar que estou me aproveitando da sua fama ou de alguma forma lucrando com o que aconteceu a você? Mas, se você, a pessoa mais forte e sensacional que conheci, não conseguiu lidar com os trolls, como eu poderia?

— Ela beijou você. — A voz do Óskar me trouxe de volta à história que estava tentando contar. — E depois?

— E isso meio que me assustou. Porque toda essa coisa de sexualidade sempre foi meio vaga pra mim. É difícil ser um cara quase sempre hétero num ambiente muito gay. Às vezes, só preciso sair dessa bolha. E, outras vezes, sinto que tenho que mostrar que sou "gay" para me encaixar, o que é o problema oposto ao que a maioria das pessoas na minha vida tem.

Houve longas épocas na minha vida em que fiquei pensando "não, eu sou hétero, totalmente hétero, lá lá lá" e tal. Mas, agora, eu diria que sou *queer*. Tecnicamente, pansexual. E, se você quiser uma definição precisa, demissexual, talvez. Mas eu gosto de *queer*, porque é meio antiquado e engraçado.

Fiz uma pausa para ver se alguma coisa naquele falatório fazia sentido para o Óskar. Mas, como de costume, seu rosto era uma folha em branco. Ainda não tenho ideia de onde ele fica na escala Kinsey.

— Mas, de qualquer jeito, a Vivian sempre pareceu muito segura de si quanto a isso. Mesmo quando os pais dela não concordaram, ela ainda gritou com toda a firmeza: "Eu sou menina. Eu gosto de menino". Ela era uma ativista, criou um site enorme e maravilhoso. Ela sabia como causar impacto, sabe? — falei. — Tipo, se eu jogar uma pedra na água, ela afunda. A Vi fazia a pedra quicar. Ela era muito criativa e gostava de registrar tudo. Eu a ajudava com isso, ajudei a fazer *brainstorm*, e gravei os vídeos dela para o YouTube, e trabalhei no design do site, coisas assim. Ela estava ficando bem famosa na internet, especialmente com outros jovens *queer*, mas eu não estava muito envolvido nesse aspecto. Sou mais o tipo de cara que fica nos bastidores, sabe?

Óskar assentiu. Talvez, eu não tivesse perdido a atenção dele ainda. O labirinto se espalhava para os cantos mais distantes da página.

— Hum, acho que dá para dizer que brigávamos com muita frequência, mas não é nisso que eu quero me concentrar. Acho que isso diz alguma coisa sobre o nosso relacionamento. Quero dizer, ela me deixava maluco às vezes, mas eu a amava tanto que as coisas boas superavam as ruins. Só que agora estou meio enterrado nas ruins e ela não está aqui para me desenterrar. Então, é... desculpa. Falei demais. E parece que não disse nada.

Óskar ergueu as sobrancelhas. Quando percebeu que eu finalmente terminei de tagarelar, ele piscou mais algumas vezes e disse:

— É interessante. E acho que suas intenções são nobres.

Não me sentia muito nobre, mas simplesmente meneei a cabeça.

— O site da Vivian acabou, e isso é minha culpa. Acho que eu nunca poderia fazer nada tão bom quanto a *Mixtape* sozinho, mas quero fazer alguma coisa. Por ela. Para ter uma conclusão. Isso dá uma ideia melhor do meu objetivo? Quero dizer, você acha que pode me ajudar?

— Vou descobrir um jeito. Pode me dar algum tempo, talvez, para pensar nisso?

— Ah, sim. Ok.

— Obrigado de novo pela camiseta.

— De nada. — Nessa hora fiquei um pouco nervoso, como se tivesse feito algo errado ou desperdiçado o tempo dele. Eu sabia que tinha falado demais e não podia voltar atrás. Então, levantei e fui até a porta, antes que minha boca levasse a melhor sobre mim outra vez.

Quando eu estava saindo, Óskar arrancou o labirinto que estivera desenhando no bloco amarelo e o entregou para mim. No pé da página, ele havia escrito a palavra *hinsegin*. Procurei o significado na internet. É o termo islandês para *queer*.

Sei lá, se ele está zombando de mim. Ou, talvez, apenas me dando outro termo obscuro para usar por aí. Ou acho que ele pode ter me contado algo sobre si mesmo.

Sei lá.

Ele ligou para o meu quarto algumas horas depois.

— Olhe seu *e-mail*.

Cliquei, mensagem recebida.

De: oskar@skogarhotel.is

Miles,

Acho que Vivian diria que o melhor modo de honrar a vida dela é aproveitar a sua. Acha que ela caçoaria de você por dormir o dia todo num quarto de hotel quando você está no país mais bonito do planeta? Se ela estivesse aqui com você, as botas dela já não teriam caminhado pela areia preta, pelos campos de lava cobertos de musgo e por trás das cachoeiras? Acredito que você a teria acompanhado fielmente, garantindo que todos os momentos favoritos dela fossem capturados em vídeo ou cuidadosamente anotados. Talvez, você já tenha acreditado que era melhor viver sua vida na sombra da vida dela. Espero que não seja muito petulante da minha parte dizer que esse não é mais o caso. Seu objetivo, como o de qualquer jovem viajando sozinho a um lugar exótico, é encontrar-se.

Para começar, eu diria que você deveria ver mais da Islândia. Já contei que este é o lugar mais bonito do planeta? Descanse bastante esta noite e esteja no lobby amanhã às 8h45. Agendei um passeio, se você estiver interessado. É um longo passeio. Você passará a maior parte do dia fora, mas há muitos lugares para ver. Gostaria de lhe contar mais, mas acho que você pode gostar de uma surpresa. O custo é de cerca de US$ 70,00 e você pode recusar se não lhe interessar.

Eu estava pensando no amor de Vivian por registrar as experiências, na sua necessidade de ajudá-la e em expressões americanas sábias. Está claro que você já sabe que as fotos que tirou são importantes, e concordo que deveria compartilhá-las, mesmo que tenha medo de fazer isso. Tomei a liberdade de criar uma conta no Instagram para você, para que possa registrar sua própria jornada. Um novo começo e nada intenso demais. Não sou psicólogo, mas recomendaria que você usasse isso como um catalisador, um modo de deixar de ajudar Vivian a contar as histórias dela e viver a sua própria. O nome da conta é miles.e.as.botas.dela, e a senha são suas iniciais mais o número do seu quarto no hotel.

Bem, essas são minhas ideias por enquanto. Por favor, avise-me se você achar que elas são bobas e estúpidas, e vou tentar pensar em outra coisa. Espero vê-lo de manhã. Ah, e não se esqueça de se vestir em camadas, pois o clima daqui pode ser bem imprevisível.

Atenciosamente,

Óskar

CAPÍTULO 13

Do distante Miles para a garota Vivian
11 de junho de 2015, 23:15

Eu tirei umas mil fotos hoje. Mas também tratei de olhar para as coisas fora da minha lente. Estou tentando encontrar um bom equilíbrio aqui, entre fazer arte e viver a arte.

Mas adoro ter todas essas fotografias. Quando eu terminar esta mensagem para você, vou carregá-las no meu iPad e fazer uns experimentos. Posso usar o Instagram e até postar algumas delas. Ainda não decidi.

Usei minha camiseta de galáxia hoje. Teria sido esquisito se eu tivesse aparecido no lobby e Óskar estivesse usando a dele, mas, obviamente, quando o vi, estava com sua roupa de trabalho: camisa, calça e gravata borboleta. Ele estava ocupado na recepção, mas, quando se liberou, saiu para o pátio e sentou-se na minha frente durante o café da manhã.

— Você vai comer isso?

— Esse era o plano. — Empurrei meu prato adiante. Ele pegou uma fatia de abacaxi e mordeu. Perguntei qual era o lance dele com comida roubada, e ele disse que o sabor era melhor. Então, me deu o *voucher* para o passeio. Dizia Aventura na Costa Sul. Expliquei, porém, que não sabia bem se usaria o Instagram. — Ainda estou tentando decidir se essa necessidade constante de megapixels é prejudicial para a experiência humana ou sei lá. Mas, como você pode ver, estou com esta câmera enorme pendurada no pescoço...

Ele avançou para um pedaço de pão de banana e não ofereceu nenhuma opinião sobre o assunto. Perguntei se eu poderia tirar uma foto dele:

— De jeito nenhum — respondeu. Então, não tirei, mas agora estou morrendo de vontade.

O passeio foi muito bom. Passei boa parte do dia dentro de um ônibus.

Todos ao meu redor pareciam ser casais, e lá estava eu ao lado de um assento desocupado. Então, um matiz obscuro de solidão pairou ali o dia todo, mas fiz o possível para deixá-lo de lado.

Gostaria de poder lhe contar cada detalhe, mas não há palavras. Caminhei por uma geleira, uma praia de areia negra, por trás de uma cachoeira. Fiquei parado à base de uma cachoeira de 275 metros, depois subi correndo uma escada e admirei a vista do topo. Dei uma olhada no museu folclórico, entrei numa casa de turfa e ouvi um homem de 94 anos tocar um órgão dentro de uma dessas igrejinhas islandesas atarracadas.

O guia turístico disse que os elfos são um mito do cristianismo — os filhos sujos de Eva que ela tentou esconder durante uma visita surpresa de Deus. Ultimamente, não sei o que acho de toda essa coisa de religião, mas quando estava naquela igreja fiquei pensando no fato do Óskar ter localizado suas botas ser como um milagre para mim.

Toda vez que parávamos para ver um marco, eu tentava dividir meu tempo. Dediquei três quartos a "tempo para mim", só absorvendo tudo o que precisava vivenciar. O outro quarto, usei para fotografar suas botas. Algumas pessoas da excursão me perguntaram por que ficava tirando os sapatos. Fiquei meio constrangido, mas decidi bancar o artista misterioso e respondi simplesmente que era "um projeto".

Cada vez que sentia falta de você, ou pensava que a paisagem era algo que você adoraria ver, ou quando passava a imaginar você lá e começava a enquadrar uma foto sua mentalmente — eu fotografava suas botas vazias.

No fim do dia, minhas meias estavam ensopadas e pretas por causa das cinzas e da areia vulcânicas.

Do distante Miles para a garota Vivian
12 de junho de 2015, 17:19

Hoje de manhã, enquanto procurava um novo cartão de memória para minha câmera, achei aquele caderno de desenho que minhas mães me deram antes da viagem. Levei-o comigo para o café da manhã, parando para pegar emprestada uma caneta do Óskar na recepção.

Ele estava ao telefone quando o vi, então só fiz um gesto como se estivesse escrevendo no ar e ele meio que sorriu e deixou uma caneca cheia de canetas no balcão à minha frente. Mesmo que as canetas fossem todas iguais, verde-floresta com uma árvore e o logotipo do hotel na lateral, fiquei um tempo olhando-as, como se escolher uma fosse uma tarefa difícil.

Na verdade, eu estava ouvindo Óskar falar inglês com alguém ao telefone.

— Eu não tenho ignorado você. Talvez, se você tivesse programado essa visita… Não, eu odeio surpresas. Você já deveria saber disso. — Ele estava falando devagar, como se a pessoa do outro lado fosse uma criança à beira de um ataque de birra. Meu palpite é um interesse amoroso. Tentei imaginar como poderia ser o amor desprezado do Óskar, minha mente dando voltas entre uma garota europeia arrogante com uma dessas piteiras longas, ou, talvez, um daqueles levantadores de peso de teatro vaudeville, com macacão colado e bigodinho torcido. Nenhum ser humano real poderia fazer esse papel, só uma caricatura que ficasse bem com roupa listrada.

Óskar finalmente tirou uma caneta da caneca e a entregou para mim com um olhar que sugeria que eu fosse cuidar da minha vida. Guardei a caneta no bolso e fui para o bufê do café da manhã. Agora já dominei o procedimento todo. A primeira coisa que faço é o chá. Uma xícara de porcelana branca cheia até a borda com água quente do bebedouro e um saquinho de Earl Grey da cesta que fica no balcão. Deixo descansar enquanto encho o prato. Hoje, porém, peguei um segundo prato menor e enchi com frutas e pão de canela.

Depois deixei o prato extra à minha frente na mesa e esperei que as fadas chegassem.

— Não-não-não. Isso é para o povo oculto — avisei quando apareceu o Ladrão de Café da Manhã. — Sabe, aqueles que recuperaram meus sapatos.

— Acho que as fadas só comem pingentes de gelo — disse Óskar, mascando um morango. — Ou néctar de madressilva.

Isso vai parecer estranho, mas Óskar meio que tem esse silêncio que o acompanha. É como aquele momento no cinema, logo que as luzes começam a se apagar. É um silêncio que exige atenção, mas não espera nada em troca.

Terminei meu prato e beberiquei meu chá. Óskar usou uma faca de manteiga em sua comida, cortando as uvas ao meio e o pão em quadrados cada vez menores. Não houve nenhum som, exceto o tilintar dos talheres e alguns pássaros no céu.

É raro, acho eu, encontrar alguém com quem você possa realmente conversar. E ainda mais raro conhecer alguém cujo silêncio complementa o seu.

Depois de um tempo, abri meu caderno de desenho — foi como rachá-lo em dois, porque a lombada fez um barulhinho agradável. Sentei, caneta na mão, mas não sabia por onde começar.

Então, empurrei o caderno pela mesa e ofereci a caneta ao Óskar. Ele começou a desenhar linhas, outro labirinto, mas só nas bordas da página, criando uma moldura. Deixou o centro em branco e o passou de volta para mim.

— O que isto quer dizer? — perguntei, apontando as palavras estrangeiras que ele havia entrelaçado ao labirinto.

— Se você se vir perdido numa floresta na Islândia, levante-se.

Olhei além dele para a paisagem em volta do hotel, onde as árvores são muito pequenas e esparsas.

— É isso aí.

Depois do café da manhã, andei pelo centro da cidade e peguei o elevador até o topo daquela grande igreja que está em todos os folhetos de viagem. Passei algum tempo olhando para a cidade, esboçando aqueles telhados coloridos que a Mamushka me mostrara. Usei a mesma página que Óskar tinha começado, então meu desenho ficou dentro do dele.

Não é como pensei que seria, nem um pouco. Toda essa arte que estou fazendo lentamente sem você. Pensei que o ato real me incomodaria, os desenhos, as fotos. Mas não são eles o problema. Começar é a parte difícil. Aquele segundo antes que o obturador se fecha. Ou a distância entre a caneta e a página.

Estou preenchendo essas lacunas agora. E a sensação é muito boa.

Enquanto estava lá em cima, desenhando, o sino da torre tocou. Meio-dia. Foi o som mais alto do mundo, algo que sacudiu meu corpo inteiro. Eu me senti oco, depois cheio de som. Isso me abalou, Vi. Talvez, até tenha me despertado.

Depois que saí da igreja, fui novamente à loja de artes e comprei uns daqueles bons lápis aquareláveis. Acho que talvez eu queira tentar pintar esse desenho em algum momento.

Então, andei à toa por um tempo, tirei mais fotos das suas botas. Eu gosto da cidade. Acho que estou me afeiçoando a ela. Talvez, seja hora de partir. De fazer algo maior. Dar o fora.

Estou pensando em alugar um carro e simplesmente sair dirigindo pelo campo. O caso é que não quero fazer isso sozinho. Quem pega a estrada sozinho?

Do distante Miles para a garota Vivian

12 de junho de 2015, 21:32

Mais cedo, eu estava sentado na cama, comendo cereais secos e vendo vídeos ruins de música islandesa quando Óskar apareceu à minha porta.

— Calce os sapatos. Vamos sair para comprar cerveja.

— Ora, olhe só pra você. Cacete, parece o sexto Ramone.

Ele usava jeans, uma camiseta branca, uma jaqueta de couro preta e seus All-Stars. E também um *piercing* de argola no nariz. E o cabelo estava solto. Óskar da Sexta à Noite é muito diferente do Óskar do Resto da Semana.

— Sapatos — repetiu, como um pai impaciente. Depois:

— Só havia quatro Ramones.

— Riff Randell foi o quinto Ramone honorário — argumentei, amarrando as botas. — Sem falar dos outros membros de verdade que chegaram e foram embora ao longo dos anos.

No caminho para seu Jeep, Óskar perguntou se eu entendia muito de música, ou só dos Ramones. Também perguntou se eu conhecia bem a banda favorita dele, o R.E.M. Escolha interessante.

— Eles são os Smiths do sul dos Estados Unidos — disse ele.

— Eu sou do sul. Mais ou menos — respondi.

— Eu também. Do sul da Islândia.

Eu ri. Ele zarpou de Reykjavik e pegou a estrada em direção ao aeroporto. Quando perguntei por que não comprávamos cerveja na cidade, ele disse que o seu primo trabalha numa das lojas do aeroporto e nos venderia álcool isento de taxas aduaneiras. Ainda não entendo bem essa história de "taxas aduaneiras", mas acho que sem elas as coisas ficam muito mais baratas. Além disso, há um limite para a quantidade de álcool que uma pessoa pode comprar, então era por isso que ele estava me levando. Não que eu me importasse, mas...

— Qual é, hã, a idade mínima pra beber aqui?

— Vinte.

— Sou jovem demais, cara.

— Sério? Você parece mais velho.

— Não pediram pra ver meus documentos no barco, na outra noite — contei. — Deve ser minha alma antiga.

Eu havia levado minha câmera. Depois que fiz algumas fotos dos campos de lava pela janela, Óskar parou o carro e disse que eu deveria tentar caminhar no musgo.

— Mas não dê uma de babaca — disse ele. — Qualquer dano que você cause levará décadas para ser reparado.

— Não sou babaca. Vou tratar seu precioso musgo com jeitinho.

Atravessamos a rua e subimos a colina até o campo de lava. Era glorioso, esponjoso e macio, como andar numa cama elástica. Ou na lua. Óskar disse que o governo dos Estados Unidos mandou os astronautas para a Islândia na década de 1960 para estudar os campos de lava e se preparar para o pouso lunar. Muito legal.

Ele me observou fotografar suas botas diante daquela paisagem alienígena verde e não disse nada, à sua maneira oskaresca. Quando terminei, perguntou se eu queria que ele tirasse uma foto minha. Não sei por quê, mas hesitei por um minuto, depois entreguei a câmera.

Olhei para as minimontanhas enquanto ele fazia a foto. Fiquei muito sem graça. Depois, pensei "que se dane" e deitei no musgo, que era mais ou menos o que eu queria fazer desde que tinha chegado ao campo. É um material convidativo. Tão macio.

Óskar ergueu as sobrancelhas e tirou outra foto. Então, levantei e espanei a roupa, e ele me devolveu a câmera antes de voltarmos para o carro. Óskar cruzou a estrada à minha frente, e acabei tendo que esperar um ônibus antes de passar. Enquanto esperava, tirei uma foto dele, afastando-se com passos largos. Nessa região, a rodovia fica bem perto da costa e o ângulo da foto fez parecer que Óskar ia sumindo no oceano. É uma foto muito legal, mas tive receio de mostrar a ele.

— Você vai sair hoje à noite? — perguntou ele. — Tem que fazer o *rúntur* pelo menos uma vez. Alguns dos bares são para todas as idades.

— Vou, provavelmente. — Eu não tinha pensado na tradição de percorrer bares desde minha noite com a Shannon.

Conversamos um pouco sobre o passeio que ele havia marcado para mim. Agradeci mais uma vez e disse que estava perto de descobrir... o que quer que eu deva descobrir.

— Então, você vai pra cama com minha colega de apartamento? — perguntou ele quando entramos no aeroporto.

— O que faz você pensar que isso está na minha lista de tarefas?

— Quantos anos você tem?

— Dezoito.

— Nenhum cara de dezoito anos vai sozinho para outro país por um mês sem a intenção de ir pra cama com alguém.

— Também posso provar a culinária local. — Sorri e encolhi os ombros, como se um pouco de ação não fosse uma experiência transformadora.

— Para sua sorte, Björk vai estar no *rúntur* hoje à noite. Ela também é artista, sabia? E é meio doida. Já fomos a uma orgia juntos, ela e eu. Mas não transamos com ninguém. Ninguém estava usando camisinha. Acho que faz sentido. Numa orgia, quem tem tempo pra camisinha? Mas nós dois tínhamos acabado de ler *Só Garotos*, da Patti Smith, e achávamos que éramos os próximos Patti e Robert. Se bem que não sei quem é Patti e quem é Robert, já que ela é a artista e eu sou o músico. Mas nenhum de nós quer morrer de AIDS, então fomos embora.

Além do seu discurso sobre o vulcão, essa é literalmente a fala mais longa que já ouvi do Óskar. Adoro que tenha sido sobre orgias, e Patti Smith, e camisinha e tal. Sério?! Esse cara, Vivian…

— E aí? Ela, hã, disse alguma coisa sobre mim? — perguntei. — Quero dizer, por que você tocou no assunto?

— Arrã, ela acha você fofo.

— Fofo? Essa é a palavra que ela usou? Não "dono de uma beleza selvagem" ou "de molhar a calcinha" ou qualquer coisa assim?

— Não sei. Talvez, fofo não seja a palavra certa. Ela falou em islandês. Em todo caso, basta para entender que ela provavelmente quer ir pra cama com você.

Olá, mundo. Hoje à noite vou pegar a Björk na Islândia.

— Vou levar camisinhas — garanti. Besta.

— Boa ideia.

Então, entramos no aeroporto e Óskar comprou TUDO QUANTO É CERVEJA, depois fomos ao apartamento dele em Reykjavik para deixar todas lá. Eu esperava rever a Björk, mas Óskar me disse que ela estava trabalhando.

— Este lugar é chique pra caramba, cara. — Piso de madeira, teto inclinado e móveis modernos, elegantes. Um piano de cauda na sala de estar.

— Vou me mudar em algum momento — ele disse, de costas para mim enquanto abastecia a geladeira. — Não combina mais comigo.

— Não, combina perfeitamente com você. É tudo bacana e arrumado à primeira vista, mas em algum lugar... — Eu me virei e avancei pelo corredor. — Em algum lugar aqui deve ter um quarto totalmente bagunçado!

— Não! — Óskar me perseguiu pelo corredor.

Havia três portas nele. Pulei a primeira, imaginando que alguém tão reservado quanto Óskar não escolheria o quarto mais próximo da sala de estar. A porta ao lado era o outro quarto ou um banheiro, mas decidi que era o banheiro e fui para a terceira. Óskar passou derrapando à minha frente e colou as costas à porta, me bloqueando.

Estávamos muito perto um do outro. Praticamente peito com peito. E lá estava, de novo, aquela corrente elétrica idiota entre nós. Também senti outra coisa vinda dele. Um limite que eu não tinha permissão para atravessar.

— Hã — eu disse. — Você está escondendo um cadáver aí dentro?

— Uma pintura. Eu não queria que ela o pegasse desprevenido.

Qualquer química elétrica e sexy que eu tenha sentido evaporou na mesma hora, e senti um frio na barriga. Só conseguia pensar numa razão para Óskar se preocupar que uma pintura pudesse me abalar. Engoli em seco, com força, e passei por ele, entrando em seu quarto. Era mais arrumado do que eu havia pensado. A cama estava feita, e todos os móveis combinavam. Havia algumas guitarras penduradas na parede.

Nenhum cadáver escondido. Só uma das suas pinturas, Vi, na parede em cima da cama.

— Puta merda.

Ele afundou no canto do colchão enquanto eu me aproximava para olhar mais de perto. Então, acho que Óskar é o orgulhoso proprietário de uma reprodução do *Abraço Alado*. Agora que pensei nisso, lembro-me da Mamuhska dizendo que uma cópia tinha sido vendida para alguém na Islândia, um detalhe que pareceu insignificante e passou despercebido até me atingir na cara. Como eu poderia saber que algum dia estaria no quarto daquela pessoa, olhando para um retrato de você e eu nos braços um do outro?

— Sabe o que é que é mais engraçado? Sempre penso nessas coisas como dela. As pinturas da Vivian. Mas agora que estou olhando... Eu projetei as asas dela. Fiz com um lençol velho que veio de um brechó. Usei até uma máquina de costura. E os meus chifres... papelão e espuma para artesanato. Eu escolhi a pose e fiz a foto para ela se inspirar. Cacete, até... Olha, está vendo aquelas pinceladas verdes lá no fundo? Fiz isso também. Há tanto de mim nesta pintura, e é tão estranho que ela esteja no seu quarto. Droga, por que estou olhando para isso agora? Como assim?

Como é que ele podia ter essa pintura, essa parte de mim, de nós? Vê-la me fez ter quase certeza de que minhas mães estavam metidas nisso de alguma forma. Mamushka havia subornado Óskar com uma pintura em troca de cuidar de mim? "Sair para comprar cerveja" de repente pareceu um pretexto mentiroso, e isso doeu.

Olhei firme para Óskar e esperei que ele inventasse a mentira perfeita. O que, é claro, ele fez.

— Ganhei isso há um ano, durante a arrecadação de fundos para Vivian. Foi um presente do meu namorado. Meu em-breve-ex-namorado, espero. Ele é um colecionador de obras de artistas LGBTQ. Encontrou a impressão *on-line*, e eu gostei. Gosto de Henry Darger, e a história de Vivian me comoveu, então ele comprou para mim. Ele compra tudo o que eu quero. Estou farto disso.

Fiz uma careta e decidi deixar o assunto girar em torno dele em vez de mim. Ainda estava incomodado com a pintura, mas, para ser sincero, fiquei intrigado. Quero dizer, mesmo que minha teoria seja verdadeira e ele ESTEJA cuidando de mim, é fascinante imaginar por que alguém como ele concordaria em fazer isso. Quero dizer, ele gosta tanto assim da nossa arte ou o quê?

— Então, você tem um namorado provedor, hein? Eu nem tinha certeza de que você era gay.

— Não dá para perceber?

— Hã... talvez? Sei lá. Acho que meu gaydar ficou danificado no avião. Vocês, *hipsters* escandinavos, parecem todos *queer* pra mim. Em todo caso, tem um cara bacana que compra coisas pra você o tempo todo, e você está de saco cheio?

— Não me sinto à vontade para discutir os problemas do meu relacionamento com você.

O modo como Óskar consegue simplesmente se desligar e me bloquear é quase uma coisa visível e tangível. Ele é tão esquisito e interessante que eu só queria, sei lá, segurá-lo de cabeça para baixo e sacudir. Para ver que tipo de coisa legal cai dele.

— Você tem um retrato praticamente nu de mim e minha namorada agora em coma pendurado em cima da cama e...

Parei porque o próprio Óskar havia saído do quarto e seguia pelo corredor. Dei uma última e longa olhada na pintura. Eu tinha esquecido as reproduções. Desde que destruí o original, me sinto um pouco melhor sabendo que, pelo menos, algumas cópias existem em algum lugar do mundo.

Enfim, agora estou de novo no hotel. Peguei o ônibus porque deu para perceber que Óskar não queria mais lidar comigo hoje. Mas, antes que eu saísse, ele me deu um pacote com seis latas de cerveja Viking e disse para eu começar a beber por volta da meia-noite e nem pensar em sair do meu quarto, até haver liquidado tudo.

Respondi que não sou muito de beber. Nem sabia se conseguiria beber tanto sozinho.

— Então, você não merece estar na Islândia — disse ele.

— Então, quando e onde devo encontrar você e a Björk?

— Vamos nos esbarrar em algum momento, tenho certeza. Senão, você vai encontrar alguém para levar para casa esta noite. É o *rúntur*; todo mundo transa. Divirta-se.

Então, pois é. Estou sentado aqui esperando o relógio andar. Prestes a abrir a primeira cerveja.

O que quer que aconteça hoje à noite, me desculpe e saiba que eu amo você.

Do distante Miles para a garota Vivian
12 de junho de 2015, 23:03

Uma cerveja já era. Não foi tão ruim. Blééé. Meu Deus, o site que o Brian me mandou é um horror. Muito misógino. Estou tentando não deixar essas "táticas para transar" se infiltrarem muito no meu cérebro. Se a Björk quiser ir pra cama comigo, tudo bem. Eu topo. Mas não vou induzir a garota.

Neste momento, estou pensando naquela conversa que você e eu tivemos no nosso primeiro encontro oficial. Estávamos num cinema quase vazio vendo algum filme de ação, que era só máquinas e explosões, intercaladas com vislumbres de nudez feminina. Nenhum de nós estava prestando muita atenção. Quero dizer, eu gosto de peitos e bombas se estiver no clima certo. Mas aquele embaraço típico do primeiro encontro estava mesmo me afetando.

E a você também, eu acho. Você se virou para mim e sussurrou:

— Não vou transar com você.

E aí aspirei um grão de pipoca e quase vomitei um pulmão tentando limpar minhas vias aéreas. Você me deu seu refrigerante depois que peguei o meu e descobri que só restava gelo. Em todo caso, depois que consegui falar outra vez, eu disse, todo tranquilo:

— Que bom, porque eu estava mesmo esperando que a gente fosse só tomar um frozen yogurt depois do filme.

— Eu quis dizer nunca. Não só esta noite. Nunca — você repetiu, cada palavra um golpe rápido, como se estivesse atirando facas.

— Ok — respondi. Talvez não fosse a resposta certa. Falei depressa e sem pensar porque precisava dizer alguma coisa. Passaram-se alguns minutos, você e eu vendo estilhaços voarem pela tela.

— Desculpa. É que sua mãe me disse que a melhor hora pra falar sobre sexo é quando você ainda não está na cama, sabe? Senti que precisava dizer isso o mais rápido possível, porque não quero enganar você. Quer conversar mais sobre isso?

O intervalo de dois anos de idade entre nós realmente fazia diferença naquela época. Eu ainda não tinha pensado a sério na possibilidade de nós transarmos mesmo em algum momento (para ser justo, eu pensava nisso o tempo todo, do jeito abstrato como muitos adolescentes pensam), e lá estava você sendo sincera e aberta, preparada. Apesar de todas as suas besteiras, você sempre soube como e quando ser madura.

— Quer me fazer alguma pergunta?

— Não.

Mais silêncio. Bem, a não ser por aquele filme horrível.

— Ok. Bom, acho que você deveria dizer alguma coisa. Parece que você não está processando o que estou dizendo. Tipo, você não está me reconhecendo.

Olhei para você. Usava uma bandana vermelha ao redor do cabelo, como uma daquelas motociclistas das antigas. Você estava muito gata.

— Acho que você está só tentando me assustar. Porque assim seria mais fácil, certo? É melhor ser rejeitado logo no começo do que criar esperanças, né?

Então, você deu uma risada tensa e disse:

— Você fala igualzinho à sua mãe.

Encolhi os ombros, pegando sua mão. Seus dedos se entrelaçaram aos meus, e tudo ficou mil vezes mais elétrico e intenso.

— Mamãe disse para eu ler sobre isso, para eu saber mais ou menos o que esperar. É, hã, disforia, certo? Ou é porque você não sente esse tipo de atração?

— Disforia. É. A atração existe, mas não gosto de me ver pelada nem de deixar outras pessoas me verem pelada. Pensei que ficaria mais fácil, mas ultimamente só ficou pior.

— Escuta, não vamos nos preocupar com isso agora. Não estou querendo descartar o que você diz, mas também acho que a gente deveria começar, assim, pelo começo, certo? Vamos ver como a gente se sente enquanto as coisas progridem.

Meu Deus, eu falo mesmo igual à minha mãe.

Você sorriu e me agradeceu por ser tão atencioso e doce. Mas agora me encolho só de pensar em como fui sacana. Sou como um daqueles caras nojentos do site que o Brian me mandou. Você me contou o que sentia e eu tentei convencer a nós dois de que você mudaria de ideia. Ainda me preocupo. E nunca vou saber de verdade se pressionar você a lidar com seus problemas realmente melhorou as coisas ou só piorou.

Que beleza ficar chateado logo na hora em que preciso sair e curtir a noite.

CAPÍTULO 14

Do distante Miles para a garota Vivian
13 de junho de 2015, 14:18

Então, uma coisa aconteceu. Aconteceu da forma como tudo tem acontecido ultimamente: de um jeito inesperado, desajeitado. Meio que horrível.

Vejamos. Eu entornei umas três latas e meia de cerveja antes de decretar que parei. Sabe, acho que eu até poderia curtir cerveja se o sabor não fosse uma merda. Pelo menos, eu estava me sentindo meio bêbado no momento em que cheguei ao centro da cidade. Era por volta da uma da manhã e as ruas estavam meio vazias, mas não demorou muito para que todo mundo resolvesse aparecer ao mesmo tempo. Pessoas jorravam dos ônibus e outras estacionavam os carros aleatoriamente em qualquer lugar onde eles coubessem. E então tudo ficou colorido e barulhento. Fiz o que todos ali estavam fazendo: andei de bar em bar. Mãos nos bolsos, eu usava minha camisa cinza de botões e ela fazia com que eu não parecesse muito deslocado. No entanto, eu ainda tinha a sensação de ser só uma pessoa pequena dentro de uma máquina imensa que a qualquer instante o mundo me engoliria. Eu deveria ter ouvido Óskar e bebido toda a meia dúzia de cervejas, porque ainda estava tímido demais para conversar com alguém.

Por fim, cheguei ao lugar mais legal de todos, o bar-boliche Big Lebowski. Todo mundo ali estava bebendo White Russians, citando frases do filme e rindo alto demais. Conversei com uns caras por ali. Apenas uns caras héteros do Arizona. Um papo genérico sobre que lugar esquisito é a Islândia. Mas, ei, pelo menos não precisei me preocupar com aqueles tipinhos arrogantes que me falam merda por causa de você. Mas não fiquei muito ali. Estava lotado e abafado demais para que eu ficasse lá parado, sozinho.

Pouco depois, eu estava de pé na calçada quando uma garota islandesa veio falar comigo. Ela estava bêbada e muito falante, mas não era bem o meu tipo, então fiquei feliz quando o restante do grupo dela se aproximou e a levou embora. Por outro lado, me senti lisonjeado, porque alguém havia me notado.

Depois de uma hora e meia, eu estava terrivelmente entediado. E com sono. Comecei a ter fantasias com a minha cama, mas então pensei... porra, Miles, você não vai voltar pra cama sozinho esta noite! Então continuei a andar pela rua.

Uma das coisas que me ajudaram, por estranho que pareça, foi pensar em você. Você teria gostado disso, da Reykjavik à luz do sol da madrugada. É o tipo de coisa sobre a qual você falaria no seu blog, com cada momento transfigurado em fotos cintilantes e sensuais. Você é o tipo de garota que se sentiria à vontade num *rúntur*. Quase posso visualizá-la deslizando pelas ruas de paralelepípedos, com seu vestido prateado reluzente fazendo todos os garotos islandeses virarem a cabeça por onde você passasse. Eles nunca me notariam; eu seria só o cara com a câmera, sempre três passos atrás de você. Eles ririam das suas piadas, mas nem prestariam atenção quando eu sussurrasse as minhas tiradas mais engraçadas a você.

Então, tirando você da equação e a câmera, restaram só o Miles, o *rúntur* e um pouco de bebida.

Experiências. Interação humana genuína. Memórias mais importantes do que megapixels. Era o que eu estava procurando, de qualquer forma.

É mais fácil falar do que fazer.

Vi alguns bares gays, mas não entrei. Fui parar numa porcaria de danceteria para todas as idades, abarrotada de garotas com bronzeado falso... e acabei me deixando ficar sozinho no canto de novo.

— *Haaaalló*, garoto americano. — Então, de repente, Óskar estava lá em sua fantasia dos Ramones, ao lado da Björk, que pegara emprestada a jaqueta de couro dele. Ela ficava muito mais alta do que ele naqueles saltos vertiginosamente altos. Os dois estavam lindos sob a luz azul do bar, brilhando com um lustro nebuloso do suor que ganharam na pista de dança.

— Olá, cara islandês. — Eu estava muito feliz de vê-lo. Finalmente alguém conhecido com quem conversar.

Ele estreitou os olhos e se inclinou, elevando a voz para que eu conseguisse ouvi-lo acima das batidas da música.

— Nós já vimos você três vezes, mas não estávamos bêbados o bastante para falar com você.

Eu não sabia como responder a isso. Sou assim tão irrisório que nenhum islandês sóbrio arriscaria falar comigo em público? Preferi ignorar o comentário. Apenas sorri e disse oi para a Björk, e ela sorriu também.

Foi então que um homem moreno num terno caro chegou equilibrando três drinques nas mãos. Ele era absurdamente bonito... tipo o Christian Bale, talvez? Mesmo antes de ele colocar um dos copos na mão do Óskar e dizer (com um adorável sotaque britânico): "Desculpe, amor. Tinha uma fila bem grande no bar", eu já tinha percebido que esse era o namorado cheio da grana do Óskar. Ele deu o segundo copo à Björk, depois começou a bebericar seu próprio drinque.

— Esse é o Yak — Óskar disse, acenando com a cabeça na direção dele.

— Yak? — perguntei. — Como aquela criatura da floresta? — Levei as mãos até a testa, simulando chifres com os dedos.

— Como Jack — o britânico respondeu.

Ah, o Jack das 27 ligações perdidas. Eu já não gostava dele.

— Apesar disso, "Oh-skargh" insiste que eu pronuncie corretamente o nome dele — Jack continuou. — Ele não está preocupado em corresponder à gentileza.

— Ah, é? — Levantei uma sobrancelha e me virei para Óskar. — Sabe, não me lembro de ter ouvido você pronunciar meu nome alguma vez. Como você diz Miles?

Então, Óskar me olhou direto nos olhos e falou de um jeito tão automático que quase perdi a piada:

— Quilômetros.

Parei por um momento, depois as engrenagens começaram a funcionar — Miles, claro, significa "milhas" —, e caí na risada. Pela primeira vez na vida, acho, Óskar sorriu para mim de verdade. Agora entendo por que ele guarda tanto aquele sorriso. O sorriso do Óskar é horroroso. Cheio de gengivas. Meio equino.

Mas eu estava feliz, porque ele sorriu para mim.

Logo depois disso, Björk deu um gritinho por causa da música que começou a tocar, me puxando para a pista de dança. E você sabe, eu normalmente fico entediado ou envergonhado depois de trinta segundos dançando; mas a Björk estava usando aquelas calças apertadas e brilhantes, e o modo como ela dançava, de um jeito embriagado e cheio de intimidade, me fez esquecer todo o resto por um momento. Talvez o meu problema com a dança seja que eu fique pensando demais. Porque quando você está com o parceiro certo, e bebeu a quantidade certa de álcool, pode ser uma coisa bastante simples.

Enquanto eu tentava me divertir dançando com a Björk, me peguei meio que fitando o Óskar e o Jack. Talvez fosse só porque o Óskar tinha me dito que queria terminar com o Jack, mas os dois me pareciam bem infelizes. Às vezes, eu espiava e os via discutindo, e, alguns minutos depois, estavam dando uns beijos num canto escuro. Sinceramente, eu meio que senti pena deles — esse tipo de relacionamento parece desgastante.

Quanto mais eu assistia àquela novela entre Jack e Óskar, menos sedutora parecia a ideia de um relacionamento. E não estou falando de um relacionamento com Óskar especificamente, mas com qualquer pessoa. É muito complicado e arriscado entregar-se a alguém completamente.

Mesmo que eu seja um namorado muito bom. Quero dizer, eu era, não era?

De qualquer forma, na noite passada, eu pensei: *Que se danem essas porcarias de relacionamentos infantiloides. Só preciso deixar meu animal interior livre por um momento.*

Dancei um pouco mais com a Björk e logo passamos para a etapa de beijar. Minhas mãos foram parar em seus cabelos, e minha língua em sua boca. Eu a abracei e depois a beijei de encontro à parede. Esses beijos eram diferentes dos que experimentei antes. Beijos estranhos. Sem profundidade, eu acho.

A facilidade com que me perdi me assustou um pouco.

E então Óskar estava lá, escorado na parede ao nosso lado, fazendo aquele ruído exagerado de quando raspamos a garganta.

— Desculpe interromper. Yak está de mau humor e ele quer que a gente vá embora.

— Deixe ele ir — Björk disse, olhando nos meus olhos enquanto arrepiava meus cabelos. — Você pode ficar aqui com a gente.

— Ou — Óskar disse, fazendo contato visual comigo por um raro momento — talvez todos nós pudéssemos ir para casa? Tem bastante bebida pra gente lá.

Pensei que gostaria de tomar um pouco mais de coragem líquida. E também achei que era uma boa ideia ficar perto de uma cama ou de um banheiro, porque eu estava começando a desconfiar que minha noite terminaria comigo deitado em um ou em outro. Então, falei:

— É, BEBIDA. Vamos lá!

Do lado de fora, ainda havia luz do sol, e nós quatro apertamos os olhos e resmungamos quando saímos para a calçada. Jack acendeu um cigarro e foi na frente até o apartamento. Foi uma caminhada bem curta. Não tinha percebido como eles moravam perto do centro da cidade.

Então, uma grande parte da noite consistiu em Óskar e Björk me estimulando a beber mais. Ugh. No entanto, bebi. Entornei tudo o que me ofereceram até ficar estupidamente bêbado.

— Está se saindo melhor do que eu esperava — disse Óskar. — Você bebe quase tanto quanto um islandês.

— Ele é russo — Björk falou. — Acho que eles inventaram a *wodka*.

— Foram os poloneses — Jack corrigiu.

Óskar serviu mais uma rodada de doses, e todos nós dissemos *skál*, que é basicamente a versão islandesa de "saúde".

— Eu nunca, nunca, nunca fiquei tão derrubado assim — falei.

— Derrubado — Óskar repetiu, experimentando a palavra. — Gostei dessa.

— De nada.

E então ele sorriu de novo, e, mesmo que a Björk estivesse aninhada comigo e o namorado rico, bonitão e tonto do Óskar estivesse esparramado na poltrona, não consegui deixar de dizer que ele deveria sorrir mais vezes.

Isso nem é algo que eu normalmente diria. Detesto quando as pessoas mandam as outras sorrirem. Maldita *wodka*.

— Preciso ir pra cama — Óskar falou, pondo-se de pé. Ele içou o namorado da poltrona e os dois cambalearam pelo corredor, emaranhados nos braços um do outro.

Ficamos eu e a Björk. Ela não havia notado minha escorregadela com Óskar, ou então não se importava. Nós nos beijamos um pouco mais e ela perguntou:

— Quer ir para o quarto?

Comecei a ficar um pouco nervoso, apesar da quantidade de álcool perigosamente alta no meu sangue. E, como você sabe, quando fico nervoso preciso mijar. Então, pedi licença e saí tropeçando na direção do banheiro. Eu, hã, pode ser que eu tenha mijado sentado, porque estava tão bambo que não havia outro jeito de usar o banheiro sem fazer uma zona. Depois que fechei o zíper, acabei ficando ali, encostado na parede do banheiro. Eu sabia exatamente o que me esperava do lado de fora, e isso me paralisava.

— Você tá legal, Miles? — Ela pronunciou meu nome como "Maels" e não "Quilômetros".

— Arrã. — Tateei na direção da privada e descobri como aquele botão de descarga enorme é útil para esta nação de bebedores compulsivos perpétuos.

— Está enjoado?

— Não, não. — Me inclinei, apoiando a testa na porta. Meu lado animal havia recuado para a jaula de azulejos brancos do banheiro dela. Eu estava sendo eu mesmo de novo, e não fazia ideia se tinha talento para isso.

— Estou nervoso. Faz um tempo ridiculamente longo que eu não fico com outra pessoa.

— Tudo bem.

— Não, não, não, não está tudo bem.

— Vou entrar.

Me afastei da porta e precisei me equilibrar sentando na borda da banheira.

Björk entrou no banheiro só de calcinha e sutiã.

Fiquei olhando para ela como um homem das cavernas boquiaberto. Nunca estive com uma pessoa tão bonita dentro dos padrões convencionais.

— Ainda quer transar?

— Arrã.

Ela afastou os cabelos, prendendo-os atrás das orelhas, ajoelhou-se entre minhas pernas e começou a fazer o boquete mais curto da minha vida. E o da vida dela também, com certeza.

Não posso acreditar que estou contando isto a você, Vi. Eu gozei em, tipo, dois segundos! Meu pau me traiu. Ele fez assim: Quentinho? Molhado? PRONTO!

— Droga. Me desculpa. Droga.

Ela se inclinou ao meu lado e cuspiu na banheira, enquanto eu ponderava qual a forma mais rápida de chegar ao aeroporto para escapar logo deste poço de vergonha e nunca mais olhar para trás.

Para piorar as coisas, senti os ombros dela sacudindo enquanto ela ria em silêncio.

— Céus. Eu vou embora agora. Está na hora de me encolher e morrer.

Mas eu não conseguia manter o equilíbrio.

— Não, fica. — Ela se levantou e afastou meus cabelos do rosto. — Me desculpa por ter rido. Mas é que foi engraçado, né? Só um pouquinho?

Fechei os olhos e mordi os lábios, mas uma risadinha ainda me escapou.

— É.

E depois ela disse — com um vocabulário que eu, sinceramente, me sinto muito constrangido ao reproduzir — que, como eu já teria resolvido essa parte, se eu pudesse me animar de novo, eu com certeza tinha energia para fazer todas as coisas que ela queria que eu fizesse com ela. E então me agarrou pelos cabelos e me perguntou se eu ainda estava interessado em fazer todas aquelas coisas com ela... e eu fiquei:

— Hã, sim, senhora.

Ela me levou para o quarto e logo estávamos nos beijando, eu estava tirando minhas roupas, tudo isso acontecendo e tal, mas ela cambaleou um pouco e eu já estava pensando naquela coisa que começa com "c". Rá! Não é esse "c" que você está pensando. É uma outra palavra que minhas mães sempre reforçaram para mim: *consentimento*. Nós dois havíamos bebido demais para que a situação fosse legal, apesar de que a sensação era boa e eu não queria parar de beijá-la. E eu me sentia culpado por ter gozado e ela não.

Então continuei brincando com ela, mas perguntei várias vezes se tinha certeza de que queria fazer aquilo. Até que, por fim, ela me perguntou:

— E VOCÊ tem certeza?

— Não.

Minha cueca ainda estava agarrada no meu tornozelo esquerdo e eu a vesti antes que mudasse de ideia. Comecei a gaguejar, tentando me explicar, mas eu estava bêbado demais. E comecei a sentir a ansiedade me dominar do modo como andava acontecendo ultimamente. Então apenas pedi desculpas e calei a boca.

— Tudo bem — ela disse.

Por um momento, fiquei deitado ali, na cama dela, na total escuridão, esperando meus batimentos cardíacos acalmarem. Pensei sobre aquele outro dia, em que ela me levou até o jardim e, de alguma forma, me tranquilizou. Perguntei:

— Você pode me mostrar o seu quarto?

— Você vai me achar esquisita.

— Gosto de gente esquisita.

Björk acendeu as luzes. Ela vestiu uma camiseta larga e me ofereceu um tour pelo quarto.

— Estou estudando para ser cabeleireira e artista de efeitos especiais. É só para praticar, sabe?

As paredes do quarto dela eram roxas e havia prateleiras e mais prateleiras apinhadas de bonecas. Ela contou que gostava de resgatar bonecas feias nos brechós e reformá-las. Algumas estavam desfiguradas e simplesmente horríveis. Outras, ela havia transformado em fadas, sereias e górgonas com cabelos de serpentes. Ela também possuía um pequeno balcão de trabalho no canto. Com ferramentas, pincéis e essas coisas.

Óskar tinha dito que ela era uma artista, não tinha? Ele também dissera algo sobre ele ser músico e ela artista, mas eu não tinha feito perguntas sobre isso por estar muito concentrado na promessa de sexo.

— São incríveis — comentei.

Então, ela riu.

— A maior parte dos garotos que veem isso acham que sou uma *serial killer*.

— Não. Eu saquei. Sou bem fluente nessa língua das artes esquisitonas.

Então, ficamos ali conversando sobre arte. Ela me contou sobre as bonecas e as escolas de arte que frequentou. Eu contei a ela sobre a *Mixtape* e minha nova conta no Instagram.

Eu deveria saber, Deus. Deveria saber desde o começo que eu não estava procurando sexo. Eu só queria alguém para me ouvir enquanto chorava minhas angústias sobre você e a arte.

Por fim, acho que dormimos. Acordei ao lado dela e ambos estávamos encolhidos em cima das cobertas. Algumas horas haviam se passado e precisei mijar de novo. Ainda um pouco embriagado, consegui cambalear até o banheiro. Dessa vez, fui capaz de fazer xixi de pé. Porém, quando fui lavar as mãos, tive um relance do meu rosto no espelho e quase me caguei de medo.

O lado esquerdo do meu rosto não estava mais ali. Havia só uma caveira. Recuei diante da visão e, em seguida, aproximei o rosto do espelho de novo.

Tinta. Era só tinta. Enquanto eu dormia, Björk havia me maquiado como um esqueleto. Mas só metade do rosto, deixando o lado direito, com os hematomas, intocado. O modo como ela fez meu olho afundar na órbita e transformou meus lábios numa fileira de dentes era um trabalho de especialista. Assustador e lindo. Eu adorei.

Saí do banheiro e fechei a porta sem fazer barulho. E agora?

Óskar e Jack estavam na sala. Os dois estavam ao redor do piano, Óskar no banco, de costas para mim, e Jack encostado ao lado dele.

E também, muito claramente, estavam vestindo as cuecas um do outro. E nada além disso. Óskar estava com boxers largas de estampa xadrez, e Jack de algum modo havia conseguido se enfiar dentro de uma minúscula cueca verde-neon. Havia algo de tão esquisito e indecente ali que eu simplesmente não consegui desviar os olhos.

Jack franziu a testa para mim.

— Deus do céu, você está absolutamente macabro.

— Pena que ela também não cortou meu cabelo — eu disse. — Bem que estou precisando.

Óskar finalmente se virou e estudou meu rosto por um momento. A mão do Jack deslizou por suas costas, rumo ao ombro oposto.

Ele não me disse que eles iam terminar?

Óskar não disse nada. Apenas ficou piscando diante de mim, depois se voltou para o piano. Achei que fosse tocar alguma coisa, mas seus dedos nem sequer encostaram nas teclas.

— Então, hã, qual é a regra de etiqueta por aqui? Eu devo dormir na sua casa ou voltar para o hotel?

— Ir embora — Jack falou.

Mas o islandês disse:

— Fique.

Então, eu fiquei.

Björk estava desperta quando voltei ao quarto e havia se enfiado debaixo das cobertas. Me deitei ao lado dela, apoiado num cotovelo, a mão sustentando a metade sem pintura da cabeça.

— Obrigado.

Ela meneou a cabeça e fechou os olhos, deslizando um dedo pelo meu peito.

— Você já teve um bloqueio criativo? — perguntei. — Sabe, quando você quer fazer uma coisa, mas não sabe aonde ir ou o que fazer em seguida?

— Arrã. Todo mundo passa por isso.

— Certo. E o que você faz?

— Descubro o que minha musa quer comer. E aí a gente se banqueteia.

Ela já tinha ido embora quando acordei de novo, por volta das nove horas. Fiquei deitado na cama por um tempo, um pouco dolorido, principalmente no coração. Sussurrei seu nome em voz alta, Vi, com essa sensação estranha e terrível de orgulho e culpa. E acho que Mamãe tem razão: não estou processando. Porque não sabia o que fazer com esses sentimentos. Então, levantei, ajeitei minhas roupas e cabelo e fui em direção à porta.

A casa inteira parecia vazia, mas Óskar saltou de trás do sofá quando eu estava saindo. Ele vestia a camiseta com estampa de galáxia e estava com um enorme par de fones nos ouvidos.

— Quer café da manhã?

— Nah. Comida não parece uma boa ideia agora.

Ele baixou os fones ao redor do pescoço e se inclinou para a frente, apoiando os braços no encosto do sofá.

— Se divertiu ontem à noite?

— É. Foi bem legal.

Ele meneou a cabeça.

— Onde está todo mundo? — perguntei.

— Björk foi trabalhar e eu mandei Jack pra rua.

— Pra sempre?

— Pra comprar leite. Porque acabou.

— Você mudou de ideia sobre terminar com ele?

— Não. Estou procrastinando. Não é tão simples.

— Nunca é simples.

— Ele tem as garras cravadas em cada aspecto da minha vida. Me separar dele vai ser… — Ele franziu o nariz — cataclísmico.

— Sério? Estou ouvindo isso do cara que não tem medo do vulcão ao lado de casa?

Ele meneou a cabeça de novo e eu já estava vendo as muralhas começarem a se erguer.

— Acho que vou sair. Hã, diz pra Björk que ela é bem--vinda pra me visitar no hotel, qualquer hora. Eu não ia conseguir fazer aquele lance todo de trocar os números de telefone...

— Ela não vai querer sair com você de novo.

— Ah.

— Não foi nada que você fez. É só o modo como as coisas são por aqui. Não costumamos ir a encontros nem nada assim. No próximo fim de semana, você vai encontrar outra pessoa com quem passar a noite. Sexo é uma coisa bastante impessoal aqui.

— Ah, tudo bem.

— Mas ela disse que você é bom.

— Foi isso mesmo que ela disse? — Aquela garota é um anjo.

— Foi. — Ele se deitou de novo no sofá. — No caso de eu não vê-lo novamente, aproveite o resto da sua viagem.

— O quê? Por que você não...

— Porque Jack é o proprietário do hotel. E também deste apartamento e de tudo dentro dele. Mas não posso deixar que continue sendo meu proprietário.

Saí dali com o coração na garganta. Só a possibilidade de não voltar a ver Óskar... Não. Isso é idiotice. Eu mal o conheço.

No ônibus, a caminho do hotel, todos os passageiros ficaram olhando para mim, um garoto meio bêbado, meio esqueleto. Não me importei. Tudo o que eu podia pensar era em pegar minha câmera e fotografar o que tivesse restado da pintura no meu rosto.

E eu não conseguia parar de ruminar as conversas que não cheguei a entabular.

Todas essas perguntas. Não sei como contar a alguém que é praticamente um estranho que preciso dele. Como posso esperar que ele continue cuidando de mim quando ele mesmo tem uma montanha de problemas todos seus para resolver? Como conto a alguém que preciso dele depois de ter passado a noite com sua colega de apartamento? Será que não estou projetando minha carência na primeira pessoa que apareceu?

Ou será que o que estou sentindo é pra valer?

CAPÍTULO 15

Do distante Miles para a garota Vivian
13 de junho de 2015, 21:43
Fiz uma coisa estranha para um cara que passou a noite anterior bebendo e quase transando. Não tomei banho nem mudei de roupa até algumas horas depois de ter voltado para o hotel. Estava pensando naquela vez em que comprei um exemplar de *Destrua Este Diário*, e você e eu passamos o outono inteiro fazendo o diabo com esse livro. Alguns meses atrás, a Mamushka me trouxe outro livro da Keri Smith, *Como Ser um Explorador do Mundo*. Gostei muito dele. Está cheio de instruções para mudar o jeito como você interage com seu ambiente. A chave é se aprofundar, experimentar a vida com todos os seus sentidos.

E a noite passada foi como um experimento do *Explorador*. Ou uma página rasgada de *Destrua Este Corpo*. Não sei ao certo. Mas consegui fugir da minha zona de conforto. Voltei para este quarto de hotel imaculado e não senti que era eu mesmo. Ou talvez seja mais acurado dizer que eu estava usando camadas e camadas da última noite sobre a minha pele. As roupas novas e a pintura borrada de caveira. Eu não tinha meu cheiro de sempre. Cheirava ao perfume cítrico da Björk. E cerveja. E suor e sexo.

Tirei umas fotos da pintura de caveira. Fui ao banheiro e sentei no escuro, usando apenas a luz do iPad para iluminar meu rosto. As imagens ficaram intrigantes e encantadoras de um jeito sombrio. Algumas das melhores fotos que fiz num bom tempo.

E gosto que tenham sido uma espécie de colaboração com uma islandesa interessante.

Enfim, depois das fotos, continuei embrulhado em todas aquelas camadas e mandei mensagens para você. Não sei bem se eu estava me punindo ou testando meu orgulho. Para determinar isso, eu teria que descobrir se estou em paz com o fato de ter enchido a cara e dado uns amassos numa pessoa nova e desconhecida.

Acho que provavelmente preciso descobrir a resposta para isso.

Certo. Então, você ficaria zangada. Não há a menor dúvida. Se acordasse agora e descobrisse que eu estive na cama de outra garota, você gritaria comigo. E não pense, nem por um segundo, que eu não tenha ouvido cada uma das suas palavras dentro da minha cabeça hoje. Ouvi. Acredite, ouvi.

Mas — e esta é a parte importante — estou aprendendo a separar minha voz da sua.

Porém, agora acabou. Já tomei banho. Vi a água cinzenta da tinta facial escorrer pelo ralo em círculos.

Acabou, acabou, acabou. Mudei de roupa. E agora me pego pensando no Óskar. Muito.

Logo mais falo com você sobre o que sinto em relação a ele.

Do distante Miles para a garota Vivian

13 de junho de 2015, 23:25

É sábado. Passei um bom tempo hoje querendo que não fosse sábado, que eu pudesse avançar rapidamente pelo fim de semana e descobrir se Óskar virá trabalhar na segunda-feira.

Agora que estou ciente da minha queda pelo Óskar, estou mesmo CIENTE *PRA* CACETE da minha queda pelo Óskar.

Estou contando as horas para vê-lo outra vez, e contando os dias até nunca mais vê-lo.

É esse o problema, né? Fico pensando nas laranjas penduradas na maçaneta da porta e nas roupas e em tudo o que ele fez. E no modo como ficou corado quando dei a camiseta para ele. E, embora ele tenha arranjado as coisas para eu ficar com a Björk, acho que está interessado em mim. Mas, tipo assim… como? Será que ele só quer transar? Quero dizer, isso é tudo o que ele conseguiria a esta altura. Vou para casa daqui a dezesseis dias. Mesmo que ele quisesse alguma coisa mais profunda do que sexo casual (e provavelmente não quer, certo?), isso realmente é impossível para nós.

Nós. Caramba. Acabei de dizer "nós", e não estava falando de "Vivian e eu".

Isso parece perigoso. Estou arranjando mais motivos para sofrer. Eu deveria fugir na direção contrária e cruzar todos os dedos, torcendo para não encontrá-lo de novo.

Mas eu fiz isso hoje à tarde? Não. Fui até o apartamento dele.

De algum modo, consegui me convencer de que fiz isso para ver a Björk. Na verdade, eu tinha um plano. Disse a mim mesmo que queria vê-la e dizer que ela era maravilhosa por não ter me expulsado depois que fiz papel de bobo na borda da banheira ontem à noite. E também tinha outros motivos secretos que não tinham nada a ver com Óskar.

Aquele Babaca do Jack estava sentado na frente do prédio quando cheguei, fumando um cigarro e tagarelando ao celular.

Passei a chamá-lo de Aquele Babaca do Jack porque é assim que a Björk o chama na maior parte do tempo. E, sabendo o que sei agora, parece apropriado.

Enfim, quando cheguei, ele meio que olhou para mim por cima dos óculos escuros com cara de *Que diabo você quer?*, depois abanou a mão para a porta, indicando que eu deveria entrar. Foi o que fiz.

Björk estava encolhida numa poltrona, profundamente absorta em um livro. Usava óculos e um short roxo curto que realmente destacava o comprimento das pernas. Olhei para ela por um momento, só pensando: *Nossa, eu poderia ter transado com ela?*, porque ela é linda mesmo, tipo uma atriz no papel principal. Ela não seria minha primeira escolha na multidão, mas a maioria dos caras que conheço ficariam doidos por ela.

— Hã, oi — eu disse.

Ela ergueu o olhar do livro, e sua expressão era a de alguém que com certeza não esperava ver o-cara-desajeitado-com-quem-quase-transou-só-uma-vez em sua sala de estar, menos de 24 horas depois do bendito evento.

— Desculpa. Eu ia bater, mas o Jack me deixou entrar. Hã, mas você está ocupada. Vou embora.

— Não, não estou ocupada. Senta. — Então ela sorriu para mim, e talvez aquela expressão estranha tenha sido só por esperar que a pessoa que entrou na sala fosse o Jack.

Então, sentei no sofá diagonal em relação à poltrona.

— Oi — repeti.

— Oi. — Ela deixou um marcador de páginas no livro e o jogou na mesa de centro.

— Então... Óskar disse que você provavelmente não ia querer sair comigo de novo. E tudo bem. Podemos ser amigos ou não amigos ou sei lá. Mas eu... — inclinei-me mais perto e baixei a voz até um sussurro, para o caso do Óskar estar em algum canto espreitando a conversa — só quero agradecer por você ter sido tão legal comigo na noite passada. A maioria das pessoas que conheço não teriam encarado aquilo numa boa. Agradeço muito.

Ela sorriu outra vez, e o sorriso ainda parecia sincero.

— Você veio até aqui para me dizer isso?

— É. Além disso, quero usar sua cozinha.

— A cozinha?

— É. Posso fazer um jantar pra você? Não é um gesto romântico. É totalmente egoísta. Eu só quero uma comida que não seja de um restaurante ou de uma embalagem de plástico. E não consigo cozinhar no hotel só com um micro-ondas e uma chaleira. Pelo amor de Deus, só preciso de vinte minutos com o seu fogão.

Ela inclinou a cabeça para trás e riu.

— Sim, pode fazer o jantar. O que você quer comer?

Depois de um longo debate sobre os prós e contras da minha dieta vegetariana, Björk e eu vasculhamos a cozinha em busca de algo sem carne. Acabamos descobrindo um pacote de pene e as coisas de que eu precisava para fazer molho de *wodka*. Enquanto aguardava a fervura da água, finalmente arranjei coragem para perguntar onde aquele loiro lindo lazarento estava escondido.

— Trabalhando.

— Pensei que ele não trabalhasse nos fins de semana.

— Não no hotel. Ele está no outro emprego.

— O quê? Não consigo imaginá-lo em nenhum outro emprego. A não ser, talvez, controlador de tráfego aéreo ou coisa assim. Rá!

— Ele está fazendo estágio num estúdio. Fico surpresa que ele não tenha contado isso a você. Ele é muito apaixonado por música.

Jack atravessou a sala de estar na nossa frente, ainda ao telefone. Desapareceu no quarto do Óskar e voltou vestindo uma jaqueta. Björk observou enquanto ele saía pela porta da frente e partia pela calçada.

— Graças a Deus, ele foi embora! — disse ela.

— Pelo jeito você não é fã dele, né? — perguntei, mexendo os tomates triturados enquanto os aquecia no fogão.

Ela me deu aquele olhar de nem-me-pergunte.

— Ninguém gosta dele. Ele é UM MERDA! — Levantou o dedo do meio e o balançou para a frente e para trás na direção em que Jack havia seguido. — Ele gosta de trepar com menininhos.

Perguntei se dizia isso literalmente, e ela respondeu que sim, que Jack estava com Óskar desde que ele tinha 27 anos e Óskar, quatorze.

— Puta merda!

— Viu? Essa é a reação apropriada — disse ela, indicando meu rosto repugnado enquanto servia um copo de vinho para cada um. — Quatorze é uma idade legal aqui, mas isso não significa que o Jack não se aproveitou de um menino quando a mãe dele tinha acabado de morrer e o pai estava perdendo a cabeça. Mas você não consegue convencer o Óskar disso...

— Óskar me disse que queria terminar com ele.

— Disse? Ele diz isso toda vez que o Jack vem visitar, mas nunca faz. — Ela sentou no balcão ao lado do fogão e olhou enquanto eu acrescentava creme de leite ao molho de tomate.

— Ah.

Acho que a mágoa deve ter ficado óbvia na minha voz, porque a Björk me olhou por um longo tempo e perguntou se eu era gay. Respondi que não gostava muito de rótulos — "*queer*, se tiver que ser" — e achava que talvez estivesse meio a fim do Óskar ultimamente. Aí pedi desculpas pela noite passada.

— Você é linda e maravilhosa. Mas estou um pouco confuso.

— Só "um pouco", é? — Ela estendeu o braço e passou os dedos pelo meu cabelo. —Ele fala de você o tempo todo. Se alguém puder convencer o Óskar de que ele não precisa Daquele Babaca do Jack, esse alguém é você.

Só o que eu disse foi "hã", porque minha mente estava confusa demais para conjurar um dito espirituoso. Eu não sabia como ela conseguia ser tão tranquila em relação a tudo, o que me fez sentir aliviado e ansioso ao mesmo tempo. Queria que ela continuasse me contando sobre Óskar. Eu tinha um milhão de perguntas, mas elas estouravam como nossas bolhas de sabão que brilhavam no escuro antes que eu pudesse formar as palavras.

Então, o temporizador disparou e tive que escorrer a massa. Ele fala de mim. O tempo todo.

Preciso dizer que fiz um macarrão de primeira, mas mal consegui comer. Björk perguntou se eu queria levar os restos comigo, mas respondi:

— Não. Óskar provavelmente vai estar com fome quando chegar em casa, certo?

E ela riu, provavelmente porque eu estava agindo de um jeito estranho e óbvio, mas garantiu que o faria comer um pouco.

— Posso pedir mais um favor? Você disse que está estudando pra ser cabeleireira. E… bom, olha pra mim. Eu bem que estou precisando de um corte de cabelo. Pode ser? Eu vou pagar, é claro.

Ela não me deixou pagar — o jantar bastava, afirmou. E eu disse:

— Mas o jantar foi o pagamento do boquete!

E ela bateu no meu peito com as costas da mão. Poucos minutos depois, eu estava sentado ao contrário na cadeira da cozinha dela com uma toalha de banho azul-celeste em torno dos ombros.

Devo admitir que a maldita toalha me fez nutrir todo tipo de pensamento absurdo e inapropriado sobre um certo garoto de olhos azuis pegando-a quando emergia todo molhado do banho. Eu estou totalmente caído, Vi. Por um homenzinho islandês. Mas ele é tão fofo. De um jeito magricela. Como um cachorro de raça toy. Com um viking de bolso, se você insiste.

— Me dê o "corte masculino islandês abaixo de quarenta", por favor. Ah, não me olhe assim. Você sabe muito bem que todos os homens aqui usam o mesmo corte de cabelo. — Usam sim. Sem tirar nem pôr. Todos os caras com menos de quarenta têm aquele corte de cabelo hipster que é longo em cima e bem curto nos lados. É muito europeu e chique.

A propósito, os homens com mais de quarenta têm OS PIORES cortes de cabelo. Parecem o Javier Bardem em *Onde os Fracos Não Têm Vez*. Credo.

Björk zombou de mim, mas não precisou de mais instruções. Ela pegou suas tesouras e começou a trabalhar. O corte de cabelo me fez sentir tão brilhante e lustroso quanto meu novo guarda-roupa. Dei um forte abraço na Björk e caí fora dali.

E, agora, muito simplesmente, tenho mais uma coisa a fazer. Uma missão.

Um novo objetivo. Quero convencer Óskar a terminar com o Jack. Quero beijá-lo e envolvê-lo nos braços, e, hããã, mais umas coisas.

Vai acabar mal? Sim, provavelmente. Mas gosto do que sinto neste momento. E este momento é tudo o que tenho.

A. B. Rutledge

Do distante Miles para a garota Vivian

14 de junho de 2015, 17:57

Domingo preguiçoso. Hoje fiquei ansioso e agitado, cheio de energia. ★Quase★ saí para correr, mas, vamos encarar os fatos... Isso não vai rolar. Porém, fui até o spa e dei umas braçadas na grande piscina, o que me deu a ilusão de estar entrando em forma. Até enfrentei os chuveiros coletivos, porque pela LEI islandesa você fica pelado e esfrega suas partes íntimas antes de entrar numa piscina pública ou fonte termal. Desta vez, consegui até não bater punheta. Haha.

Fiz a barba. Passei minha camisa cinza boa a ferro. Depois, pensei que provavelmente deveria falar com minhas mães pelo Skype.

— Oi, querido. Você cortou o cabelo? Está tão adulto.

— Arrã. Parece que alguém também deu um trato em você.

Mamushka estava com uma tonelada de sombra azul nos olhos e seu cabelo estava preso ao lado da cabeça numa trança embutida.

— Sim, mas me arrumaram como a princesa errada...

— Você deveria ser Anastasia.

— Exatamente! — Ela sorriu, apoiando o queixo na mão enquanto olhava para a câmera. — Mas as crianças não me ouviram.

— Tenho que admitir, sempre gostei dessas sessões improvisadas de maquiagem que o pessoal do Camping inventa. Quero dizer, a verdade é que eu fico muito bem com delineador nos olhos.

Mamushka jogou a cabeça para trás e riu. Conversamos por um tempo, listando todas as fantasias ótimas que o pessoal havia criado ao longo dos anos. O visual de Betty Page da Jade e o Johnny imitando o Vincent Price com perfeição. E, claro, aquela vez em que você se vestiu como a Jem das Hologramas.

De algum modo, o assunto mudou para minha arte, e contei sobre a conta miles.e.as.botas.dela no Instagram e sobre como eu começara a fotografar suas botas.

— Essa é uma ideia maravilhosa.

— Mas é só isso. Uma ideia. É só uma ideia abstrata neste momento. Eu acho... Sei lá. Quero fazer alguma coisa e quero que seja importante, mas estou tendo dificuldade pra identificar qual deve ser o foco. Tudo em que consigo pensar é publicar essas fotos e talvez pedir que outras pessoas enviem fotos também. Como uma ação de solidariedade. Quero dizer, se a Vi estivesse aqui, ela saberia o que fazer.

— Bom, o que você acha que ela faria se estivesse com as SUAS botas, Miles? No seu lugar, o que ela faria com o projeto?

Olhei além do meu iPad para o mural da floresta na parede atrás da minha cama.

— Ela estava sempre procurando almas semelhantes. Acho que ela usaria o projeto pra começar uma conversa com as pessoas.

— Sim. Parece o tipo de coisa que ela faria — disse Mamushka. — E você? Com quem você precisa começar uma conversa?

— Pra começar, com os seguidores dela. Quero que eles saibam que ela ainda significa muito pra mim. Sempre vai significar... — Suspirei e funguei um pouco.

— Acho que isso é importante. Mas quem mais?

— Sei lá.

— Talvez outras pessoas que tenham perdido alguém por causa de um suicídio?

— É...

— No que está pensando?

— Acho que estou muito chateado com o fato de que ainda vivemos num mundo onde as pessoas são humilhadas e ridiculizadas por amar uma pessoa transgênero. Mas isso parece egoísta. Não quero que o projeto gire em torno de mim.

— Não acho que seja egoísta, Miles, nem um pouco. Acho que é uma conversa muito boa pra você começar.

Então, depois de encerrar a chamada, entrei na nova conta que Óskar fez para mim e postei aquela primeira foto das suas botas vazias no canto do meu quarto no hotel.

Há cinco anos, uma linda garota transgênero chamada Vivian entrou na minha vida.

Há três anos, nós nos apaixonamos.

Há 18 meses, Vivian entrou em coma após uma tentativa de suicídio.

Hoje, estou tentando descobrir como seguir em frente, agora que meu mundo parece ter ruído.

Estou há um oceano de distância dela, em minha primeira viagem sozinho. E preciso muito saber que não estou sozinho.

Então, se você amava Vivian,

Se você é trans ou ama alguém que é trans,

Ou se você sabe como é perder alguém por causa de um suicídio,

Tire uma foto. Faça um desenho. Escreva um poema. Faça o que você faz melhor do que qualquer outra coisa e compartilhe. Sério, gente, me mostrem os seus sapatos (principalmente se forem vermelhos — a cor favorita da Vi). #asbotasdela

Preciso saber que todos nós ainda estamos em terra firme.

Faz algumas horas que postei isso, e já recebi três respostas. A primeira foi um instantâneo de dois pares de pés descalços num deque de madeira. Ambos estavam com as unhas pintadas de vermelho.

Desculpa, Miles, mas estamos sem sapatos! xoxo, Mamushka e Mamãe.

A seguinte foi o desenho de um par de sapatos tipo boneca com tachinhas numa calçada rachada:

Meu namorado, Max, é o transmenino mais lindo do mundo. Estes sapatos eram dele!

E a última, bom… É um vídeo em branco com som, de alguém chamado Converse_ly. Não há nenhum vocal, só guitarra elétrica e o que parece um piano de brinquedo. É dissonante, mas acho que é de propósito. Primeiro, a guitarra é muito alta e rápida, e o piano é meio devagar, quase sumindo no fundo. Mas, à medida que a música avança, os instrumentos meio que trocam de lugar, e no final o piano prevalece. Mas por um momento, no meio, as duas partes trabalham perfeitamente juntas.

Não há legenda, e nenhuma outra foto foi postada por esse usuário. Hmm.

Do distante Miles para a garota Vivian

15 de junho de 2015, 9:03

Acabei de acordar. O telefone me acordou!

— Alô?

— *Halló.*

— Oscar? Droga. Desculpa. Nunca vou me lembrar de dizer o seu nome do jeito certo. Mas é você, né?

— Mmm-hmm.

— Oi. — PELAMORDEDEUS, MILES, CALA A BOCA!

— Chegaram encomendas do correio pra você. Quer que eu leve até aí?

— Hã, não. Vou descer para o café da manhã daqui a pouco.

Eba! Ele está aqui! Claro, isso provavelmente significa que ele ainda não dispensou o Jack. Mas também significa que vou vê-lo. Agora mesmo.

Do distante Miles para a garota Vivian
15 de junho de 2015, 10:14

Bom. Recebi meu cartão de débito. Isso é bom, certo? Também recebi um pacote da Mamushka, que abri no café da manhã. Há um bilhetinho sentimental e uma camiseta do Camping e uns doces. A frente da camiseta diz CAMPISTA FELIZ e tem um emblema estilizado de fogueira.

Outra camiseta irônica para o Miles. Viva.

Porque agora NÃO sou um campista feliz. Sou um campista cretino. Um campista com saudade de casa. Um campista iludido.

No trajeto do elevador, imaginei-me entrando no lobby, vendo Óskar e, assim... Sei lá. *It's Oh So Quiet*, da Björk, tocaria na trilha sonora da minha vida. Ele seria Óskar do Fim de Semana, com cabelo desgrenhado e roupa de *bad boy*, mas NA VERDADE eu chego lá e Óskar está com o cabelo preso e Aquele Babaca do Jack está com o braço em torno da cadeira do Óskar. Olho para eles e ambos são tão perfeitos e elegantemente europeus e eu nunca conseguiria... Quero dizer, *pra* que tentar?

Merda. Sou tão idiota. Merda.

CAPÍTULO 16

Do distante Miles para a garota Vivian
15 de junho de 2015, 22:03
O problema dos *crushes* é que, depois que você conseguiu afastá-los da mente — convencendo-se de que são um problema e um desastre esperando para acontecer —, eles reaparecem lindos à sua porta, às 17:30 da tarde islandesa. Não é *pra* odiar quando isso acontece?

— Já foi ao museu do pênis? — ele perguntou assim que passou por mim, entrando no meu quarto e caindo no canto da minha cama desarrumada. Trazia consigo uma caixa de ferramentas daquelas vermelhas de metal que todo mundo tem.

— Você está dando em cima de mim? — Fiquei parado diante da porta com os braços cruzados. Ainda um pouco irritado com ele por… não estar disponível, acho?

Ele virou o rosto e riu com a mão cobrindo a boca. Tentando esconder aquele sorriso pateta dele, provavelmente.

Óskar rindo na minha cama era provavelmente a coisa mais sexy que eu via nos últimos tempos.

— E *pra* que é essa caixa de ferramentas?

— Falei para Yak que eu vinha consertar o seu chuveiro. Odeio quando ele vem até aqui. Fiquei tentando escapar dele o dia inteiro, e você não entendeu a deixa quando me ofereci para trazer sua correspondência hoje de manhã.

— Ah, desculpe.

— Vai fazer algo agora? Vamos fugir. — Ele esfregou a ponta dos dedos na mandíbula, todo pensativo e matreiro. E lindo.

Então nos esgueiramos por uma porta lateral e corremos até o ponto de ônibus, a caixa de ferramentas do Óskar tilintando enquanto ele corria. Sentou-se ao meu lado no ônibus, com o joelho encostado no meu. Fiquei olhando esse joelho durante boa parte da viagem até Laugavegur, pensando: *Eu NÃO estou sonhando isto.*

Então, o museu do pênis (ou o Museu Falológico da Islândia, como é propriamente chamado) é... exatamente o que o nome diz. Apenas... Ugh. Potes e mais potes de pintos conservados em formol com amostras de todo o reino animal. Ah, e alguns estão pendurados nas paredes, como troféus de pesca.

— Não sei por que você me trouxe até aqui — falei. — Como homem e vegetariano, estou profundamente chocado.

— Olhe. Baleia cachalote. Tem o maior. — Óskar correu o dedo por um enorme tubo de vidro maciço exibindo aquele gigante e gordo... BLEEERGH!

— Uuugh. — Estremeci.

— Agora estou com vontade de comer cachorro-quente.

E assim que saímos do museu, de fato, caminhamos pela rua na direção de uma barraca de cachorros-quentes, onde Óskar comprou dois deles e uma Coca-Cola. Há uma mesinha de piquenique próxima da barraca, com ripas acopladas para segurar o segundo cachorro-quente enquanto ele devora o primeiro.

— Literalmente a melhor comida em toda a Islândia — Óskar falou. — Você deveria experimentar. Não vou contar a ninguém.

— Nah, estou bem. — Na verdade, eu estava faminto.

— Já está morto e vendido. Se você não comer, eu vou, então nada se perde. Entende o que estou dizendo?

— Entendo... Mas mesmo assim não vou comer isso.

Ele terminou de comer o primeiro e passou para o segundo.

— Você recusou minha salsicha, isso dá uma boa piada.

— Você é mesmo um velho cara de pau. — Eu já estava corando de novo. Isso é um sinal, né? Há tanta tensão sexual entre nós que ele conseguia fazer com que eu, o eterno boca suja, ficasse encabulado com uma piada de pinto.

— Não é encantador? — Ele se levantou da mesa e jogou fora os guardanapos. — Para onde agora? Onde você ainda não esteve?

Fiquei pensando no emprego misterioso sobre o qual Björk havia me contado. Ergui as sobrancelhas e falei:

— Ainda não estive... hã... num estúdio de gravação.

— Ah, eu sei aonde vamos agora. — Então ele disparou pela rua, tipo, correndo a toda velocidade. Eram 19:30 da segunda-feira, então não havia muita gente andando pela cidade. Corri atrás dele, fiz o máximo para tentar acompanhá-lo, e, quando a distância entre nós chegou a duas quadras, ele desacelerou e me deixou alcançá-lo. Zombou por eu estar fora de forma, e ofeguei algo sobre eu já ter sido um garoto gordo.

A próxima parada do tour improvisado por Reykjavik era a 12 Tónar. É uma pequena edificação com aparência de casa, paredes verdes e duas grandes janelas frontais. Fiquei com vontade de conhecê-la desde que li que essa era uma das melhores lojas de música do mundo. Assim como a própria Islândia, não é nada impressionante à primeira vista. É um lugar minúsculo e meio gasto, nada espetacular. O cara ao balcão parecia já conhecer o Óskar, mas li que todo mundo na Islândia se conhece. São só trezentos mil habitantes. Eles têm até um aplicativo que os ajuda a verificar se a pessoa com quem vão transar na sexta à noite não é nenhum parente, porque acho que esse é um problema recorrente para eles. Enquanto Óskar e o cara da loja batiam papo, fiquei observando o lugar e tentando decifrar aquela conversa em islandês. Não, não entendi nada. O sujeito deu ao Óskar uma xícara de café e perguntou se eu queria um pouco, mas recusei.

— Ele não gosta de café — Óskar explicou.

Com o café em uma mão e uma pilha de CDs na outra, ele me conduziu a uma raquítica escada em espiral e dali até uma saleta no porão. Havia mais CDs nos displays e caixas de papelão espalhadas por todos os lados e também alguns móveis antiquados. Nós nos sentamos lado a lado no sofá de veludo azul com acabamento de madeira entalhada. Joelhos encostados, de novo…

Isso me fez sorrir sozinho. E também o fato do Óskar lembrar que eu não gosto de café, um detalhe tão aleatório e insignificante.

Fiquei brincando com um fio solto no meu jeans enquanto Óskar remexia os CDs em seu colo. A parte mais legal da 12 Tónar, o motivo para acharem que esta é a melhor loja de música, é que você pode realmente ouvir qualquer CD que desejar — é só abrir, acariciar o encarte e apreciar sua imagem no disco prateado com reflexos de arco-íris. Na mesinha de centro, havia dois pequenos aparelhos de som. Óskar colocou um CD para tocar e me passou os fones. Era uma porcaria de música pop com uma garota cantando sobre pistas de dança e shortinhos apertados.

— Isso é horrível — comentei, talvez um pouco alto demais por causa dos fones nos meus ouvidos.

Ele abriu o encarte do CD e apontou para uma linha de texto: *letras de Óskar Franz Magnússon.*

— O quê? Não pode ser. É você? Foi você quem escreveu esse descalabro? — Comecei a rir. — E seu nome do meio é Franz?

Ele retirou os fones e sua boca veio parar bem perto da minha orelha:

— Às vezes, eu me prostituo. Aqui, vou pôr para tocar algo melhor.

Passamos por pilhas de álbuns: ritmos de guitarra tão matematicamente perfeitos que faziam minha cabeça girar, uns R&Bs tristes, um hip-hop islandês bizarramente animado, acordes de *heavy metal* sombrios e um rock misturado com folk e vocais sibilantes. O nome do Óskar estava em todos esses discos e com diversos créditos: letras, guitarra, teclado e até violino.

— Cara, você é supertalentoso. Sempre tive tanta inveja de quem consegue fazer música. Eu não conseguia nem tocar minha flauta doce de plástico, que toda criança americana do ensino fundamental era obrigada a aprender.

— Sério?

— Então, como você chegou a todos esses discos?

— O estúdio me contrata quando precisa de músicos extras. É meu segundo trabalho.

— ESTE é o seu segundo trabalho?

Ele deu de ombros, olhou o relógio e se levantou do sofá.

— Mais uma parada e depois talvez eu deixe você me ver tocar.

O próximo lugar aonde ele me levou foi a Harpa, a sala de concerto.

— Cacete, queria estar com a minha câmera! — Assim como o aeroporto, esse lugar era todo feito de vidro, luz e ângulos diferentes. Era como passear por dentro de um enfeite de Natal. Ou melhor, um caleidoscópio.

— E o seu celular?

— A tela está quebrada. Acho que terei que voltar aqui depois.

— Ou apenas olhe. E guarde aqui. — Ele apontou para o peito.

— Certo. Danem-se os megapixels. — Olhei para ele e ele olhou para além de mim, como sempre faz.

Caminhamos ao longo da enorme parede construída com milhares de fragmentos hexagonais de vidro. Havia muitos turistas ao nosso redor, tirando fotos e correndo em círculos atrás dos filhos. No entanto, o lugar era tão grande e o teto tão elevado, que havia espaço suficiente para que nos sentíssemos a sós. Eu e Óskar. E meu coração estava tendo convulsões de tanta informação que eu tentava absorver — e principalmente porque eu queria beijá-lo. Queria taaaaanto beijá-lo.

Uma das coisas que mais gosto no Óskar é que, quando ele está por perto, eu paro de pensar em você. Ou, se penso, é de um jeito distante e vago, como se eu realmente estivesse fazendo o que Mamãe disse que eu deveria. Como se estivesse aprendendo a deixar você partir.

Quando chegamos ao canto, passei meu braço em torno da cintura dele e o puxei para mim. Com um dedo, segurei o queixo dele e inclinei sua cabeça na minha direção. Perto o bastante para que pudéssemos nos beijar, mas deixei que ele decidisse se queria ou não transpor aquela pequena distância entre nossos lábios.

Meu coração martelava num ritmo com precisão matemática oskaresca, e talvez eu estivesse ouvindo o ritmo do coração dele sincronizado com o meu. Meus dedos mergulhando em seus cabelos presos.

Ficamos assim por três eternos segundos. Aposto que parecíamos esquisitos aos olhos dos turistas. Ou talvez eles estivessem enojados por ver dois homens quase se beijando. Ou talvez alguém tenha visto nossas silhuetas contra a luz e a parede de vidro multicolorido e pensado que parecíamos uma pintura, então tiraram uma foto e agora nosso quase-beijo constará para sempre nas memórias islandesas de alguém.

Então, Óskar esboçou um passo para trás, e eu também dei um passo para trás. Ele ajeitou a camisa, apesar de não haver nada para ajeitar, e levantou a mão como se eu fosse uma ameaça que ele precisasse vencer.

— Eu tenho namorado.

— É, eu sei.

Saímos do edifício e voltamos para a rua. Óskar disse:

— O mais engraçado nisso tudo é que Yak nunca está por perto. Ele mora em Gales. Eu o vejo poucas vezes por ano. Ele não se importa que eu vá *pra* cama com outros homens. Faço isso, às vezes, e tenho certeza de que ele também tem outros amantes. Mas nosso acordo é que, quando estamos juntos, estamos juntos. Sem ninguém mais.

— É. Tudo bem. Desculpe.

— Você não tem que se desculpar. Eu queria… Na sua primeira semana aqui, pensei em levar você para o *rúntur* e talvez aí ficássemos juntos. Mas você tinha outros planos.

Minha noite com a Shannon. Não posso acreditar que Óskar está a fim de mim há tanto tempo.

— Ah, droga.

Ele deu de ombros.

— E então Yak apareceu sem avisar. Não sei o que fazer com ele. Eu o adoro quando ele não está perto de mim. Mas, quando ele está por aqui, me sinto encurralado.

— E quando ele vai embora?

— Não sei.

Com as mãos nos bolsos, perambulamos pela estrada que contorna a costa. Talvez eu devesse ter enfiado minha cabeça no mar. Meu Deus. Passamos por aquela escultura que mais parece os restos mortais de um barco viking. Fiquei surpreso que Óskar não parou. Acho que ele já tinha desligado o modo impressione-o-turista. Ele provavelmente passava por esses restos de navio todos os dias. Não era nada novo.

Então não parei também, nem apontei. Apenas continuei a caminhar ao lado dele, fingindo por um momento que eu fazia parte do cotidiano do Óskar.

— Estou aprendendo a ser um produtor musical — ele disse enquanto nos aproximávamos de um prédio amarelo com uma placa que dizia Estúdio de Gravação Lazy Luna. Havia uma lua crescente pendurada na porta. — É meu sonho. Sou um cara que gosta de ficar nos bastidores. — Ele piscou para mim.

Eu estava cansado da longa caminhada, além de emocionalmente exaurido. Precisava daquela cama macia do hotel. E sentia saudades de casa. Saudades da minha rotina. Eu não estaria melhor ou pior em qualquer outro lugar, mas pelo menos a comida era mais gostosa em casa. Se estivesse em casa, eu teria roupas feias, mas confortáveis, meus videogames e a Mamushka.

E escuridão. Sentia saudades da escuridão. Dos vaga-lumes.

O dono do estúdio de gravação, um cara barbudo chamado Siggi, passou para Óskar uma pilha de partituras, que os dois ficaram examinando enquanto eu assistia ao filme de gângster que passava na TV do escritório do Siggi. Por fim, Óskar encontrou as partituras que queria e passamos do escritório para o estúdio. O lugar era como você pode imaginar: uma sala com um grande painel de mixagem e uma janela de vidro com vista para outra sala revestida à prova de som. Óskar entrou na cabine de gravação enquanto Siggi e eu nos sentávamos diante do painel de som.

— Anime-se — Óskar me disse através do vidro. Nós podíamos ouvi-lo, mas ele não podia nos ouvir a menos que Siggi apertasse um botão.

— Tem um pouco de Brennivín na minha caixa de ferramentas.

— Nem sei o que é isso.

— Peste Negra — Siggi respondeu, porque Óskar não sabia que eu tinha respondido.

A caixa de ferramentas estava no chão perto do painel de som. Eu a abri. Havia uma única chave inglesa, uma furadeira Phillips, uma trena pequena e uma enorme garrafa verde de bebida. Ah, e também havia um iPhone. Eu nem fazia ideia de que Óskar tinha um iPhone.

Era tudo de que ele precisava para consertar meu chuveiro imaginário, certo?

Desenrosquei a tampa e descobri, só pelo cheiro, por que chamam aquela coisa de Peste Negra.

— Talvez mais tarde — comentei, e Siggi riu de mim. Ofereci a garrafa a ele, mas parece que na Islândia é totalmente aceitável afogar o cérebro às sextas e sábados, porém, se você tocar numa única cerveja no restante da semana, significa que é um alcoólico inveterado.

Por trás do vidro, Óskar começou a se despir. E comecei a me perguntar se eu não precisava mesmo daquela bebida. Primeiro, ele desfez o laço da gravata, depois desabotoou e tirou a camisa de trabalho. Vestia uma camiseta rosa-claro por baixo, e arrancou-a também. As calças continuaram no lugar (ainda bem), mas eu conseguia ver o elástico da sua cueca roxa. Por fim, ele retirou os sapatos e as meias.

Milhas de Distância

— Agora veja isso — Siggi falou. — Bibliotecário sexy entrando em ação em três... dois... um.

E, apesar de não estar prestando atenção em nenhum de nós, Óskar puxou o elástico que prendia o coque e sacudiu os cabelos, exatamente no fim da contagem regressiva.

Derreti na cadeira e fiquei por um bom tempo nesse estado líquido, enquanto Óskar tocava. Em certo momento, Siggi olhou para mim e me perguntou se eu era o Jack.

— Credo, não! Eu sou Miles.

De todo modo, fiquei sentado ali de olhos arregalados, observando Óskar singrar as partituras musicais. Às vezes, ele sacava um lápis e fazia uma anotação nas páginas, cantarolando um conjunto diferente de notas sobre as quais ele e Siggi discutiam. Por fim, eles chegavam a um acordo; Óskar então pegava uma guitarra ou baquetas ou qualquer outra coisa, e Siggi gravava enquanto ele tocava. Para mim, tudo soava perfeito, mas um ou outro queria uma terceira, quarta ou quinta tentativa. E, por mais que eu estivesse gostando de ver Óskar tocar, acabei cochilando. Quando acordei, Siggi tinha saído para fumar um cigarro e Óskar estava debruçado sobre mais partituras. O iPhone estava tocando dentro da caixa de ferramentas. Eu o puxei para fora.

Era o Jack, claro.

Não consegui encontrar o botão que tinha que apertar para falar com Óskar, mas ele viu meus movimentos e se aproximou do vidro. Levantei o telefone para ele ver que o Jack estava ligando.

— Merda. Esqueci de trocar o telefone. Desligue para mim. Imediatamente. Obrigado.

Mais tarde, ele me contou que o Jack, para saber por onde ele anda, usa um daqueles aplicativos que servem para os pais rastrearem os filhos e que, normalmente, quando queria ir a algum lugar sem o Jack saber, ele colocava seu chip num celular velho e deixava o iPhone no hotel.

— Precisamos ir. Não quero que ele venha até aqui.

Procurei de novo pelo botão, mas ainda não conseguia encontrá-lo em meio àquele monte de interruptores e botões. Óskar estava grudado no vidro, com as mãos próximas ao rosto. Desisti de achar o botão e apenas olhei para ele. Deslizei a mão pelo vidro à prova de som, sobre o peito dele e em direção ao seu abdômen definido, e juro que quase consegui sentir o calor dele. Fiquei pensando nas palavras mágicas que a Björk me mandara dizer. Olhei para seus olhos azuis na esperança de que ele pudesse ler meus lábios.

— Você não precisa dele.

Mas não sabia ao certo se estava dizendo isso ao Óskar ou a mim mesmo.

Tomamos um ônibus de volta para o centro e logo estava na hora de nos separarmos. Ele poderia ter me deixado ali e andado duas ou três quadras até sua casa, mas ficou aguardando comigo o ônibus que me levaria de volta ao hotel.

— Sei que isso não é da minha conta, mas é verdade que você está com ele desde os quatorze anos?

Ele confirmou com a cabeça.

— E que idade você tem agora?

— Vinte.

— Seis anos. É bastante tempo.

— É. É muito tempo. — Ele se equilibrou na borda da calçada, com a ponta dos All-Stars balançando sobre o meio-fio.

— Estamos meio que na mesma, sabe? Apenas sofrendo com relacionamentos que não funcionam mais. Você disse que terminar com ele é bem complicado, mas, cara, imagine terminar com alguém que está em coma.

Milhas de Distância

— Todo mundo odeia o Yak. Todos queriam que eu fosse fazer terapia… Karl, Bryndis, Björk. Então, eu fiz. Eles achavam que depois de algum tempo, eu teria uma revelação e passaria a olhá-lo diferente. Só que, depois de todos esses anos, não tenho arrependimentos. Ele foi gentil e paciente. Nunca abusou de mim. Nem sequer me pressionou a nada… Eu estava preparado quando me entreguei a ele. Nunca me senti como uma vítima. Ele cuidou de mim quando mais precisei. Não acho que minha opinião sobre isso vá mudar algum dia.

— Estou pressentindo um "porém"…

— Sim, porém… não preciso mais que ele cuide de mim. E… receio que meus amigos estejam certos. Quando eu me subtraio da equação e penso em qualquer outro garoto no lugar do Óskar, entendo a preocupação deles. Minhas opiniões podem nunca mudar, mas isso não significa que elas não possam estar erradas.

Fiquei olhando para ele.

— Você é inteligente *pra* caramba, sabia?

— Você é inteligente também. Às vezes, diz coisas simplesmente geniais, mas dá um jeito de baixar a bola dizendo um monte de *cacetes* e *tipos* e baboseiras assim.

— Talvez. Ei, sabe de uma coisa? Fico feliz que não tenhamos saído ou transado naquele primeiro fim de semana. Porque você teria seguido a cartilha islandesa e não falaria mais comigo. E eu gosto de falar com você. Me conte mais alguma coisa.

— É só isso mesmo. A semente foi plantada e eu continuo regando-a todos os dias com a ideia de que devem existir outros Óskars por aí, sabe? E às vezes acho que continuo com Yak porque sinto que é meu dever proteger esses garotos desconhecidos. Às vezes me pergunto o que ele fica fazendo enquanto está longe. E no que ele vai fazer se eu for embora para sempre. Tem essa pergunta que minha terapeuta me fez e eu não consigo responder: será que a opinião dos meus amigos envenenou a impressão que tenho do Yak, ou será que ele mesmo é venenoso? Não sei dizer. Mas isso significa que não confio nele. E, se não confio nele, será que ele deve fazer parte da minha vida?

Essa parecia uma pergunta retórica, então deixei que ela pairasse no ar por um momento, depois me inclinei e disse:

— Então, Óskar — e, sim, eu pronunciei o nome dele certo desta vez —, que dia é quarta-feira?

— Dia dezessete.

— E o que mais?

— Dia Nacional da Islândia.

— Também conhecido como…?

— Nosso dia da independência.

— Exato. — O ônibus estava chegando e eu me aproximei da borda da calçada. — O dia da NOSSA independência. Vou alugar um carro e dar o fora de Reykjavik por uma semana. Você deveria largar o Jack e vir comigo, cara. Pense nisso.

Em seguida, embarquei no ônibus, sem esperar pela resposta. Sem olhar para trás.

CAPÍTULO 17

Do distante Miles para a garota Vivian
16 de junho de 2015, 15:34

Acho que estou pronto para pegar a estrada. Passei a manhã na recepção do hotel com Óskar, Atli e com Aquele Babaca do Jack nos espiando por cima dos ombros. Eles me ajudaram a alugar um carro e alguns equipamentos de campismo. Além disso, consertar a tela do meu telefone estava na lista de tarefas de hoje. Eu não ia me dar esse trabalho, mas, já que vou estar no meio do nada, decidi que seria uma boa ideia. Falei:

— Vocês conhecem alguém que conserta telefones? — Porque, sabe, todo mundo conhece alguém. E acontece que o Atli é esse alguém. Ele vai consertar o celular depois do trabalho e trazê-lo de volta esta noite. E ele não me cobrou os olhos da cara, então está ótimo.

Falando em poupar dinheiro, Óskar e Atli passaram, tipo, uma hora tentando me convencer de que eu deveria pegar carona. Aparentemente, é seguro fazer isso aqui, totalmente normal. Mas sou desconfiado. E acho que também preciso estar no controle. Quero poder ir aonde quiser, quando quiser e não ser um incômodo para alguém que está só tentando ser gentil. De qualquer forma, o carro alugado parece bem legal. Vem com um GPS pré-programado para me guiar para todos os lugares interessantes da Rota 1, a estrada principal que dá a volta na ilha. A empresa de aluguel o deixou no hotel, e já o dirigi uma vez. Fui ao centro da cidade para pegar os equipamentos de camping que tinha alugado: barraca, cooler, utensílios de cozinha etc. Outra coisa que comprei na cidade foi um cartão de campista que me dá acesso a praticamente todos os campings da Islândia.

Além disso, mais cedo, Óskar, Atli e eu tivemos uma longa discussão sobre "contratar" versus "alugar", porque cada vez que eu dizia "alugar", Óskar dizia "contratar" e eu ficava:

— Olha, carinha, não dá *pra* contratar um objeto inanimado.

Jack ficou no fundo franzindo o cenho.

— Quantos sacos de dormir eu aluguei?

— Você contratou dois.

— Eles vão podar as roseiras e limpar as calhas?

Enfim… Não escolhi o número de sacos de dormir. Óskar escolheu, portanto… Decidi aceitar isso como um sinal positivo. Mas não podia exatamente perguntar sobre isso com Aquele Babaca do Jack rondando a gente.

Também fiz compras no mercado. Comida suficiente para alimentar duas ou três pessoas. Mesmo que Óskar dê para trás, não faz mal ter comida extra num acampamento. É assim que a gente faz amizades.

Comprei mais uma caixa de camisinhas.

E, há alguns minutos, liguei para a recepção para dizer ao Óskar que vou sair bem cedo amanhã. Às sete.

Do distante Miles para a garota Vivian
16 de junho de 2015, 20:24

Estou agitado outra vez. E acho que sou uma besta. Eu deveria torcer e rezar para que Óskar não apareça amanhã. Posso ficar aqui e dizer a mim mesmo que estou ajudando Óskar ao influenciá-lo a dispensar o Jack, mas se envolver comigo provavelmente é pior do que ficar onde ele está.

Não, não sou pior do que aquele babaca. Mas também não sou nenhum partidão.

A outra novidade é que é bom poder usar de novo meu telefone. A fotografia de celular é uma arte por si só. Já experimentei alguns aplicativos e filtros e outras coisas. Há uma magia nisso que acho que a maioria das pessoas não estão dispostas a admitir. Que a beleza possa vir de algo tão deprimente. Claro que posso me perder no Twitter, ou então posso fazer alguma coisa legal. Tudo o que é útil, é útil.

Passei um tempo antes imaginando se você gostaria do Óskar. No começo, pensei que não, não gostaria. E me senti um pouco culpado por isso, pelo fato de que a primeira pessoa por quem realmente me interessei, depois de você, ser alguém que você não aprovaria. Mas aí pensei que talvez você gostasse dele se dedicasse um tempo a conhecê-lo.

Você gostaria do sotaque do Óskar, para começar, e o faria pronunciar palavras para você. E eu me pergunto se ele gostaria de você, se aceitaria dizer *hambúrguerrres* e *yacarrrés* para chegar até você, simplesmente porque você sempre é a pessoa mais luminosa em qualquer lugar.

E aposto que você poderia fazê-lo rir, se descobrisse como mantê-lo interessado por tempo bastante. Claro, eu me divertiria mais com essa conversa do que qualquer outra pessoa. E ficaria feliz também. Porque é uma fantasia. Pertence a um futuro que nenhum de nós jamais terá.

Do distante Miles para a garota Vivian
16 de junho de 2015, 21:15

Já que eu estava muito pessimista em relação a mim mesmo, decidi olhar o Instagram. Eu tinha 13 seguidores no outro dia, e agora tenho 176, uau! E há 59 fotos com a *hashtag* asbotasdela.

Tenho tentado falar com todos eles, deixar comentários, sabe? Não sou bom em falar com estranhos, principalmente sobre uma coisa assim tão grande e importante. Porém, fico feliz em pensar que comecei alguma coisa. Em ver esse efeito de propagação.

Do distante Miles para a garota Vivian
16 de junho de 2015, 23:19

Óskar apareceu há uma hora. Ficou parado na entrada, e por um segundo nós só nos olhamos. Acho que estávamos decidindo se íamos dar uns amassos. Então, ele passou por mim e se jogou no canto da minha cama como fez no outro dia, só que desta vez não estava rindo.

Disse que não poderá ir comigo amanhã. E eu disse tudo bem. Ele ficou sentado lá por um segundo e depois explicou que queria, mas isso causaria muitos problemas. E eu disse:

— Eu sei.

E ele disse:

— Você não sabe tudo. — Mas não de um jeito esnobe. Só quis dizer que eu não conhecia todos os detalhes. Então, foi em frente e me contou tudo.

Há mais ou menos um ano, quando Óskar ganhou sua pintura, ele acabou indo parar na lista de *e-mails* da Mamushka e da Mamãe e, às vezes, recebia as mensagens que elas enviavam, dando notícias de você a todo mundo. Todos os que doam recebem as mensagens, mas Óskar decidiu responder.

Perguntei por quê, e ele disse:

— Porque prometi a todo mundo que eu consultaria um psicólogo.

Aimeudeusdocéu, Óskar é um dos pacientes da Mamãe. Ele disse que fala com ela via Skype. Eu sabia que tinha alguma coisa acontecendo. Todo esse tempo pensei que talvez a Mamushka estivesse por trás disso, mas era a Mamãe. Não dá para acreditar. Como é que não percebi?

Eu falei:

— Espera aí. Eu emito as faturas dela. Nunca mandei nada *pra* Islândia. E um nome como Óskar Franz Magnússon é meio difícil de esquecer...

— Jack monitora minhas finanças, e eu não queria que ele soubesse. Então, ela e eu fizemos uma troca. — Ele apontou para o chão. — Este é o pagamento da minha terapia. Como gerente do hotel, posso lhe oferecer uma estadia grátis. Mas, se terminar com o Jack, perco o emprego. E tenho certeza de que isso significa que você vai ter que sair do hotel.

— E daí? — retruquei. — Vou passar uma semana acampando. E depois disso só tenho mais uma semana. Vou encontrar outro hotel.

— Estamos na alta temporada. Tenho feito telefonemas, mas muitos lugares já estão reservados.

— Então vou acampar por duas semanas se precisar, tudo bem? — Sentei ao lado dele na cama. Joelhos encostados. — Olha, se você acha que é hora de terminar com ele, então termina logo, ok? Não se preocupe comigo.

— Eu nem sei onde vou morar depois... se eu... — Ele suspirou. — Como você chegou tão longe?

— Hã, peguei um avião?

— Por que você faz isso? Sabe o que eu quero dizer! Você é... — Ele torceu as mãos no colo. — Corajoso. Você é tão inteligente e corajoso quanto sua mãe disse que era. Eu estava ansioso para conhecê-lo havia um bom tempo.

Cacete, minhas mães... Foi igual quando a Mamushka descobriu que você estava a fim de mim, ela me atormentou um milhão de vezes para eu dar uma chance a você. E a Mamãe me mandou para o Boy Magia Viking, sabendo muito bem que eu ficaria maluco por ele do mesmo jeito.

Milhas de Distância

Vou precisar ter uma conversinha com elas depois que terminar de escrever para você.

— Ah, cara. É muito fofo você achar que eu sou corajoso e tal. E inteligente. É engraçado *pra* cacete. Eu sou um tonto. E estou, tipo, sofrendo o tempo todo. Eu morro de medo de tudo, tipo… até da porcaria de um ônibus.

Ele riu de mim, e eu ri dele.

Eu queria beijá-lo. Só um beijinho, logo abaixo da orelha.

— É uma característica rara, porém, ser capaz de ver quando algo está errado e saber quando se afastar. Eu admiro isso.

— Ah, cala a boca. Está me deixando sem jeito.

Ele se aproximou.

— Além disso, sabia que você é sexy pra caramba?

— Meu Deus. — Escondi o rosto nas mãos. — Vocêtambémésexy.

— É melhor eu ir. Tenho uma carta bem longa para escrever. Malas para arrumar. Esse tipo de coisa. — Senti a cama subir conforme ele se levantava. — Vejo você amanhã.

— Prometa — resmunguei. — Prometa que não eu vou ficar deitado aqui a noite inteira pensando em você pra depois você gozar com a minha cara.

— Prometo fazer algumas dessas coisas com você num futuro próximo.

Ficar deitado. Gozar. Comigo. Entendi.

— Velho cara de pau. — Sorri ainda com as mãos no rosto.

Do distante Miles para a garota Vivian

17 de junho de 2015, 21:45

Eu não sabia quando poderia escrever para você outra vez, mas este camping tem Wi-Fi, então aqui estou. Hoje foi um dia incrivelmente longo. Óskar desmaiou de sono (nível de arcanjo: 100%) e eu estou perto de fazer a mesma coisa.

Mamãe me disse uma vez que o teste máximo em qualquer relacionamento era montar móveis. Isso sempre me deixou apavorado, então paguei a mais para a loja montar aquela estante de livros que compramos para a sua cabana. Eu não queria que um móvel barato feito de madeira compensada decretasse o nosso fim.

Mas, enfim, montar uma barraca provavelmente é tão frustrante quanto montar móveis, e estou feliz em dizer que o Sr. Magnússon e eu passamos no teste com honras. Na verdade, trabalhamos juntos com perfeição. Eu meio que me joguei, combinando as peças do jeito que queria, e foi ele quem parou para ler as instruções, vindo por trás de mim para corrigir meus erros e dar estabilidade. Não brigamos; nem mesmo conversamos. Não precisamos. Só... combinamos.

Porém, o resto do dia foi diferente. Óskar apareceu enquanto eu estava colocando minhas coisas no carro. O Óskar do Fim de Semana, com cabelo desarrumado e jeans. Deu para perceber que ele não tinha dormido. Tinha mesmo escrito uma longa carta para o Jack. Tipo, *Dear John*, da Taylor Swift. Eu não li nem nada, mas vi a carta num envelope de papel manilha com seu iPhone e um conjunto de chaves. Depois, entrou no hotel e deixou o envelope na mesa do seu antigo escritório. Voltou para o carro com dois copos de café, aí lembrou que eu não gosto de café e imediatamente se desculpou.

— Posso pegar um chá para você.

— Não esquenta. Esquece isso, cara. Você não é mais o *concierge*, certo? Está pronto?

Ele suspirou e jogou sua mochila no porta-malas.

— Vamos.

Então, a primeira coisa que eu queria tirar da minha frente era o Círculo de Ouro. É a estradinha que leva a alguns dos marcos mais populares — o primeiro é o Parque Nacional Thingvellir. Então liguei o GPS e peguei a estrada. Com cerca de dez, quinze minutos de viagem, olhei e vi que Óskar estava chorando.

Putz, que droga.

Foi quando percebi como sou mesmo um babaca. Eu estava achando que esta viagem consistiria em fontes termais e punhetas. Nem tinha considerado o fato de que eu havia atormentado alguém que era praticamente um estranho até ele trocar um relacionamento de muitos anos por uma viagem de duas semanas. Óskar precisa passar pelo luto. Mesmo que as coisas estivessem mal, seis anos são muito tempo. Não dá para terminar um relacionamento como esse e simplesmente transar com um cara do Missouri. Bom, ok, algumas pessoas fariam isso. Mas Óskar, não.

Abri a boca e ele imediatamente me cortou.

— Não tente falar comigo agora.

Sei que não o conheço muito bem, mas dá para ver que ele odeia chorar. Então, tirei meu cabo auxiliar do console e conectei meu telefone.

— Quer ouvir um pouco de Smiths, ô da lágrima?

Ele sorriu um pouco.

— Qualquer coisa, menos *This Charming Man*.

— A gente pula essa — eu disse. — *Girlfriend in a Coma* também.

Então, ouvimos direto *Louder Than Bombs* até chegar ao parque. Havia alguns lugares onde eu poderia ter parado ao longo do caminho para fotografar, mas senti que precisávamos criar alguma distância entre nós e Reykjavik. Não queria estar por perto quando Jack finalmente acordasse e encontrasse aquela carta.

Quando percebi que estávamos nos aproximando do parque, desliguei a música e perguntei ao Óskar se já conhecia o lugar. Ele confirmou e disse que, quando chegássemos lá, deveríamos fazer um *cairn*. Não estava mais chorando.

Respondi que não sabia o que era um *cairn*, mas topava fazer qualquer coisa.

A primeira coisa que você vê quando chega a Thingvellir é um campo gigantesco com milhares de pilhas de rochas bem arrumadas — os *cairns*. Agora que sei o que são, percebo que os vi em toda parte. Até no primeiro dia, indo de Keflavik para Reykjavik, lembro-me de ver essas pilhas de pedras ao longo da estrada.

— Então... são tipo umas casas das fadas ou coisa assim? — perguntei quando nos aproximamos do campo de *cairns*.

Ele me olhou como se eu fosse um idiota.

— São marcos de estrada do tempo em que a Islândia não tinha rodovias.

— Uau.

— Claro que ninguém está marcando uma estrada aqui. É só por diversão — explicou, indicando o cenário à nossa frente. Por todo o campo, as pessoas estavam construindo suas próprias pilhas de pedras.

— Com todo o respeito, me permita discordar, cara. Todos aqui estão marcando sua própria estrada.

Ele concordou com a cabeça.

— Verdade.

Então, fomos lá e juntamos nossas pedras, depois escolhemos um lugar para empilhá-las. Óskar não tem medo de sujar as mãos e parece capaz de carregar dez vezes seu peso em rochas, tipo um híbrido de humano com formiga.

Falando assim, parece bobagem, mas construir aquela pequena pirâmide de pedras com ele foi tranquilizador. Como nas nossas manhãs quentes juntos no bufê do café da manhã, eu me vi preso na bolha particular de tranquilidade do Óskar. Tentei não pensar demais, só deixá-lo mostrar como se fazia. Achei que íamos só empilhar umas coisas e ir embora — tipo, como é que poderíamos tornar nossa pilha de pedras diferente de outras mil pilhas de pedras?

Mas esqueci que estava viajando com um jogador de Jenga de alto nível. Nosso *cairn* estava igual a todos os outros, até Óskar fazer sua mágica. Ele contornou o *cairn*, retirando cuidadosamente algumas rochas aqui e ali. E, quando terminou, não era uma pilha bagunçada, mas uma coisa espiralada e complexa. Era matemático, intenso. Como seus solos de guitarra. Ou uma fita de DNA.

Era sensacional.

E, antes que eu pudesse fotografá-lo, uns pirralhos chegaram correndo e derrubaram. Gritei com eles por serem uns cretinos, mas acho que não entendiam inglês.

— Sinto muito, Óskar.

— Não tem problema. Não era para durar.

Então, andamos um pouco pelo parque. O bom é que tem um grande lago azul-esverdeado e também dá para ver onde as placas continentais se deslocaram, deixando uma fenda enorme. Na verdade, foi a única vez que parei para fotografar suas botas hoje.

Paramos para almoçar numa área de piquenique, e eu fiz umas *quesadillas* para nós. Aparentemente, Óskar gostou muito. Perguntei se tinha gostado do macarrão que fiz na outra noite, e ele franziu a testa e disse que o Jack comeu tudo antes de ele chegar em casa. Aquele babaca!

Enquanto estávamos lá, usei o Wi-Fi gratuito e postei aquela foto das suas botas ao lado da fenda continental. Escrevi:

Permitam-me, por um momento, levá-los de volta à aula de Ciências da terceira série. Esta é a Cordilheira Mesoatlântica, o lugar onde as placas tectônicas da América do Norte e da Eurásia se separam muito lentamente. Parece tão destrutivo, não é? Como se o mundo fosse continuar se espalhando e, por fim, rachar em dois e sangrar pelo universo. Mas a boa notícia é que na verdade não funciona assim. Quando a terra racha, a lava sobe e esfria, criando novas terras onde antes não havia nenhuma. Ao se rasgar, ela se cura. Acho que os seres humanos também fazem isso. Enfim, esta é a décima foto que tirei das botas da Vivian, e pode ser a última por um tempo. Quero continuar me conectando e explorando esse novo tecido cicatricial. Talvez vocês vejam algumas fotos da minha viagem de camping em breve, ou talvez o silêncio seja total por um tempo. Mas saibam que estarei por aí caçando a hashtag sempre que puder. Sinceramente, seu garoto de rocha vulcânica favorito, Miles.

Em seguida, fomos para Geysir, o gêiser ao qual todos os outros devem seu nome. Está inativo agora, mas há outro na região chamado Strokkur que dispara a cada dez minutos mais ou menos. Tirei algumas fotos e tentei convencer Óskar a deitar e me deixar enquadrar uma foto fazendo com que o gêiser parecesse estar jorrando da boca dele, mas ele não topou.

— Algum dia você vai me deixar tirar uma foto sua? — perguntei. Além daquela que tirei escondido quando ele se afastou de mim, não tenho nenhuma foto do Óskar.

— Não sou cenário — disse ele. — Nem uma paisagem bonita para você vender ou mostrar aos seus amigos.

O tom da voz dele me surpreendeu. Ele nunca havia sido ríspido assim comigo. Coloquei a tampa da lente na câmera e caminhei na direção dele. Atrás do Óskar, o gêiser jorrou, salpicando a nós dois com sua névoa.

— Desculpe. — Ele ergueu a mão, e no começo pareceu que queria me impedir de dar um abraço. Mas a pontas dos dedos roçaram meu ombro e ele se inclinou para mim. — Isso não deveria ter sido dirigido a você.

Milhas de Distância

Eu o abracei e disse que estava tudo bem, mas na verdade estava pensando em lugares onde desovar um cadáver. Jack filho da puta.

A terceira coisa a ver no Círculo de Ouro é Gullfoss, e foi o que mais gostei. São umas cataratas enormes. Dá para chegar bem perto, e os borrifos caem sobre a gente, lançando arco-íris por toda parte. Óskar me disse que, no século XIX, Gullfoss ia ser transformada numa usina hidrelétrica, mas uma mulher percorreu, tipo, mais de cem quilômetros e ameaçou se jogar da beira em protesto. E ela ganhou; cancelaram os planos para a usina.

Gosto de histórias como essa.

Parecia que já tínhamos visto pontos turísticos suficientes para um dia. Chegamos ao camping mais próximo e começamos a arrumar as coisas. Acho que amanhã vamos passar pela costa sul. Já vi um pouco dela quando fiz aquela excursão, mas estou ansioso para deixar Óskar me mostrar o lugar.

Também estou ansioso para dormir ao lado dele.

CAPÍTULO 18

Do distante Miles para a garota Vivian
19 de junho de 2015, 17:54
Na manhã de ontem, quando acordei, a chuva alvejava nossa barraca, escorrendo pela parede ao lado do Óskar. E ele tinha desaparecido. Resmunguei comigo mesmo, me sentindo idiota e solitário de novo. Então, vi a mochila dele, e todo o medo e a paranoia retrocederam pela minha espinha, voltando para onde quer que normalmente se escondam.

Óskar apareceu alguns minutos depois, sacudindo o capuz encharcado de sua capa de chuva.

— *Gódan daginn.*

Sorri porque ele nunca tinha falado comigo em islandês antes.

— Oi.

Ele tinha ido até o vestiário do acampamento para tomar um banho e trocar de roupa, então saí para fazer a mesma coisa. Quando voltei, ele já havia desmontado a barraca e guardado no carro. Pude ver sua cabeça loira balançando no banco do motorista, com fones enormes nas orelhas. Ocupei o banco do passageiro e agradeci por ele ter guardado as coisas.

— Sem problema. Eu tenho uma capa de chuva, você não.

— Eu não teria derretido — falei.

— Posso dirigir hoje?

— Pode, claro.

Eu tinha começado a roer as pontas daquela pulseira de cordões que você fez para mim no Camping, dois anos atrás. Aquela com um pingente de bicho-preguiça. Você disse que era minha medalha de mérito por ter sido o conselheiro mais preguiçoso do Camping. Depois disso, eu arremessei meu filtro dos sonhos como se fosse um *frisbee* e acertei Jade na cabeça. Foi assim que começou a Guerra do Artesanato de 2013. Grandes tempos, aqueles.

Óskar estava comendo os cookies recheados com manteiga de amendoim que eu havia comprado. Ofereceu para mim o pacote aberto e peguei alguns. Ficamos sentados ali em silêncio por um tempo, apenas devorando os biscoitos e observando a chuva cair. As janelas embaçadas e escorridas me davam a mesma sensação de sozinhos-em-público que eu senti naquele dia em que quase nos beijamos na sala de concerto. No entanto, desta vez, sem o clima romântico; havia apenas melancolia. Eu já não tinha certeza se algum dia ganharia aquele beijo pelo qual tanto esperava.

Assim que terminou de comer, Óskar retirou os fones e deu a partida no carro.

Alcancei o botão do som e girei até que a música ficasse tão baixa quanto um murmúrio, para que eu conseguisse conversar com ele.

— Como você está hoje?

— Internamente, sem direção. — *Einterrnament sen dirreçawn.*

— É a história da minha vida.

— Mas por fora — ele continuou — tenho um plano. Pensei que, já que está chovendo, se você não se importar, talvez pudéssemos visitar minha família hoje? Preciso conversar com Karl.

— Sim, claro.

— Desculpe... Fico envolvendo você nos meus assuntos pessoais. É constrangedor.

— Ah, como se eu não fizesse a mesma coisa com você! — ri. — Às vezes é mais fácil, né? Passar por essas coisas com alguém que você nem conhece? Quero dizer, é meio assim... as pessoas que você já conhece projetam um monte de expectativas em você, e você se pega agindo de acordo com o que elas querem. Mas, assim, na presença de um estranho, é você quem determina as expectativas, sabe? Você se torna uma versão mais genuína de si mesmo, talvez? Ou pelo menos chega mais perto da pessoa que inconscientemente você quer ser.

Ele ficou piscando diante de mim algumas vezes, depois voltou a fitar a estrada. A boca dele repuxou só um pouquinho.

— Desculpe — murmurei. — Estou divagando.

— Gosto disso. Gosto do jeito como você não filtra suas palavras comigo. — Ele contou que os hóspedes do hotel costumam falar com ele simplificando tudo, achando que ele não é capaz de entender inglês direito. Eu nem sequer tinha pensado nisso... Como ele deve ter que se concentrar para converter minhas baboseiras do inglês para o islandês e vice-versa quando responde. Todas essas vezes em que ele fica piscando provavelmente demonstram o que se perde na tradução. É ele quem tem mais trabalho nas nossas conversas. Fico ponderando como seria se nós dois compartilhássemos a mesma língua nativa.

Notei que estava ficando tenso quando passamos perto daquela piscina onde aprendi a ter juízo de forma bem contundente. Isso parecia ter acontecido há um milhão de anos, e o hematoma no meu rosto agora é só uma marca levemente escurecida.

— Podemos tentar uma coisa? — perguntei e, sem esperar pela resposta dele, puxei sua mão do volante e entrelacei meus dedos nos dele.

Óskar franziu o cenho para mim, mas definitivamente não recuou.

O que ouço o tempo todo sobre os islandeses é que eles simplesmente não namoram. Supostamente, eles só ficam bêbados e transam nas noites de sexta-feira e, caso você se pegue na cama de uma mesma pessoa por alguns finais de semana seguidos, vocês dois podem começar a se encontrar durante o dia, sóbrios. E, se isso correr bem, então vocês serão um casal. Há uma casualidade despreocupada nisso tudo, mas, sinceramente, eu sou um bunda mole em busca de um pouco de romantismo.

E já que o Óskar passou os seis últimos anos sendo paparicado pelo Bonitão Almofadinha Britânico, imaginei que talvez ele fosse gostar disto também.

Tensão sexual é, tipo, a pior-melhor coisa do mundo, não é? Esfreguei meu polegar na palma da mão dele, examinando seus dedos.

— É, estas são falanges muito bem-feitas. E o que dizer destes metacarpos de formato tão magnífico?

Então, ele abriu aquele sorriso bobo e continuou dirigindo pelo resto do caminho até a casa de sua família com nossas mãos unidas no meu colo.

— Você se importaria de ir até a porta e pedir para Karl me encontrar no celeiro? Normalmente eu telefono, só que abandonei meu celular.

— Hã, claro. — Soltei minha mão e, debaixo da chuva, corri até a entrada da casa.

O pai do Óskar atendeu a porta. É difícil acreditar que aquele velhote todo enrugado gerou aquele boneco Ken islandês que eu havia deixado no carro. Apesar de que os olhos deles são idênticos, e o pai do Óskar também é pequeno.

Assim como eu, ele ainda estava um pouco machucado ao redor dos olhos.

Ele me disse algo em islandês e eu respondi:

— Não falo islandês.

E ele continuou falando comigo em islandês.

— Karl — falei. — Estou procurando o Karl. — Pronunciei Karl do jeito americano.

— Khaaruhl? — Certo, então agora sabemos como Óskar aprendeu a ser implicante com a pronúncia correta dos nomes.

Fiquei esperando na entrada enquanto o pai do Óskar entrava para buscar o filho mais velho.

— Oi, hã, eu vim dar o recado de que seu irmão está esperando por você no celeiro — avisei Karl quando ele apareceu e disse olá. Não acho que ele tenha se lembrado de mim, daqueles cinco minutos em que me viu na semana passada.

— Irmão? — Ouvi o pai dele dizer ao fundo. Ou talvez ele tenha dito em islandês, *bródir*. — Óskar?

— Diga a ele para vir aqui dentro de casa — Karl murmurou. — *Pabbi* — outra palavra que precisei pesquisar no Google (Pai) — tem perguntado por ele.

— Tem certeza de que é seguro? — perguntei.

E então o rosto do Karl mudou e percebi que ele me reconheceu.

— É seguro. Ele não é daquele jeito o tempo inteiro.

Então, fui até o celeiro para avisar Óskar que o pai dele estava num dia bom. Óskar falou:

— Mas preciso conversar com Karl a sós.

Então, precisei voltar para a casa (pelo menos Óskar me emprestou sua capa de chuva desta vez) e pedir de novo que o Karl fosse até o celeiro. Parecia que estávamos brincando de telefone sem fio.

Então, finalmente, Karl foi até o celeiro e ★acho★ que Óskar contou que tinha terminado com Jack (tenho certeza de que ouvi um Yak ali), e Karl apenas o puxou e o abraçou por um tempo enorme. Eu os deixei conversar a sós e perambulei até o lado oposto do celeiro, onde algumas ovelhas descansavam nas baias. Algumas eram bem amistosas e me deixaram fazer carinho, enquanto outras se afastaram.

— Vocês as comem? — perguntei quando Óskar apareceu e se debruçou sobre um portão. Karl devia ter voltado para a casa.

—As ovelhas? Nós as temos por causa da lã, mas de vez em quando também comemos — ele respondeu. — Por quê? Você vai querer discutir sobre isso?

— Só estava curioso.

— Vou ver o meu pai. Você quer entrar?

— Depende. Sua família vai querer me fazer comer um carneirinho? E, numa escala de um a dez, quão mal-educado vou ser se recusar?

— Mais ou menos oito. Mas por que você está preocupado em ofender essas pessoas que nunca mais vai ver?

Dei de ombros. Porém, na verdade, estava pensando: *Porque gosto de você, seu imbecil! Não quero irritar a sua família.* Por outro lado, ele tinha razão. Toda essa história com ele é em vão, e mesmo assim eu ainda quero. Uma semana, uma hora, quero todo o tempo com ele que puder conseguir.

— Vamos. Prometo que vou avisá-los que você não come carneirinhos.

Agora caía apenas uma garoa fina e devolvi a capa de chuva para ele. Ficamos plantados por um segundo na porta do celeiro. É bizarro, não é? Fico pensando no Óskar como um cara europeu elegante e muito mais culto que eu, mas na verdade ele é um garoto do campo, um caipira do sul. Uma preciosidade.

— Está tudo bem com seu irmão?

— Disse a ele que quero colocar Pabbi numa casa de repouso. Sei que é errado e que eu deveria ter mais respeito pelo homem que me criou, mas esse homem que ele era quase não existe mais. Quero que Bryndis esteja segura e quero voltar para casa.

De um jeito esquisito, eu podia me identificar com tudo o que ele disse.

— E o que o Karl falou?

— Que conversaríamos melhor sobre isso. Por enquanto, ele vai me dar as chaves da casa de veraneio de Mamma. Um lugar à beira de um lago em Westfjords. Não tem eletricidade, mas tem água quente e um fogão a gás. Vou sobreviver ali até o inverno.

Ele também contou que a Björk tinha combinado de morar com uma amiga. Aparentemente, os planos sobre o-que--fazer-quando-Óskar-finalmente-tiver-coragem-de-largar-o--Jack já tinham sido elaborados havia muito tempo.

Quando entramos na casa, Óskar foi até a sala e seu pai lhe deu um abraço de urso muito mais longo do que o de Karl. Bryndis apareceu e me puxou para a cozinha.

— Vamos deixá-los sozinhos um pouco.

Bryndis passou o café e depois ela, Karl e eu nos sentamos à mesa da cozinha para bater papo. Os dois são gente boa. Karl é um nerd de computador que resolveu assumir as rédeas da fazenda quando seu pai começou a ficar mal. Mas é Bryndis quem adora os animais. Assim que terminar a escola, ela quer assumir o posto do Karl, e então ele voltará a desenvolver *softwares*.

Karl já havia viajado para os Estados Unidos a trabalho. Ele até já esteve no Missouri. Disse que gosta do churrasco de Kansas City. Contei que eu nunca estive lá e que existem três churrascarias famosas no lugar onde moro.

— Uma delas é muito antiga. Acho que foi fundada nos anos 1940.

É claro que eles riram de mim, porque há um monte de coisas na Islândia muito mais antigas que isso.

Milhas de Distância

De vez em quando, ouvíamos vozes animadas e risadas altas vindas da sala. Acho que, quando Óskar e seu pai se entendem, eles se entendem muito bem.

Por fim, Óskar e o pai se juntaram a nós na cozinha e terminamos jogando pôquer — no qual, obviamente, sou péssimo. E acho que o pai do Óskar estava curtindo com a minha cara por causa disso, porque às vezes ele sorria e resmungava para mim em islandês, e então todos os seus filhos começavam a rir. O impassível Óskar venceu praticamente todas as partidas que jogamos.

Na hora do jantar, Karl pediu umas pizzas, e Óskar e eu fomos com o carro buscá-las numa cidadezinha próxima. Na estrada, agradeci ao Óskar por garantir que uma das pizzas fosse só de queijo. É idiotice, mas gosto do jeito como ele cuida de mim. Fiquei com as caixas de pizza queimando sobre minhas coxas e a mão do Óskar novamente enlaçada com a minha durante todo o caminho de volta.

O pai do Óskar foi para a cama logo depois do jantar e o restante de nós ficou assistindo a sitcoms islandesas na TV. Óskar me perguntou se eu me incomodaria de passar a noite aqui. Ele disse que eu podia dormir em seu antigo quarto, enquanto ele dormiria no sofá da sala. Discutimos sobre isso por um tempo, porque para mim estava ótimo dormir no sofá da sala, mas ele insistiu que eu ficasse com a cama. Entretanto, o que realmente aconteceu depois que todos foram dormir foi que Óskar subiu as escadas e veio se enrodilhar comigo na sua velha cama de solteiro.

— Quero sair cedo amanhã — ele sussurrou. — Antes que *Pabbi* acorde.

— Tudo bem. — Eu não conseguia respirar direito porque ainda estava me acostumando com o fato de que ele estava tão perto, colado em mim, só com a calça do pijama e sem camisa.

— Sua barraca é uma droga — ele falou. — Ficou vazando em cima de mim na noite passada.

— Desculpe, mas foi você quem a escolheu.

— Vamos voltar a Reykjavik amanhã. Vou pedir reembolso e depois podemos viajar para Westfjords, o que acha? Para ver aquela minha cabana?

Devo dizer que eu estava completamente despreparado para aquela mão que deslizou pela frente da minha cueca. Quero dizer, eu achava que, se algo assim fosse acontecer, eu pelo menos ganharia um beijo antes. Pode me chamar de antiquado...

— Sim. Com certeza. Eu adoraria conhecer a sua cabana — chiei.

— Shhh. — Ele me acariciou por um segundo, depois recolheu a mão. — Desculpe, não podemos fazer isso aqui. Mas tive uma vontade irresistível de sentir você.

É claro que não podíamos transar naquela cama minúscula e capenga enquanto a irmã dele dormia no quarto ao lado. Mas isso não significa que eu não estava tendo minhas próprias vontades irresistíveis.

Rolei e coloquei o peso do meu corpo por cima dele. Sussurrando:

— Muito bem, você volta para o sofá. Mas quero um beijo de boa-noite primeiro.

Ele ficou tenso por um momento; nós dois ficamos. Eu havia me perdido entre a brincadeira e a tentativa de soar dominador e sexy, ou brincalhão. Com uma das mãos, segurei um punhado dos cabelos dele e, com a outra, deslizei o dedo por seu abdômen. Não sei qual funcionou melhor, mas os ombros dele relaxaram e os meus também. Afundei um pouco mais na direção dele e...

Sem querer, empurrei-o para fora do colchão. Puta merda. Ele aterrissou de bunda ao lado da cama e, no assoalho, fez cara de deboche para mim. Seus cabelos estavam bagunçados e, surpreendentemente, havia uma barraca enorme armada na calça do seu pijama.

— Eu disse que não podíamos fazer isso.

Gemi um pedido de desculpas enquanto ele pegava um roupão em seu guarda-roupas e o vestia:

— Desculpe. Como está a sua bunda?

— Minha bunda? — ele comentou. — Estou torcendo para que você tenha cantadas melhores que essa.

Então, ele riu e se dirigiu para o sofá no andar de baixo.

Fiquei deitado de barriga para cima naquela pequena cama de menino e passei quase a noite toda pensando na impossibilidade da minha boca na dele.

Naquele momento, eu não estava pensando em você. Entretanto, não consigo deixar de pensar na primeira vez que nos beijamos. Há tanto tempo atrás, quando tudo era novo, intenso e assustador. Aquela intensidade tende a passar. Por fim, com a pessoa certa, a paixão se torna estabilidade, e trocamos tesão por amor de verdade.

Um salto e uma permuta.

Não fui feito para isso. Apesar das tatuagens e do vocabulário de marinheiro, sou o que se pode chamar de "bom namorado em potencial". Sim, eu quero sexo. Com certeza, quero. Mas também quero ir além disso. E, quanto mais chego perto do Óskar, mais detesto saber que nunca conseguirei ficar com ele do modo como uma vez fiquei com você.

Então, foi sobre isso que conversamos hoje. Óskar me acordou, tipo, às quatro da manhã porque os pais velhos islandeses têm o costume de madrugar. Saímos e tomamos café da manhã no carro, a caminho de Reykjavik, onde Óskar usou suas habilidades de atendimento ao cliente para me conseguir um reembolso pelo equipamento de camping. Depois, deveríamos seguir para a cabana dele, mas acabamos sentados dentro do meu carro alugado, num estacionamento vazio de frente para o mar e com vista para as montanhas. E, basicamente, eu fiquei: *Não, não posso fazer isso porque: sentimentos. E ele ficou: É, eu também estou lidando com emoções complicadas, mas relacionamento a distância é uma merda, então, por favor, decida se vamos terminar hoje ou na semana que vem.*

E eu disse hoje.

Então, nesse estacionamento vazio mirando o mar de um lado e as montanhas do outro, Óskar deixou que eu lhe desse um beijo de despedida.

Não sei o que dizer sobre aquele beijo, Vivian. Igual àquela vez com Shannon, quando eu disse que não existem palavras para descrever a vista noturna da enseada, não consigo contar para você como foi beijar Óskar. Mas posso dizer que me deu uma sensação que nenhum beijo jamais deveria dar.

Doeu. Tudo dói.

Depois disso, ele pegou uma caneta em sua mochila e escreveu o endereço de sua cabana no meu antebraço esquerdo. Então, saiu do carro e foi embora.

E agora estou sentado numa cafeteria, revivendo aquele beijo terrível. Tentando decidir se quero alugar outra barraca. Ou talvez eu precise de um hotel e um descanso.

Ou, sabe, uma cabaninha à beira do lago.

Porque esse endereço escrito no meu braço está me dizendo que Óskar não queria que nosso primeiro beijo fosse também o último. E não sei direito se eu queria que fosse, também.

CAPÍTULO 19

Do distante Miles para a garota Vivian
20 de junho de 2015, 10:13

Albergue é uma palavra tão assustadora. Tão hostil. Mas é onde estou neste momento. Ou melhor, onde acabei de fazer o *check-out*, mas estou usando o Wi-Fi na cafeteria do andar de baixo para organizar meus pensamentos antes de sair. Não foi exatamente um show de horrores, mas não sou fã de albergue, de dividir um quarto com três pessoas totalmente estranhas. Foi bem complicado conseguir privacidade neste lugar, acabei entrando de fininho no armário destrancado do zelador na noite passada para poder ligar para Mamãe sem que todos aqueles estranhos aleatórios ouvissem meu papo gay neurótico.

Mamushka me atendeu no Skype. Ela estava na cozinha, toda molhada. Dia de guerra de balões cheios d'água.

— Oi, querido!

— Oi, Mamushka. Cadê a Mamãe?

Ela franziu a testa para mim com aquela combinação de mágoa e preocupação — eu não queria falar com ela? Precisava da psicóloga? —, mas foi chamar a Mamãe mesmo assim.

Claro, a Mamãe também estava toda úmida e suja de grama. Senti uma pontada de ciúme, uma saudade repentina do Camping que não esperava sentir. Sinto falta dos meus campistas, Vi.

— Onde você está? — Ela olhou para a tela.

— No armário de vassouras de um albergue — respondi.

— Por que você está no armário de vassouras de um albergue, Miles? O que aconteceu com o hotel?

— Óskar terminou com o Jack.

Tinha medo de que a Mamãe tentasse dar uma de boba, mas ela apenas abriu um sorriso enorme.

— Terminou? Que notícia maravilhosa!

— Mãe, preciso saber sua opinião profissional sobre Óskar Franz Magnússon.

— Miles — respondeu ela, imitando meu tom —, você sabe que não posso divulgar informações sobre os pacientes.

— Mas… tipo… aconselhamento materno? — Não conseguia nem mesmo formar frases completas. Ugh, ela me deixa tão nervoso às vezes, como se tudo o que eu dissesse fosse parar no meu prontuário psiquiátrico que ela está montando mentalmente. É muito mais fácil falar com a Mamushka.

Ela percebeu que eu estava ficando frustrado. Disse para eu respirar fundo.

Obedeci.

— Agora, conte o que está acontecendo.

— Nada — respondi. — Eu gosto dele. Acho que ★eu★ acabei de terminar com ele.

Ela olhou para mim como se eu tivesse acabado de anunciar que entrei na equipe de âncoras da Fox News.

— Você gosta do Óskar?

— Não era esse o seu plano? Me mandar para um lugar legal com um cara muito gato pra me distrair um pouco?

— O quê? Não. Isso parece algo que sua Mamushka faria. Eu não tinha segundas intenções. Óskar? — Ela fez uma pausa e balançou a cabeça. — Eu nem sabia que você se interessava por rapazes.

— Mãe!

— Miles! — disse ela outra vez. — Você não teve namorado desde os treze anos. Para ser sincera, e você sabe que eu nunca, jamais diria isso a ninguém além de você, pensei que aquilo fosse uma fase.

— Ah, meu Deus! — Uma psicóloga especializada em sexualidade adolescente tentando me dizer que é *só uma fase*.

— Desculpe. — Ela disse que, na época, fazia sentido eu tentar imitar a felicidade das minhas mães... ou coisa assim.

— Obviamente, eu estava errada. Você sabe que por mim está tudo bem, e você não precisa de um rótulo.

— Ah, meu Deus — repeti. — É, Mamãe. Não sou um menino confuso de treze anos.

— Então qual é o problema?

— Sou um cara confuso de dezoito!

Ela riu e então eu ri também. Meu rosto estava tão quente.

— Eu gosto MUITO dele. É, tipo, um *crush* enorme e idiota, e eu detesto isso. E ele quer que eu vá ficar com ele numa cabana, mas também disse que não quer ter um lance comigo a distância e, tipo, não sei o que é pior. Vale a pena ficar com ele por mais dez dias e passar a gostar ainda mais dele pra que depois seja muito pior quando eu for embora? Ou simplesmente, tipo, passar a próxima semana e meia tentando não pensar nele e no que poderia ter sido e... puta merda, eu estou triste. Quando é que vou poder parar de ficar triste?!

— Ok — ela disse. — Deixe-me começar afirmando que de jeito nenhum eu quero lhe oferecer falsas esperanças. Estou dizendo isto pra que você entenda que já estive na sua situação antes. Você sabe que, quando conheci sua Mamushka, ela era casada com outra pessoa e morava em outro país.

— Sei.

— Então. — Ela levantou a mão. — Valeu a pena. Pra mim, valeu. Fui em frente entendendo que seria só uma coisa temporária, mas preferi passar um dia com ela do que uma vida inteira imaginando o que eu teria deixado de fazer com aquela russa linda, sabe? Mas Óskar não parece ser mentiroso, e, se ele está lhe dizendo que isso é tudo o que dá pra fazer, então você deve entender completamente qual é o risco. E parece que você entende.

— É.

— Você está pensando demais. Dá pra perceber. Certo. Ok. Isso vai deixar nós dois envergonhados, mas você está me forçando a dizer...

— Ah, meu Deus!

— Vá encontrar aquele islandezinho bonito e, bom, prometa que vai usar proteção, tá bem?

— Mãe!

— É isso. Essa é a minha opinião profissional, Miles. CURTA. MUITO. Você não pode esperar se casar com todas as pessoas que olham pra você com desejo. Tudo bem ser uma parte da história de alguém e não o final feliz de um conto de fadas.

— Drogaaaa!

— Miles, precisamos conversar sobre outra coisa. — O tom dela mudou drasticamente, e tudo em mim ficou tenso.

— Hã?

— Liguei para o hospital na noite passada, e o Dr. Morris me disse que a Vivian está com pneumonia.

— Merda. — Nada bom. Nada bom mesmo. — Vou voltar pra casa.

— Filho, não há nada que você possa fazer para ajudá-la, seja aqui ou aí. Você pode rezar, e só isso.

— Que se dane isso. Rezar!

— Sei que você está tendo problemas com a fé, mas isso ajuda, Miles. Ajuda mesmo. Até alguns estudos científicos...

— Que se danem — repeti.

Há uma fábula chinesa de que sempre gostei, uma teoria de que certas pessoas que você conhece estão ligadas a você por um fio vermelho invisível. As duas pessoas ligadas pelo fio vermelho estão destinadas a ser amantes, não importam o lugar, a hora ou as circunstâncias. Esse cordão mágico pode esticar ou se emaranhar, mas nunca se romper.

Mamãe me pediu para rezar, e só o que consegui fazer foi imaginar esse fio vermelho, seguindo-o mentalmente. Atravessando um oceano de ondas negras, serpenteando até o meio dos Estados Unidos. Encontrei o fio e o segui até o hospital, percorrendo os corredores com cheiro de remédio até uma sala onde havia um corpo, com aparência masculina após passar mais de um ano sem os hormônios. Puxei o cordão até me aproximar da outra ponta e o vi entrar no corpo como um tubo de soro. Mamãe queria que eu rezasse, mas só o que pude fazer foi puxar nosso fio vermelho. Arrancá-lo do seu braço.

Do distante Miles para a garota Vivian

21 de junho de 2015, 0:45

Quando cheguei à cabana do Óskar...

Sim, é claro que fui para a cabana do Óskar. O que você esperava?

Ele disse:

— Por que demorou tanto?

Dei de ombros, tímido, sem palavras. Fiquei por um momento parado à porta. Atrás de mim, o cenário mais lindo que você pode imaginar. Um lago muito, muito azul e montanhas, todas verdes. E, na minha frente, o cara mais lindo que você pode imaginar. Olhos muito, muito azuis e uma camiseta só um pouco justa demais.

Ele estendeu a mão para mim, puxando-me para dentro da cabana pela cintura do meu jeans.

Respirei fundo. Tirei você da cabeça.

— Assei um bolo pra você — disse ele. Era um bolo de manteiga de Saint Louis, bem macio, que ele ficou desapontado ao saber que eu nunca tinha comido. — Não há muitas receitas de sobremesas específicas do Missouri à disposição. Mas é vegetariano.

Eu disse que agradecia o esforço.

Ele respondeu tirando um pedaço do canto do bolo e colocando-o na minha boca.

— Está muito, muito bom — garanti. Segurei o pulso dele e lambi seus dedos pegajosos, um por um. — Mas vamos deixar pra mais tarde.

A cabana estava bem suja e empoeirada. Óskar disse que sua família costumava ir para lá todo verão, mas ninguém havia passado por ali desde que sua mãe morrera, seis anos antes. E havia caixas de papelão espalhadas por toda parte, as coisas do Óskar. Depois, ele contou que tinha ido falar com o Jack — para ter uma conversa de verdade, a definitiva, e pegar algumas das suas coisas. Não falou muito sobre isso, disse apenas que o Jack estava distante e frio.

Desculpe por mudar de assunto assim. Estou nesta cafeteria e me sinto estranho por isso, como se alguém fosse espiar por cima do meu ombro e ler estas coisas íntimas. E me sinto estranho por você, por dizer estas coisas. Estas coisas muito vivas e vívidas que fiz com uma pessoa muito viva e vívida enquanto ignoro a mensagem no meu telefone.

Vou dizer que curti. E ele curtiu. A gente se curtiu. Mais de uma vez ontem à noite.

No intervalo entre a primeira e a segunda vez, Óskar trouxe a forma inteira de bolo e um par de garfos e deitamos juntos na cama e comemos a sobremesa.

Sexo gay, seguido de bolo na cama.

— Óskar, acho que esta é a definição de hedonismo. Você vai me fazer engordar de novo.

— De novo?

— É. Eu era meio diferente um ano atrás. — Tateei o chão em busca das minhas calças e peguei meu telefone. Percorrendo as fotos, vi seu rosto uma vez, e mais uma, mas passei as imagens até encontrar uma foto só de mim.

— Aww. Você parece o Andy de *Parks and Recreation*. Ele também está mais magro agora.

Aí tivemos uma breve conversa sobre *Jurassic World*, e percebi, feliz, que o filme provavelmente ainda estará no cinema quando eu voltar para casa. Até aquele momento, eu não estava pensando em nada que pudesse acontecer quando chegasse em casa, nem mesmo algo tão mundano quanto ir ao cinema com o Brian e tentar não ser pego pelo gerente velho e mal-humorado do cinema ao colocar os pés em cima dos bancos. Na verdade, não tinha pensado nem um pouco no futuro.

Óskar me beliscou no quadril e me trouxe de volta ao presente. A ele.

— Estou com ciúmes. O filme ainda levará muitos meses para chegar à Islândia.

Milhas de Distância

Tive que morder o lábio para evitar convidá-lo a ir comigo. Cala a boca, Miles, cala a boca.

Poucos minutos depois, Óskar deixou o bolo de lado e tirou um *tablet* de uma das caixas na sala de estar.

— Eu também era diferente um ano atrás.

Esperei enquanto ele virava a tela para si e percorria sua série de fotos. Depois de um tempo, colocou o *tablet* virado para baixo em cima do próprio peito, escondendo a tela.

— Você não pode rir. Precisa entender que estou fazendo a *selfie* no espelho como uma atitude irônica.

— Ok. Não vou rir.

Mas ele me mostrou a tela e eu ri, sim.

— Ah, meu Deus, o que é isso? O que é que eu estou vendo?

O menino, e me deixe enfatizar a palavra MENINO, na foto era frágil, magro como um palito, só costelas e peito afundado. E...

— Seu farsante! Você é ruivo!

Ele encolheu os ombros e pegou uma mecha de cabelo platinado.

— Obra da Björk.

— O que... Como, quero dizer...?

— Andei mudando minha fachada — disse ele com uma risadinha. — Para ver como Yak reagiria se eu parecesse um pouco mais... maduro. Ele detesta.

— Ah. — Olhei para a foto outra vez. O menino sem camisa na *selfie* no espelho tinha dezenove anos, mas poderia facilmente ter doze. — Esse cara é mesmo um pedófilo.

— Desculpe por mencioná-lo.

Passei pelo Óskar e coloquei o *tablet* em cima do criado-mudo perto do lado que ele ocupava na cama. Então, nos aconchegamos. Percorri com os dedos o abdômen pequeno e rígido dele, enterrei meu rosto nas mechas loiras. Óskar cheirava a sabonete de baunilha.

Ele disse que detestava malhar, detestava como seus cabelos longos ficavam no caminho e todo o incômodo de descolorir os fios.

Engraçado, né? Nós dois com o corpo nesse estado de transição. Provavelmente estamos com a melhor aparência que já tivemos na vida, mas a sensação não é boa. Vou voltar para casa e começar a comer de novo, recuperar a maior parte do que perdi. E ele vai parar de se exercitar, cortar o cabelo. Daqui a um ano, provavelmente vamos parecer pessoas totalmente diferentes de novo. Não quem fomos antes, mas uma espécie de híbrido formado entre o agora e o antes.

Pouco depois, estávamos enroscados um no outro novamente. Quero dizer, não há muito mais para fazer numa cabana sem Wi-Fi nem eletricidade.

Um tempo depois, ele disse que estava feliz por eu ter chegado lá. Respondi que estava feliz por ele ter chegado lá também. Ele se referia à cabana. Eu, não.

Queria perguntar se eu estava me saindo bem. Se ele conseguia notar que eu nunca tinha feito algumas daquelas coisas. Nessa hora, quase expus nossos segredos sobre o jeito como você e eu costumávamos transar. Sobre como sua disforia às vezes deixava você em pânico quando eu a tocava ou até mesmo tentava olhar para você sem roupa. Eu amava você, e amava, e amava. Eu teria amado cada parte sua, Vivian.

Acordei hoje com os dedos emaranhadas nos cabelos de outra pessoa. Um quadril, quente e nu, ao lado do meu. Continuei de olhos fechados e imaginei que fosse você. Deveria ter sido você. Não sei por que estou aqui e você não.

Mamãe me disse uma vez que achava que, quando tentou se matar, você estava só cansada. Você estava cansada, ela disse, e cometeu um erro. Uma palavra pequena demais, erro. Erro é o tipo de coisa que pode ser corrigida com lápis e borracha ou um pedido de desculpas ou algo assim. Normalmente não termina em coisas como audiências e tubos de alimentação, né?

E uma garota como você... — linda e sarcástica e mais corajosa do que qualquer pessoa que conheci — uma garota como você não poderia ter acabado com pneumonia, certo? Palavra idiota. Ninguém pronuncia direito. Não pode ter acontecido assim.

Óskar me explicou como chegar a esta cafeteria com Wi--Fi gratuito para que eu pudesse verificar meu telefone.

Há uma mensagem, e eu a estou ignorando:

Ligue para casa assim que receber esta mensagem. Amamos você, filho.

CAPÍTULO 20

Do distante Miles para a garota Vivian
22 de junho de 2015, 16:02
Dia 21 de junho é o solstício de verão, o dia em que a Islândia atravessa 24 horas ininterruptas de sol. Isso faz do dia em que você morreu literalmente o mais longo da minha vida.

Acabei ligando para casa, porque senti necessidade de receber a notícia da boca de alguém. Quando atendeu minha chamada pelo Skype, Mamushka estava chorando, soluçando e dizendo coisas ininteligíveis.

Depois apareceu Mamãe.

Ela também chorava.

— Apenas me diga.

E ela disse.

Então arremessei o maldito telefone até o outro lado do estacionamento da cafeteria. A tela quebrou de novo. E, quando voltei para a cabana do Óskar, dei ao celular um fim misericordioso. Eu havia esquecido que ele estava no bolso quando entrei, com roupa e tudo, dentro da água congelante em frente à cabana.

Será que aquilo era mesmo um lago ou um rio? Ou seria o mar? Não faço ideia. Seja o que for, devia ser alimentado pelas geleiras. Eram águas frias como eu nunca havia experimentado antes.

Óskar saiu da cabana e me seguiu pela margem.

— Está um pouco frio, não acha?

— Ela morreu. — Não consegui dizer seu nome a ele. Sim, ele possuía uma das suas pinturas, mas jamais a conhecerá. Nem sequer a verá.

Óskar, mais esperto do que eu, tirou quase toda a roupa antes de entrar e me arrastar para fora da água. Ele me despiu na varanda, porque não há ninguém por perto num raio de quilômetros e não fazia sentido molhar a casa inteira. Suas botas estavam encharcadas, e a água que escorreu quando ele as virou de sola para cima dava para encher duas ou três xícaras.

Fiquei tremendo e respingando só de cueca enquanto Óskar preparava um banho. Entramos juntos na água morna da banheira, ele à minha frente. O quadril dele entre as minhas coxas.

Observei as costas dele. Seus cabelos estavam encharcados e enrolados nas pontas. Havia uma pequena constelação de sardas ao redor da sua espinha. Num toalheiro ao lado da banheira, ele havia pendurado dois roupões velhos que pertenceram aos seus pais. Haviam sido tricotados à mão por alguém tão hábil quanto Mamushka. Apenas observando os punhos, arrematados com lã em vez de agulha e linha, pude perceber que eles não vieram de uma fábrica.

De repente, tudo naquele recinto parecia querer me contar uma história. Os pontos dos roupões, a condensação do vapor nas paredes, a postura curvada das costas de Óskar. De repente, eu o entendi. Ouvi todas as coisas que ele nunca pôde me contar em voz alta.

Toquei seu ombro e ele estremeceu. Ele devia estar vagando por algum outro planeta. Sussurrei:

— O que aconteceu com sua mãe, Óskar?

E ele respondeu, do mesmo modo suave:

— Ela se enforcou no celeiro.

— E quem a encontrou?

— Quem você acha?

Agora tudo fazia sentido. Da forma mais trágica. Agora eu entendia por que ele sempre estava um passo à minha frente, como era capaz de prever exatamente do que eu precisaria. Ele me entendia de um modo como talvez ninguém mais seja capaz de entender.

Óskar estremeceu e deixou escapar um soluço. Eu o abracei ao redor dos ombros e o puxei para perto. Nesse momento, senti tudo. Tudo de uma vez. Tristeza, raiva, desesperança. A pele dele em contato com a minha, e meu pau duro encostado nas costas dele. Afundei meu rosto nos seus cabelos macios e o segurei forte enquanto ele chorava, mas percebi que eu não conseguiria fazer o mesmo.

Como sempre conto a você os meus segredos, devo admitir o que estava sentindo naquele instante. Todas as minhas emoções haviam retornado. Tudo o que eu havia — e também o que não havia — sentido nos últimos dezoito meses. Tudo veio à tona de uma vez. Era demais. Então, quando uma dessas emoções me acertou com mais força do que as outras, decidi me agarrar a ela. Apenas para conseguir passar pelo próximo momento. A hora seguinte. Eu me apaixonei por ele.

Espero que eu consiga me perdoar um dia. Por deixar isso acontecer tão rápido depois que você se foi. Ou simplesmente por deixar acontecer.

Bem mais tarde, naquele mesmo dia sem fim, levamos dois cobertores para nos deitarmos no gramado. Afinal de contas, é preciso testemunhar o sol da meia-noite, certo?

Bebemos daquela garrafa na caixa de ferramentas, o Brennivín.

"Peste Negra", lembrei com algum sarcasmo.

Debaixo dos cobertores, Óskar montou sobre mim e puxou uma caneta de ponta macia do bolso.

— Como vocês, americanos, chamam isto?

— Hã, caneta marca-texto?

— Caneta hidrográfica — ele falou.

— Kahneta hidrrogrrafika — ecoei, um pouco bêbado.

— Exato. — Ele assentiu e levantou minha camisa. Me ergui um pouco para que ele conseguisse retirá-la por cima da minha cabeça. Então ele desenhou um símbolo em meu peito, uma bússola estilizada com linhas de referência decoradas com grifos.

Tracei suas linhas descuidadas e bêbadas com a ponta do meu dedo. Bem acima do meu coração. Soube nesse mesmo instante qual seria minha próxima tatuagem.

— O que é isso?

— *Vegvísir*. — De acordo com a Wikipédia: um símbolo mágico islandês que serve para conduzir seu portador durante uma tempestade. — É para ajudar os que estão perdidos.

Ele também me contou que é uma tradição, depois do solstício, rolar nu sobre o orvalho da manhã. Acho que o que acabamos de fazer já conta.

Esta manhã nós voltamos à cafeteria para tomar o café da manhã e usar o Wi-Fi. Ele pediu emprestado o celular de alguém e passou meia hora tentando encontrar um voo para que eu pudesse voltar para casa, enquanto eu fazia o mesmo dedilhando meu iPad. Nenhuma passagem disponível para os próximos dias. Estávamos na alta temporada, afinal.

Liguei para casa e Mamãe me disse que eu não precisava ir. E que talvez fosse melhor eu ficar na Islândia enquanto os seus pais enterravam você com o nome errado e dentro de um terno.

— E aquela igreja horrorosa vai estar lá fazendo piquete — ela falou. — Então, fique onde está.

Eu estava arrasado demais para discordar. Não sei se é certo ou errado eu faltar ao seu funeral. Parece algo ruim, eu sei. No entanto, já superei essa parte de me importar com o que o resto do mundo pensa.

É difícil descrever como estou me sentindo agora. É engraçada essa sensação iminente de... tranquilidade? A ameaça da sua morte, a tarefa de proteger você, o fato de não ter conseguido salvá-la e a tentativa de encontrar um meio de honrar sua memória — até ontem, essas coisas estavam sempre na minha mente. E agora, às vezes, meu ânimo sofre reviravoltas. Eu me pego preocupado e tenso de novo, apenas para descobrir que meus piores pesadelos já viraram realidade. Já não há cantos escuros para meus temores se esconderem.

Sinto-me vazio, mas na acepção de uma tela em branco. O que vou fazer com a minha vida agora? Quem sou eu, senão o guardião dos seus tubos de respiração e daquele grande fio vermelho?

Do distante Miles para a garota Vivian

29 de junho de 2015, 15:42

Óskar me perguntou se eu queria continuar minha viagem ao redor da Rota 1. Acho que ele pensou que isso ajudaria a me distrair das outras coisas. Então, deixamos a cabana em que mal havíamos nos instalado, arranjamos outra barraca e partimos. Isso é o que tenho feito nesses últimos seis dias. Turismo e sexo. Acho que transei com Óskar em todos os cantos da Islândia.

Até o momento em que isso deixou de ser a resposta.

Depois de um tempo, as coisas... imploridam. Acho que isso aconteceu no dia em que estávamos na lagoa glacial e eu resolvi tirar um milhão de fotos do gelo flutuando sobre a água e espalhado pela praia. Aquilo não parece gelo, Vi, mas vidro. São como pequenas esculturas. O modo como as cores se dissolvem umas nas outras, o translúcido vira opaco, a luz vira trevas. É claro que fiquei entretido.

E Óskar ficou entediado. Depois que desliguei a câmera, me virei e ele tinha ido embora. A praia estava vazia. Não havia sequer uma alma por ali. Passei uma eternidade procurando por ele. Comecei a me preocupar que ele pudesse ter sido, de alguma forma, arrastado para dentro do mar. Por fim, resolvi verificar dentro do carro, e lá estava ele, esticado no banco de trás. Com os fones de ouvido na cabeça, cochilando.

Eu o acordei e ralhei como se ele fosse uma criancinha desobediente, mas ele me rechaçou:

— Você já me encontrou. Qual é o problema?

O problema é que ele não achava que isso era um problema.

O problema era que perdê-lo, ainda que por vinte minutos, numa praia gelada e inóspita, era apenas um sinal das coisas que estavam por vir. Ele era minha bússola ultimamente (e gostaria de acreditar que eu representava a mesma coisa para ele). Quem sabe se não vou me perder de novo assim que puser os pés em casa?

E o problema era que eu não podia expressar nada disso em voz alta, porque apenas faria com que nos sentíssemos péssimos. Então, só me sentei no banco do motorista e dirigi.

Foi a atitude errada. Eu havia puxado a peça errada da torre de Jenga, e agora ela estava desmoronando completamente. Depois disso, a raiva tomou conta de mim e deixei que ela ficasse. Descontei-a nele porque pensei que isso me ajudaria a encontrar um modo de me afastar dele e conseguir permanecer intacto.

Tentei esquecer que ele também estava travando sua luta. Ele e Jack tinham ficado juntos por muito mais tempo do que eu e você. Mas cada vez que Óskar mencionava o nome dele, ou tentava fazer uma comparação, eu retrucava com crueldade, lembrando-o que Jack não estava morto.

Sou um monstro. Pensei que as coisas estivessem melhorando, mas em vez disso me tornei um monstro.

No momento em que nossa viagem se aproximava do fim, eu odiava Óskar e Óskar me odiava. Montar os móveis juntos, rá! O verdadeiro teste de resistência emocional são as barracas de camping e os passeios de carro.

Quando finalmente terminamos de dar a volta na costa sul, Óskar pediu para ser deixado na casa de sua família. Chegamos lá depois de duas horas. Parei o carro na entrada e desliguei o motor.

— O, hã, pacote que minhas mães reservaram pra mim incluía um passeio à Lagoa Azul. Acho que vou fazer isso amanhã, antes do meu voo.

— Armadilha para turistas — Óskar falou. — Mas faça o que tem que fazer.

— Hã, bem, vou estar lá amanhã e, quero dizer, se você quiser…

— Não.

— Tudo bem.

E então ele fez algo inédito. Segurou minha mão. Ficamos assim, sentados ali por um bom tempo, em completo silêncio. Depois ele pegou sua mochila no banco de trás, saiu do carro e andou na direção da casa.

Não disse uma palavra. Não me beijou. Nem olhou para trás.

Esperei, observando enquanto Karl abria a porta e o convidava a entrar.

E foi exatamente assim que o meu capítulo na história do Óskar terminou. Eu me cortei ao virar essa página.

Ele não apareceu na Lagoa Azul esta manhã, obviamente. Então, acabei ficando sozinho, de molho, nas águas azuis e leitosas do spa geotermal mais romântico da Islândia. Contudo, na ausência dele, comecei a me sentir eu mesmo novamente. Bobo e tímido, mas, é... eu mesmo. Quando estava caminhando rumo à parte mais rasa da lagoa, vi uma garota bonita e nós sorrimos um para o outro. Então, tropecei numa protuberância no fundo irregular e caí de cara na água, derramando minha bebida. Pois é.

E agora estou no belo aeroporto envidraçado, absorvendo meus últimos momentos neste lugar. Uma parte idiota de mim insiste em observar os portões e imaginar um garoto de coque e com uma mochila correndo para os meus braços.

Não vai acontecer, mas tenho ainda alguns minutos para fingir que sim.

Do distante Miles para a garota Vivian

29 de junho de 2015, 21:03

Viajei no tempo hoje, recuperando as seis horas que perdi no começo da minha viagem. Acho que Mamushka tinha ficado de ir me buscar no aeroporto em Saint Louis, mas em vez disso foi o meu melhor amigo quem apareceu.

— E aí? — Brian falou, escorado numa coluna, me cumprimentando com um aceno de cabeça.

— Cacete, deixa disso — eu disse, abrindo os braços para ele. — Vem cá, me dá um abraço.

Ele me abraçou com todos os seus dois metros, me fazendo parecer um anão. Pensei no Óskar, em como ele devia se sentir ao meu lado. E então pensei no Óskar e no Brian tentando entabular uma conversa. Um banquinho seria necessário.

Quando nos distanciamos do barulho do portão de desembarque, ele me perguntou sobre a viagem.

— Foi... quero dizer... sabe... — falei. — Não sei bem que palavras usar... — Eu já estava de volta ao meu velho estado introvertido. Não era mais o sujeito que conta toda a história da sua vida para estranhos.

Ele riu.

— Ah, é, e por um minuto eu esqueci com quem estava falando. Certo, Miles, então me conta só uma coisa da sua viagem.

— Só uma coisa? — Arqueei uma sobrancelha, tentando encontrar um modo de resumir minha experiência na Islândia numa única frase que um camarada do Missouri gostaria de ouvir. — Bom, eu dei uns amassos na Björk.

— Que legal!

Então chegou o momento de conversar sobre você. Ele disse que, já que estávamos na cidade, ele poderia me levar até o cemitério.

— Não estou pronto para isso.

— É — ele concordou com a cabeça. — Mas vai ser igual a tirar um Band-Aid, certo? Super-rápido.

— Não.

— Que saco, Miles, falei pra Mamushka que eu ia levar você. Estou tentando ganhar uns pontos com a sua mãe mais gata, tá bem?

Sorri porque isso me soava normal: o Brian e sua quedinha infantil pela minha mãe.

Tentei não pensar nos detalhes dessa situação. Sobre você e a sua morte. Era mais fácil pensar nisto como um favor para Mamushka, uma tarefa. Apenas uma visita rápida ao cemitério, certo? Assim como ele disse, rápido como tirar um Band-Aid.

O calor e a umidade do Missouri atingiram meu rosto assim que saímos do terminal. Arranquei meu casaco e parei para guardá-lo na mala.

Brian estudou minhas roupas novas, balançando a cabeça:

— Cara, pensei que a gente tinha combinado de não virar hipster.

— Ah, droga. — Comecei a tatear meus bolsos, como se tivesse perdido alguma coisa.

Por um segundo, Brian me olhou genuinamente preocupado.

— Onde será que deixei meu bigode? E meu cachimbo! Ah, espere... — Coloquei a mão no bolso da camisa e tirei para fora o meu dedo médio levantado. Brian começou a rir.

Isso pareceu algo normal também.

É um lugar bonito o seu cemitério. Um lugar muito bom para estar morto. Com portões e árvores e tudo mais. Olhando para trás, nem foi tanto a vista que me marcou, mas os sons. Os silvos e os zumbidos das cigarras. Um cortador de grama ali perto. E, mais além, os ruídos do trânsito e da cidade.

Não chorei, como pensei que faria. Ajoelhei diante do seu túmulo, um montinho de terra marrom ainda fresca. Tracei as letras do seu nome — o nome errado — com a ponta do meu dedo. Isso foi tudo em que consegui pensar; que merda gigantesca o que resta de você ter que passar a eternidade com a identificação errada.

Sim, uma merda, mas não estou com raiva. Não consigo mais odiar isso, nem a mim mesmo. O que está feito está feito.

Então, lá estava eu, tendo esse monólogo interno e intenso, quando ouvi alguém fungar atrás de mim. Achei esquisito, porque o Brian obviamente nunca foi o seu maior fã. Olhei por cima do ombro para zombar dele, mas...

Quem fungou não foi o Brian.

E aí eles correram para mim. A garotada do Camping! E minhas mães também! Havia braços por todos os lados vindo me dar um abraço gigante no meio do cemitério. Os campistas deviam ter voltado para casa ontem, eu não imaginava que chegaria a vê-los! Mas Mamãe e Mamushka alugaram duas vans e os trouxeram até Saint Louis para visitar o seu túmulo, Vivian.

E todos eles calçavam sapatos vermelhos. Tênis de lona baratos, decorados com tinta spray, cola glitter e tinta de tecido vermelha. A *hashtag* continua viva! E, de alguma forma, você também.

Foi então que minhas lágrimas começaram a cair. Eles não me odeiam, afinal de contas. Não estão furiosos comigo. Claro, provavelmente sempre vai haver gente como Frankie, que pensa que prejudiquei você, mas as pessoas que me amavam antes ainda me amam. Elas não me culpam porque sua lápide está com o nome errado.

Ah, uau. Uau! E foi desse jeito tão simples que eles transformaram uma coisa horrível — a visita ao seu túmulo — nas boas-vindas mais emocionantes da minha vida.

Do distante Miles para a garota Vivian

30 de junho de 2015, 16:32

Estou sentindo o cheiro da minha casa. Sei que é uma coisa esquisita para dizer, mas é verdade. É como quando você vai à casa de um amigo e ela tem o cheiro da casa DELE, e aí você volta para a sua casa e tenta cheirá-la, mas não dá. Bem, estou em casa e consigo sentir o cheiro dela. É difícil de descrever, um aroma mítico. Me faz lembrar de quando eu era criança e cheirava todas as flores das lojas de artesanato no centro da cidade. Elas não tinham aroma, mas eu achava que sim. Mamushka costumava se ajoelhar ao meu lado e entrar na brincadeira. Ela gostava das tulipas, e eu, dos lírios-asiáticos.

Outro detalhe esquisito é que eu tenho coisas demais. Depois de sobreviver um mês com apenas uma mala, todos os meus pertences me parecem estranhos. Tipo... por que raios ainda guardo esse bule de cerâmica que fiz na quinta série? É uma porcaria de um bule torto, cara.

Deus, agora fico pensando na chaleirrra eletrrrriKa.

Entretanto... muitas dessas coisas são suas. Acho que Mamushka é amiga de uma senhora que possui uma loja que faz troca de roupas para jovens trans, então acho que tudo bem se eu as doar para ela. Vou guardar algumas das suas coisas para dar à garotada do Camping.

Há coisas que preciso guardar e também coisas de que preciso me desapegar. Estou só começando a separá-las.

Por falar em roupas, umas horas atrás Mamushka se ofereceu para lavar minhas roupas, então eu simplesmente descarreguei minha mala no cesto da lavanderia e deixei com ela. Ela voltou com as roupas limpas agora há pouco e ficou, tipo:

— Você vai ter que explicar isso pra mim qualquer hora.

Ela segurava minha camiseta de turista manchada de sangue numa das mãos e uma cueca-minúscula-que-obviamente-não-era-minha na outra. A cueca era vermelha, e tenho certeza de que foi dessa mesma cor que eu fiquei.

Peguei as peças das mãos dela e enfiei debaixo da pilha de roupas.

— Hã, talvez outra hora.

Em algum lugar no corredor, ouvi Mamãe rindo às minhas custas.

É muito bizarro compartilhar um segredo com Mamãe. Tenho certeza que Mamushka não faz ideia do que aconteceu comigo na Islândia, mas Mamãe tinha acesso a informações privilegiadas. Fico me perguntando se por acaso ele ligou para ela desde que cheguei. E se continuará com as consultas a distância agora que não tem o hotel para trocar pela terapia. Será que ele ainda precisa?

Ela o ajudou bastante, sabe? Tipo, ele tinha um problema, e ela ofereceu as ferramentas e o ajudou a elaborar um plano.

Ele fez tudo isso e funcionou. Sou praticamente um estranho para ele, mas até eu pude ver como deu certo. Claro, vai ser triste e doloroso por um tempo, mas ele é resiliente, não é? Sou capaz de imaginá-lo daqui a um ano e sei que ele estará bem.

E, em certos aspectos, o que ele teve que passar foi ainda mais difícil do que meu drama com você. Não, o Jack não morreu, mas não deve ter sido fácil escrever aquela enorme carta de fim de namoro para uma pessoa que ainda respira e é capaz de ler e de reagir.

Ainda assim, por mais assustador que pareça, eu tinha inveja pelo fato do problema de ele ser tangível. Estou cansado de gritar para o vazio e ouvir somente a minha voz ecoando de volta.

Merda. Não sei se posso mais fazer isto, Vi.

Do distante Miles para a garota Vivian

3 de julho de 2015, 19:14

Hoje fiz outra tatuagem.

Marlee estava sozinha no estúdio hoje e, quando entrei, ela deixou cair as revistas que estava lendo e veio jogar os braços ao redor do meu pescoço.

— Meu Deus, onde você esteve?

— Na Islândia — respondi. Mas tenho certeza que ela achou que era uma piada.

Então, ela perguntou onde estava você.

Fiquei calado, tentando me manter no controle.

Quero dizer… Como é que ela não sabia o que aconteceu?

— Ei, cara, acontece — ela disse antes que eu conseguisse pensar no que responder. — Em todo caso, você é bonito demais pra ela. Agora vamos pintar você.

E agora tenho o *vegvísir* gravado no peito. Em tinta branca. Parece uma cicatriz.

Milhas de Distância

Do distante Miles para a garota Vivian

4 de julho de 2015, 19:32

Estou contente porque acabou. Acho que agora posso lhe contar isso. E estou contente, também, que desligar os aparelhos que sustentavam sua vida nunca foi uma escolha que precisei fazer.

Ontem, fui até o consultório da Mamãe. Enquanto ela atendia os pacientes, fiquei no escritório construindo correntes de clipes e ouvindo a secretária atender o telefone. Então, a última consulta do dia terminou e eu caminhei pelo corredor e fui pousar minha bunda no proverbial divã da psicóloga.

— Oi — eu disse.

— Oi, Miles. — Ela abriu uma das gavetas de sua mesa e tirou duas barras de cereais. Peguei a minha no ar, quando ela arremessou.

Puxei a aba e rasguei o pacote ao longo do lado serrilhado.

— Eu estava bravo com você. Por muito tempo, fiquei pensando que era culpa sua. Como você é terapeuta, achei que devia ter previsto o que ia acontecer. Eu achava que você teria sido capaz de impedir aquilo de alguma forma.

— Eu sei. Fiquei me culpando também — ela falou. — Me perdoe.

— Não, eu não quero que você peça desculpas. Não estou mais irritado. Não foi culpa sua. Nem minha. Eu só queria dizer isso pra você. Porque você está viva e eu deveria conversar com você. Provavelmente, é mais benéfico do que ficar conversando com uma pessoa morta, né? Porque é o que eu tenho feito, fico escrevendo pra Vivian e isso é um pouco... sabe? Quero dizer, desculpe. Eu deveria ter contado isso pra você antes, mas achava que era muito cedo ainda e que você me faria parar, e eu não estava preparado.

— Por que acha que eu faria você parar de escrever? — Típica pergunta de psicóloga.

Abri toda a embalagem da barra de cereal e a deixei escancarada sobre os meus joelhos. Comecei a atacar a barrinha tirando primeiro os pedaços de chocolate.

— Porque é uma doideira.

— Isso fez com que você se sentisse melhor?

— Fez me sentir como se eu ainda existisse.

Houve um longo silêncio. Fiquei olhando para a sujeira de chocolate e flocos de cereais em cima do meu colo. Quando ergui o olhar, notei que Mamãe estava debulhando a barra de cereais dela do mesmo jeito. E ela estava chorando.

— Sou um cara tão ferrado que faço minha terapeuta chorar — falei, passando para ela sua própria caixa de lenços.

Ela secou os olhos e me deu aquele olhar intimidador típico por um segundo, então eu me levantei para sair e a expressão dela suavizou:

— Não, não é. Você não é um cara ferrado. No meio de tudo isso que aconteceu, você foi a única pessoa que teve bom senso. Ela era muito especial. Alguém que seria difícil demais perder. Até os pais dela entenderam isso. E todos nós estávamos passando dos limites. Eu nunca deveria ter tentado transformar a história da Vivian em outra coisa, em algo que não fosse centralizado nela.

Estou fazendo uma pausa aqui porque quero que você entenda, onde estiver, que Mamãe pede desculpas. E eu também. E até seus pais devem estar arrependidos.

Nós amamos você.

Não estou mais furioso com a Mamãe. Ela continuou falando sobre outras coisas, a respeito de mim e dela, mas não acho que isso seja relevante aqui. Assim como um monte de coisas na minha vida, ainda preciso descobrir se estas mensagens são para mim ou para você. Sei o que eram quando começaram. Agora, já não tenho tanta certeza.

Agora acho que elas devem ser para mim, porque sou o único de nós que restou.

Mamãe me contou que escrever cartas que nunca serão lidas, assim como estas, é totalmente saudável. Na verdade, é algo que ela recomenda aos pacientes. No entanto, eu decidi parar.

E

apenas

viver

minha

vida.

Assim como os megapixels. Estou fazendo a mesma coisa aqui, não estou? Tentando transformar tudo o que aconteceu em informação.

Tudo em zeros e uns.

Não sou uma fotografia. Não sou código binário.

E, no fim de tudo isto, ainda estou tremendamente confuso sobre o grande Objetivo da Minha Viagem. E tudo o que aconteceu, de bom e de ruim, serviu como uma prova inquestionável de que, não importa se eu estiver sangrando na lama ou envolto nos braços de alguém, não tenho outra escolha a não ser seguir em frente. Minhas sinapses ainda estão trabalhando, meu coração continua pulsando no peito.

Ainda existo.

Agora estou aqui diante do seu túmulo. Ao redor, há terra e grama e portões e árvores. Anoitece e os vaga-lumes estão cintilando, mas eu não presto atenção a nada disso porque estou olhando para uma tela. No entanto, em algum momento vou clicar em "Enviar". Vou devolver o celular ao bolso e levantar o rosto. E vai haver vaga-lumes e pôr do sol. Grama e árvores.

E fogos de artifício. Vai haver fogos porque hoje é o meu Dia da Independência.

Vou enfiar os dedos na terra que cobre o seu caixão e desejar, uma última vez, que meus dedos estivessem mergulhados nos cachos dos seus cabelos.

E então vou deixar você partir.

Vou me levantar daqui, onde estou sentado, e descalçar as suas botas. Suas botas Doc Martens com aquela covinha em cima do dedão. Suas botas, Vi. Suas malditas botas.

Vou tirar as meias e andar descalço para longe do seu túmulo. Vou andar devagar, tomando cuidado para não pisar em alguma seringa abandonada ou qualquer coisa assim, nem pisotear uma abelha.

Mas estarei caminhando. Indo embora.

E, sim, provavelmente vou chorar. Mas também vou sorrir. Porque esta, Vivian, é a minha última mensagem para você.

EPÍLOGO

De Óskar Franz Magnússon para o distante Miles
12 de dezembro de 2015, 7:32
Halló, garoto americano.

www.hooeditora.com.br